내 몸 내 뼈

난생처음 들여다보는

내 몸의 사생활

내 몸 내 뼈

황신언 지음
진실희 옮김

유노
북스

이제
몸을
이야기합시다

2013년 초봄, 물난리의 징후가 타이완 전역을 뒤덮었다. 청명절 전후에 비가 내렸는데, 조금 광적이고 폭발적이어서 나의 계획을 망쳐 놨다. 그것도 나쁘진 않았다. 덕분에 나는 책상 앞에 조용히 앉아 글쓰기에 더 열심히 매진했다.

'우후죽순'이라는 말이 있지만 나는 '우후구약나물'이라 하겠다. 구약나물은 가오슝의 차이산에서 나는 특산물로, '타이완 구약나물'과 '밀모 구약나물' 두 종류로 나뉜다.

비가 내린 4월이면 타이완 구약나물이 먼저 흙을 뚫고 머리를 드러낸다. 키가 작아 30센티미터가 채 되지 않는다.

5월에 장마가 지나가면 이어달리기 경주를 하듯 밀모 구약나물이 본격적으로 흙에서 솟아난다. 녀석들은 필사적으로 자라나 꽃을 피우는데, 모양이 특이하고 색이 화려하다.

적갈색 꽃받침 위로 여린 솜털이 난 암술대가 우뚝 솟고, 줄기에는 흰색 반점이 있다. 전체 길이는 약 1미터 정도로 기다란 총을 닮았다. 하루에 20센티미터나 자랄 수 있다고 한다.

2009년, 첫 번째 산문집 《닥터 노마드》 출간으로부터 4년이 지났다. 그때부터 다음 책은 신체 부위에 관해 쓰고 싶다고 생각했지만, 두세 편을 쓰고는 이런저런 일이 발목을 잡았다. 그 후 2년 동안 나는, 일을 하고 당직을 서면서 주말과 자투리 시간을 이용해 띄엄띄엄 조금씩 글을 썼다. 그나마 상당 기간 멈추기도 했다.

2011년 여름의 어느 날, 〈유사문예〉 우쥔야오 편집장님이 고정 칼럼을 제안해 주셔서 마침내 추진력이 생겼고 안정적으로 글을 쓰기 시작했다. 매월 칼럼을 실으며 이따금 외부 원고 청탁도 받았다. 기획서를 제출하고 출판 계약을 했다. 하지만 나는 연휴에 접어들어서야 생각의 실마리가 풀려 집약적으로 글을 쓰는 버릇이 있다.

새해, 설날, 2·28기념일, 청명절 연휴···. 내게 글쓰기의 소나기가 내린 날들이다. 나는 서둘러서 생각을 발효시켜야 했다. 문자가 싹을 틔우고, 줄기를 뻗어, 꽃을 피워선, 한 편의 글로 결실을 맺어야 했다.

이 책은 4부로 구성되어 있다. 머리와 목, 가슴과 배, 몸통과 사지, 골반과 회음 등 신체 부위별로 챕터를 나눠 편집했다. 한참을 쓰다가 비로소 '한정'적인 인체를 미시적으로 바라보면 '무한'할 수 있음을 깨달았다. 세포 하나에도 세포핵, 미토콘드리아, 소포체 등 다양한 세포 기관이 들어 있다.

인체는 너무 정교한 탓에 그 안에 직조된 모든 일이 무척 번잡하다. 이 신체발부는 각자의 이력이 있고, 각자의 은유가 있으며, 각자의 취향도 지녀, 인생을 다채롭고 굴곡지게 장식한다.

생활은 몸에 대한 수많은 일과 욕망으로 이뤄진다. 우리는 눈으로 보고, 귀로 듣고, 혀로 맛보고, 피부로 접촉하지만, 이것만으로는 부족하다. 우리의 더 많은 육신을 통해 속세와 상호작용한다.

그래서 나는 머리카락, 얼굴, 어깨, 허리, 엉덩이, 발가락, 배꼽, 자궁, 포피에 대해 천천히 생각하고 느낀 후 빠르게 메모하며 적어 내려갔다. 그리고 다시 천천히 읽고 고치기를 4년 동안 반복해 마침내 32편의 몸에 대한 기록을 완성했다. 생활의 이야기를 썼고, 해부학의 이야기를 썼고, 임상의 이야기를 썼다.

이 책의 모든 에피소드는 레지던트 시절에 집필했기 때문에 실제 진료 이야기가 다수 포함되었다. 다시 말해 내가 전문의가 되기 전 의대생, 인턴, 레지던트, 치프 레지던트의 단계를 밟기까지의 이야기를 다루고 있다.

대학교 3학년 때 배운 배아학을 떠올려 본다. 정자와 난자가 결합한 후, 분열에 분열을 거듭하고, 사흘에서 나흘이 지나면 상실배가 형성되며, 약 7

일째 되는 날 낭배가 되어 자궁 내막에 착상한다.

이후 각 배엽은 빠르게 발달하여 3~8주 차부터 조직과 기관이 분화하고, 각 기관은 9~38주 동안 점차 자란다. 그리고 마침내 '응애 응애' 울며 이 땅에 떨어진다.

이 생명의 역사 단락을 복습할 때마다 나는 그 숫자에서 경이로움을 느낀다. 3주라니. 불과 3주 만에 인체는 연약한 세포에서 초기 기관으로 분화한다. 그건 인생의 배아이며 글쓰기의 배아이다. 몸에 대한 이야기는 여기서부터 전개된다.

2013년 5월 하순 장마가 지나간 뒤, 나는 차이산에 올랐다. 2.2미터나 되는 굵고 거대한 구약나물이 나무 울타리로 둘러싸인 작은 평원에 자라 있었다. 산사람들은 그 녀석이 당해 최고로 큰 게 아니라고 했다. 키가 가장 큰 놈은 5월 상순에 자랐는데, 2.74미터라고 했다.

나는 후덥지근한 망종 언저리에 서서 5월에 내린 전선성 강우를 생각했다. 장마는 구약나물에게 시의적절하고 안정적인 성장 동력을 줬을 것이다. 그제야 우쿼야오 편집장님의 요청이 창작의 장맛비였음을 깨달았다.

지금 이 순간 감사를 표하고 싶다. 내가 가는 길을 촉촉하고 윤기 나게 해준 가족, 친구, 선배님께 감사의 말을 전한다.

대학교 4학년 때 처음 알게 된 구가 출판사의 천수팡 편집자님께 감사드린다. 전화로 들려오는 그녀의 목소리는 항상 명랑하고 따뜻했으며, 출판인의 열정이 느껴졌다. 그녀는 나를 포용하고 너그럽게 봐 주셨다. 출판에 관한 모든 일을 세심하게 챙겨 주신 신춘 편집자에게도 감사드린다.

글쓰기에 대한 사랑과 관심으로 많은 도움을 주신 가오슝 정부 문화국, 경청하는 자세로 표지 디자인을 완성해 준 즈친, 추천사와 격려의 메시지를 보내 준 문단의 여러 선배님과 동료들께도 감사드린다.

특별히 마음에 새기고 소중히 여기는 직장 동료가 두 명 있다. 바쁜 와중에 기꺼이 시간을 내 준 양이칭 선생님, 글쓰기와 독서에 대해 나와 크고 작은 토론과 수다를 나누는 니민에게 고마운 마음을 전한다.

마지막으로, 이 책을 읽고 있는 당신에게 감사드린다. 책 읽기는 역시 마음이 통하는 친구가 필요하다. 나의 친구들 덕분에 이 책이 마침내 책으로 엮여 활자 사이에서 가지와 이파리를 뻗게 되었다.

황신언

목차

2부
이 몸으로
말할 것 같으면
가슴과 배 이야기

3부

내 몸이 원하는 걸
나도 모를 때
몸통과 사지 이야기

4부
몸은 거기 있다,
한 점 의심 없이
골반과 회음 이야기

1부

친애하는
나의 몸에게

머리와 목 이야기

난 내 얼굴이 좀 사나웠으면 좋겠다 | 내 머리카락은 낯을 많이 가린다 | 많은 생각이 눈동자를 타고 흐른다 | 가장 제멋대로인 신체 기관이라고? | 나의 하루는 꽉 막힌 코로 시작된다 | 하는 일은 없으나 위풍당당 | 욕망의 불꽃으로 점화된 촛불처럼 | 갓난아기부터 노인까지 입을 다무는 이유 | 낯설게 여기고 냉대한 시린 이의 기억 | 모딜리아니의 목, 카얀족의 목, 의대생의 목

난 내 얼굴이 좀
사나웠으면 좋겠다

흑과 백. 들쑥날쑥한 명암. 우리는 한때 두 가지 색깔로 이뤄진 세상에서 숨을 죽였다. 칠흑 같은 양수에서 머리를 내밀고 태위에 따라 부유하며 생명의 첫 페이지가 펼쳐지길 기다렸다.

코, 입술, 귓불 등이 갑자기 수면으로 떠오를 때, 태아는 예고편을 보여 주듯 손으로 얼굴을 가린다. 그러면 어두운 상상의 영역에 잠겨 보일 듯 말 듯한 단서가 천천히 떠오른다.

산전 초음파 검사실에서 내가 가장 기대하는 건 4D 얼굴 재조합이다. 그 얼굴들은 무구하거나 깊은 잠에 빠져 있거나 만족스러워하고 있다. 대략 이때부터 얼굴에 윤곽이 갖춰지고, 어떤 생김새로 세상이 정한 아름다움과 추함의 잣대를 받아들일지 결정된다.

하지만 영유아들은 얼굴이 하는 일을 이해하지 못한다. 그렇다면 얼굴은 언제부터 인생을 향해 의미를 던지고, 용모를 중시하게 될까?

언제부터 거울 앞에서 미간을 찌푸리기 시작하며, 눈꺼풀이 몇 겹인지, 콧대는 높은지, 주근깨의 범위나 눈가 잔주름의 개수를 따지기 시작할까?

성에 눈을 뜨듯, 얼굴의 거대한 골격을 인식하는 순간 인간의 감각 기관과 욕망은 이어지게 된다.

너무 어려 보여선 안 된다

나는 얼굴에 대한 계몽이 늦은 편이었다. 중학교 시절의 앨범을 펼쳐보면, 두꺼운 안경에 반듯한 일자머리를 하고 어수룩한 미소를 짓고 있다. 그때 나는 나만의 세상에서 살고 있었다. 하지만 나와 도시는 점점 더 많은 일의 근거를 얼굴에서 찾게 되었다.

예를 들면 선거가 그렇다. 선거 공보물이 붙은 도시를 걷다 보면, 후보자는 펄럭이는 플래카드나 즐비한 피켓 속에서 단정한 미소를 짓고 있다. 전신 자태를 선보이는 후보도 있다. 때때로 나는 비이성적인 유권자가 되어, 아무 생각 없이 기표 용지를 마주한 채 보기 좋게 생긴 후보를 찍는다.

너무 느끼하게 생기면 탐관오리의 이미지가 있어 안 된다. 어색한 웃음도 싫다, 부자연스럽고 간계를 숨기고 있을 것 같다. 너무 어려 보여도 안 된다.

세상 물정 모르는 아이가 어찌 피바람 부는 정치판에 끼어들 수 있을까?

환자를 진찰할 때도 그렇다. 만성 질환자가 많은 진료 과목이라 노인 환자가 당연히 많다. 나이 지긋한 어머님들이 그리는 의사는, 마땅히 권위와 자신감이 넘치고 환자를 가르칠 것 같은 얼굴일 것이다.

그런데 어느 날 진료실에서 만난 의사 선생님이 손주보다 어려 보이면, 반드시 "요즘 의사들은 다 이렇게 젊으냐"라고 물어볼 것이다.

가끔 대학생들도 내게 말한다. "의사 선생님, 되게 어려 보이세요." 하지만 나도 이제 곧 서른 살의 나이라는 걸 아무도 눈치 채지 못한 것 같다. 2010년 여름이 지날 즈음 80년대생 전문의들이 조용히 의학계에 합류했으며, 2013년 가을에는 90년대생 의사들이 인턴 생활을 시작했다.

한 번은 재미교포 여교수에게 유방암에 관한 여러 주의사항을 설명한 적이 있다. 귀티 나게 차려입은 그 환자는 굉장히 빠르고 독하고 직접적인 언사로 타이완 의료계를 비판하길 좋아했고, 행동과 말투를 총동원해 '난 결코 만만한 사람이 아니다'라는 정보를 적극적으로 드러냈다.

"그런가요? 선생님보다 높은 의사 선생님께 여쭤보는 건 어떨까요? 그쪽은 너무 어려 보여서요."

나는 입을 다물고 그녀에게 더 이상 어떠한 설명도 하지 않았다. 내 진단의 근거가 충분하다는 걸 알면서도 얼굴이 붉어졌다.

"그럼 제가 문헌을 다시 찾아보죠." 나는 그녀에게 짧게 대답했다.

그녀에게 진 기분이었다. 어떤 상황에서도 얼굴이 붉어지지 않고 숨도 가빠지지 않는 사람을 얼마나 부러워하는지 모른다. 내가 바로, 곤경에 빠지면 곧바로 얼굴에 홍조가 밀려오는 사람이기 때문이다. 얼굴뿐이랴. 새빨개진 귀까지 나를 한층 더 곤혹스럽게 만든다.

내가 너무 착하게 생긴 걸까?

나는 험상궂은 표정을 짓거나 주변 상황과 대립하며 끝까지 투쟁할 용기가 있는 사람도 아니다. 나는 언제나 타협으로 분쟁을 피하는 사람이고, 조용하고 평화로우며 별 일 없는 상태를 좋아한다.

어떤 친구는 내가 얼굴에 공격성을 지니지 않아 침묵하고 무표정할 때나 조금 무서운 정도라고 했다.

그래서 사람들이 내게 길을 묻는지도 모르겠다. 도시에서나 시골에서나, 심지어 해외에 나가서도 사람들은 자꾸만 내게 길을 묻는다. 내가 너무 착하게 생긴 걸까? 혹시 잘생겨서는 아닐까?

한 번은 쿠알라룸푸르 시 외곽에서 택시를 타고 푸두라야역으로 돌아가는 길이었다. 승차 전에 인도계 운전사를 붙잡고 꼭 미터기를 켜 달라고 세 번이나 강조했다.

시내에 진입하자 차가 막혀 택시는 가다 서다를 반복했다. 운전사는 몇 분 간격으로 미터기를 두드리며 기계가 망가져 요금이 더디게 올라간다고 말했고, 나는 '지금 그걸 말이라고 하나? 황당하기 짝이 없군'이라고 생각했다.

얼마 후 택시는 푸두라야역에 도착했다. 공사 중이라 길을 통제해 사방은 적막했다. 차비를 냈는데도 운전사는 거스름돈을 주지 않았고, 나는 차에서 내리지 않은 채 자리에 꼼짝 않고 있었다.

그 순간 운전사는 지명 수배자 전단 속 범인처럼 낯빛을 싹 바꿨다. 사방에 아무도 없는 공터에서, 나는 고작 몇 푼 때문에 번거로운 문제를 일으키고 싶지 않아 더 고민하지 않고 차에서 내려 버렸다.

하지만 숙소로 돌아와서 후회했다. 그런 양보를 선택한 내게 화가 났다. 어째서 그의 얼굴에 대고 "거스름돈 안 주면 경찰에 신고할 겁니다!"라고 소리치지 못했을까? 그건 아마도 내가 도저히 흉포해질 수 없는 얼굴의 소유자이기 때문일 것이다.

난 내가 좀 사나웠으면 좋겠어

얼굴은 한 사람을 식별하는 표지다. 다리나 등, 배로 사람을 구별하긴 어렵다. 매번 새로운 이름을 알게 될 때마다, 내 첫 반응은 이름의 주인공이 어떻게 생겼는지를 떠올리는 것이다.

나는 홍콩에서 온 니타라는 이름의 교환학생을 손님으로 접대한 적이 있다. 그녀가 타이완에 오기 전까지 나와 친구들은 그녀의 외모에 기대를 품었다. 홍콩에서 왔으니 마땅히 유행을 앞서가는 멋쟁이일 것이다. 경쾌한 굽 소리를 내는 하이힐을 신고는 명품 가방을 들고 홍콩 센트럴을 누비는 여성이 아닐까?

하지만 니타는 병원에 온 첫날 청바지에 조깅화, 그리고 조금 칙칙한 하늘색 재킷을 입고 있었다. 키가 작고 왜소한 그녀는, 알이 닳아빠진 금테 안경에 머리카락은 말총처럼 질끈 묶은 소박하고 담백한 아이였다.

그녀는 내가 아는 홍콩 친구들과 조금 달랐다. 천진난만한 얼굴에서는 어떤 악의도 찾아낼 수 없었고, 모든 일을 있는 그대로 바라볼 뿐 재거나 헤아리지 않았으며, 진영을 나누는 일도 없었다.

짧은 실습을 마친 그녀는 그 후로도 가끔 나와 이메일로 연락을 주고받으며 불안정한 우정을 유지했다. 이따금 그녀가 이메일로 안부를 물을 때는 주로 졸업이나 취업, 이직, 복직 같은 인생의 굵직한 일들을 겪은 후였다.

그러다 1년 반 전 그녀가 타이완에 왔을 때, 그 시절 어울렸던 친구들과 다 함께 만나게 되었다. 몇 년 사이에 친구들은 직장에 들어갔거나, 소송 따위에 걸려 있거나, 부모가 되었거나, 대출 상환에 얽매였거나, 과체중이 되어 있었다.

모두의 얼굴에 조금씩 변화가 생겼는데, 니타만 혼자서 금테 안경, 말총 머리, 청바지 그대로였다. 그녀에게만 시간이 흐르지 않고 5년 전에 멈춰 있는 것 같았다. 그녀는 아직도 순수한 학생 같았다.

니타는 하나의 연애를 막 끝내고 한 달 동안 남아프리카로 배낭여행을 다녀오는 길이라고 했다. 요하네스버그 여행 이야기를 들려줬을 때 나는 그녀의 마음속에 자리 잡은 공포 같은 걸 생생하게 느낄 수 있었다.

요하네스버그에서의 나날은 방어의 연속이었고, 수상한 사람에게 미행을 당하고 있진 않은지 언제나 주의해야 했다. 일반 시민에게 개방된 교회조차 모든 층의 방문을 모조리 잠그고 '조건부 박애'를 펼칠 수밖에 없었다.

강도, 소매치기, 총소리는 여행자들의 필수 체험 코스다. 치안이 가장 좋다는 샌드톤에서 두 명의 흑인이 그녀의 머리에 총을 겨누고 현금을 모조리 털어 간 밤을 평생 잊지 못한다고 했다.

그런 일을 당하자 니타의 머릿속은 새하얘져, 마주치기만 해도 재앙이 몰아닥칠 것 같은 그 흑인의 눈빛만 뇌리에 맴돌았다.

니타는 경찰에 신고했다. 사건 처리는 흐지부지되었지만, 금전적인 손해만 입고 몸은 다치지 않은 걸 다행이라 여겼다. 그녀는 흑인의 먹구름에서 벗어나려 남아공에서 가장 큰 흑인 밀집 거주 지역이라는 소웨토 투어에 참여했다.

위법하게 지어진 건축물, 불법 유흥업소, 가난을 딛고 사는 사람들과 그들의 파멸…. 흑인 거주 지역의 모습을 묘사하는 니타의 말투에 연민이 가득했다. 그녀는 과거 남아공 정부가 실시한 아파르트헤이트를 이해할 수 없다고 했다. 그 정책 아래 사람은 아름답든 추하든, 흉악하든 선하든 오직 피부색으로 거취가 결정되었다.

니타는 한참 흥이 나서 얘기하다가 남아공 배경의 영화 〈굿바이 만델라〉로 화제를 돌렸다. 자신을 공격한 강도가 흑인이었다는 사실을 잊은 듯했다.

그녀가 케이프타운으로 향하는 '바즈버스 반도 투어 버스'에서 라틴계 배낭 여행자에게 강도를 당한 경험을 들려주자, 상대방은 단도직입적으로 "그쪽 얼굴 때문에 일어난 일이에요"라고 말했다. 니타가 아시아인의 얼굴, 그것도 일본인의 얼굴을 하고 있기 때문이라는 것이다.

'일본인이라고?' 니타는 의아했다. 나중에 알았지만 그곳의 흑인은 니타처럼 생긴 사람, 그러니까 아시아인은 모두 부유한 일본인이라고 생각한단다. 현실은 궁핍한 아시아인 배낭 여행객일지라도 말이다.

그 순간 얼굴은 잘못된 정보를 전달했지만, 인간 생명의 특질과 본성에 숨어 있는 모종의 항상성을 드러냈다.

"난 내가 좀 사나웠으면 좋겠어." 니타가 불쑥 말했다. 그제야 나는 세월이 니타의 얼굴에도 흔적을 남겼음을 깨달았다. 그녀의 얼굴에는 차갑고 따뜻한 온도가 더해져 있었고, 한숨도 늘어나 있었다.

니타는 직장에서 경험한 좌절을 연거푸 털어놨다. 선해 보이는 인상 탓에 온갖 불공평과 불의가 그녀에게 뻗쳐 온다고 했다.

휴일에도 꾹 참고 근무하기 일쑤고, 다른 사람보다 월례보고를 한 번 더 하기도 하며, 간호사들은 지나가는 말로 그녀의 심기를 건드리곤 했다. 심지어 환자에게 성희롱까지 당했다고 한다.

며칠 후, 니타는 홍콩으로 돌아갔다.

만만하게 보이긴 싫어

혼자서 도심의 거리를 걷던 어느 날 오후, 초록 신호등에 길을 건너는데 불법 우회전 차량이 나를 향해 요란하게 경적을 울리며 쌩 하니 스쳐 지나 갔다. 나는 건널목에 우두커니 서서, 내가 영화 〈맹갑〉의 주인공처럼 우락

내 몸 내 뼈

부락하고 험상궂게 생기길 바랐다. 그러면 적어도 힘없고 유약하게 생겨서, 또는 순해 보인다는 이유로 사람들이 나를 만만하게 보진 않을 것이다.

누군가는 얼굴 때문에 손해를 보지만, 누군가는 덕분에 우위를 점한다. 이 외모의 도시에서 무섭게 생긴 얼굴은 일종의 보호기제가 될 수 있다.

몇 년이 지난 후에 다시 니타를 만난다면, 어쩌면 그녀의 얼굴에서 요동치는 세월을 알아차릴 수도 있을 것이고, 어쩌면 정말로 그녀의 얼굴에만 시간이 멈춰 자잘한 손해를 보는 인생을 살고 있을지도 모른다.

나는 이 외모의 도시에서 쉬지 않고 세월을 뭉근하게 졸여 없애며 나만의 '얼굴 장부'를 작성하겠다. 그건 아마도 시간과 인간성을 화해시키는 기록이 될 것이다.

내 머리카락은
낯을 많이 가린다

내 몸에서 가장 예민한 부위는 머리카락이다.

그 사실을 깨달았을 때 나는 타이루거 주취 동굴에 있었다. 2010년 하지였다. 그때 나는 친구들과 돈을 걷어 화롄 버스 터미널에서 렌터카를 빌려 타이루거로 드라이브를 떠났다.

렌터카는 주취 동굴 앞에 섰다. 얼마 전 이곳에서 낙석으로 사람이 다치는 사고가 발생했다. 출입을 통제하는 봉쇄선과 경고 표지판이 교차하며 주취 동굴을 두 구역으로 나눴다.

동굴은 진입 금지 구역과 관람 구역으로 분리되어 있었다. 그 표지판은 관광객에게 위험이 아름다운 풍경을 둘러싸고 있노라고 안내했다.

타이루거 측은 절벽과 협곡을 감상하는 관광객에게 반드시 안전모를 착용하게 했다. 공사장에서 인부들이 쓰는 하얀 안전모 한 상자를 관광객들이 돌려 가며 사용했다.

나는 다른 사람과 안전모를 공유하는 걸 좋아하지 않는다. 제각각의 사연을 품은 머리카락이 모자에 그득하게 달라붙어 생장하는 것 같기 때문이다. 그러니 출처 불명의 안전모를 대하는 나의 첫 반응은 모자 내부에 머리카락이 붙어 있는지, 불쾌한 냄새가 나는지, 기름기나 땀이 묻었는지를 꼼꼼히 살펴보는 것이었다.

내가 안전모를 들고 킁킁거리자 관계자가 말했다. "알코올로 소독했어요." 안심하라고 건넨 말이었겠지만, 그 순간 알코올과 뒤섞인 땀 냄새가 훅 끼쳤다. 나는 휴지를 꺼내 모자 속에 꼼꼼하게 펴 넣었다.

내 신경은 머리카락에서 자란다

내 머리카락은 낯을 심하게 가린다. 그래서 내 머리카락이 다른 사람의 머리카락과 직간접적으로 접촉하는 상황을 피한다.

머리카락에는 지극히 개인적인 냄새와 기름때, 비듬, 헤어 왁스의 찌꺼기, 심지어는 머릿니, 버짐, 서캐가 숨어 있다. 곱슬머리, 직모, 구불구불한 모양, 나선 모양, 검은색, 적갈색, 황금빛…. 모든 가닥은 한 사람의 체질 정보가 기록된 DNA 암호다.

머리카락과의 접촉은 손이 맞닿는 것보다 나를 더 불안하게 한다. 차라리 수천 명이 손으로 움켜쥐었을 에스컬레이터 손잡이를 잡을지언정, 낯선 안전모는 쓰고 싶지 않다.

머리카락은 머리에서 자란다. 햇빛에 그대로 노출되고 외형을 완전히 바깥으로 드러내지만, 실은 지극히 내향적이다.

친구는 종종 '너는 신경이 머리에서 자라는 것 같다'라고 했다. 안전모뿐 아니다. 나는 남이 베고 잤던 베개를 베지 않고, 남의 머리카락을 빗었던 빗을 쓰지 않는다. 숙박업소에 체크인하자마자 하는 행동도, 베개에 머리카락이 붙어 있는지 검사하는 것이다. 낯선 머리카락은 나의 잠 속으로 침투해 불순물이 되어 꿈에 나타날 것만 같다.

당연히 나는, 머리를 매일 감는다. 보송보송하고 약간 텁수룩한 상태의 머릿결을 좋아하고, 기름지고 뭉친 머리카락을 혐오한다. 땀이 나서 안전모가 흘러내리자 머리카락이 납작하게 눌렸지만 상관없다. 또 감으면 되니까.

왜냐하면, 내 신경은 머리에서 자라기 때문이다. 잘라내면 아프다.

마음에 들지 않는 머리 모양

잘라내면 아프다. 그건 참담하고 뼈아픈 경험이었다. 나는 버스 터미널 부근의 한 미용실 체인점을 이용한다. 오랫동안 앤디라는 헤어 디자이너에게 이발을 맡겼는데, 어느 날 그가 일본으로 이민하는 바람에 미용실에서 다른 디자이너를 무작위로 배정해 줬다.

"여름이니까 일단 짧게 잘라 주세요! 자르고 나서 스타일링도 해 주시고 요." 나는 디자이너에게 원하는 머리 모양을 설명했다.

사각사각… 몇 분 후 디자이너가 거울을 가져와 왼쪽 오른쪽 그리고 뒤통수를 차례로 비춰 줬다. 거울에 비친 내 모습을 본 나는, 가슴이 철렁했다. 그녀가 내 뒤통수에 가늘고 기다란 꼬리를 늘어뜨려 놓았기 때문이다. 요즘 가장 인기 있는 스타일이라는 말도 덧붙였다.

들쭉날쭉한 헤어라인과 일부러 남긴 꽁지머리를 보고 있자니, 도마뱀 한 마리가 내 머리 꼭대기로 기어오르는 느낌이었다.

나는 이런 스타일이 어울리지 않는다는 걸 잘 안다. "뒤통수에 꼬리는 잘라 주시겠어요? 이런 걸 머리에 달고 다니고 싶진 않네요." 나는 디자이너에게 말했다.

그녀는 다시 사각거리며 스타일을 전체적으로 다시 매만졌고, 머리카락을 더 짧게 쳐내자 나는 더욱 당황했다. 마주한 거울 속에서 내 머리숱은 점점 빈약해지고 길이도 일정하지 않게 변해 갔다. 불빛 아래 옅은 갈색을 띠는 머리카락은 각도에 따라 누렇게 보였고, 정수리는 영양 상태가 좋지 않은 마른 덩굴식물이 아무렇게나 자란 황무지 같았다.

나는 입을 꾹 다문 채 커트 값을 내고 미용실을 총총 떠났다.

그 후로 나는 여러 미용실을 방황했지만, 좀처럼 마음에 드는 머리 모양을 가질 수 없었다. 층이 자연스럽지 않거나 균형이 맞지 않았고, 그것도 아니면 손질하기가 어려웠다.

마음에 드는 머리 모양

어느 날, 미국 로스앤젤레스에 사는 친구 존슨이 결혼식을 올리기 위해 타이완에 오면서 내게 신랑 들러리를 서 달라고 부탁했다. 덕분에 나는 신부 화장을 담당한 메이크업 아티스트에게 한 헤어 살롱을 소개받았다.

그곳도 체인 미용실 가운데 하나였다. 미용실 내부에는 최신 유행대로 치장한 젊은 디자이너 여럿이 각자의 아름다움과 청춘을 과시했다. 실내 장식은 회색, 검은색, 흰색 등의 색감을 사용했고 천장에만 옅은 파란색 조명이 묻어나, 대체로 간결하고 차가운 분위기를 냈다.

서비스에도 매우 세심하게 신경 쓴 흔적이 보였다. 매장 한쪽 벽면에는 패션 잡지와 가십성 기사를 실은 주간지가 즐비했고, 모든 고객에게 무료 음료를 제공했으며, 본격적으로 머리를 하기 전에 목과 어깨 마사지, 두피 테라피, 오일 지압 등의 서비스를 제공했다.

30분 정도 지나자 내 담당 디자이너가 나타났다. 그녀는 목둘레가 브이 자로 깊게 파인 상의를 입어 가슴골을 드러내고 있었다. 빨간 리본으로 묶은 말총 같은 머리채가 그녀의 왼쪽 어깨 위에서 흔들거렸다.

"고객님, 안녕하세요? 샤오량이라고 해요." 달콤한 미소를 띤 그녀는, 미용 도구 상자에서 센서가 달린 봉과 케이블을 꺼내더니 모니터에 연결하고는 내 머리카락을 스캔했다.

"머릿결 상태를 보고 있어요. 고객님은 모근이 약하시네요. 저희 살롱에서 판매하는 헤어 컨디셔너로 모근과 두피 건강을 개선할 수⋯."

나는 멍해졌다. 이토록 모호한 분석과 두서없는 설득을 듣고 있자니, 샤오량이 영 미심쩍었다. 과연 이 디자이너를 믿어도 될까? 그녀는 사실 영업사원이 아닐까?

"고맙지만 필요 없습니다." 그러자 샤오량은 도구를 대충 치우고는 다른 이야기로 화제를 돌렸다.

"고객님! 한국 드라마 〈누구세요?〉 보셨어요? 거기 주인공 윤계상이랑 닮으셨어요."

샤오량은 내 피부가 희고 깨끗하다느니, 동북아시아 출신 느낌이 난다느니, 한국이나 일본의 남자 배우들과 닮은 기질이 있다느니 하는 말을 하기 시작했다.

"정장 입고 서류 가방 든 고객님을 도쿄 지하철에서 만났다면, 저는 100퍼센트 고객님이 일본인인 줄 알았을 거예요." 샤오량이 말했다.

이렇게 듣기 좋은 말이라니! 고등학교 때부터 나는 일본 문화에 심취해 도쿄의 비즈니스맨을 동경했다. 샤오량은 내 마음의 담장을 허물었고, 나는 이내 느슨하게 풀어져 조금 전 궁색했던 모근 분석의 의심도 희석되었다.

"차승원 스타일은 어떠세요? 고객님에게 딱 어울릴 거예요. 지금 한국에서도 제일 유행하는 스타일이랍니다." 샤오량이 제안했다.

'사각사각….' 샤오량은 여유 넘치는 손길로 가위를 놀렸다. 가르마를 뚜렷하게 드러내고 왁스를 바른 손바닥을 이마 앞쪽에 밀착해 앞머리 모양을 잡았다.

이 모든 과정에서 그녀는 머리 모양과 관계없는 많은 얘기를 쏟아 냈다.

맥도날드 햄버거 얘기를 하다가, 갑자기 찻잎을 직접 덖는 카페 얘기를 하다가, 또 지하철에서 겪은 황당한 사건을 들려주는 식이었다.

"새로운 스타일이 마음에 드세요?"

나는 고개를 끄덕였다. 솔직히 몹시 만족스러웠다.

"여기에 성함과 전화번호, 이메일을 남겨 주세요. 형식적으로 받는 거예요. 할인이나 이벤트가 있으면 꼭 연락 드릴게요." 샤오량은 설문지와 회원 카드를 건넸다.

"이건 제 명함이에요. 블로그 주소도 있으니 스타일링에 대해 궁금한 점 있으시면 언제든 제게 물어보세요. 오늘 해 드린 스타일이 마음에 드셨다면 입소문 좀 내 주시고요."

나는 가짜 이름과 가짜 나이, 그리고 진짜 휴대전화 번호를 적어 냈다.

그날 이후, 나는 매일 거울에 나를 비춰 봤다. 정확히 말하면 머리카락을 비춰 봤다. 머리카락이 내 일과에 변화를 줬다. 머리를 만지는 시간은 내 하루를 시작하는 중요한 순간이 되었다.

나는 매일 아침 일찍 일어나 거울 앞에 서서 앞머리를 공들여 손질한다. 타고난 이목구비는 바꾸기 어려우니, 가소성 높은 머리카락으로만 아쉬운 외모를 만회할 수 있다. 그건 평범한 얼굴에 아름다움과 추함을 결정하는 결정적인 요소가 된다.

왜냐하면, 내 신경은 머리에서 자라기 때문이다. 헝클어뜨리면 아프다.

내가 머리카락에 민감한 이유

유쾌했던 미용실 경험 덕분에 나는 그 후 항상 샤오량을 지목해 머리를 잘랐고, 그녀를 나의 '정수리부 장관'으로 임명했다.

"요즘은 일본 스타일이 유행이니까 카시와바라 타카시 스타일로 가죠." "이번에는 베컴으로 할게요." "판즈웨이 스타일로 바꿔 보는 게 좋겠어요."

중국과 홍콩, 타이완을 건너 일본과 한국, 그리고 서방 세계의 스타일까지. 샤오량이라면 전부 구현해 낼 수 있다고 나는 장담하지만, 종종 결과물과 원본의 차이가 매우 컸다. 얼굴 때문일까?

하지만 나는 내내 샤오량이 낯설었다. 우리는 가명의 틀 안에서만 알고 지냈고, 오직 머리카락 때문에 만났다. 그녀는 언제나 화려한 치장을 하고 나타났고, 나와 쓸데없는 이야기만 나눴다.

샤오량에 대해 더 알고 싶어서 그녀의 블로그를 통해 그녀의 일상을 탐색한 적도 있다. 그녀의 사진첩 속 친구들은 모두 연예인처럼 몸매가 훌륭하고 피부도 매끈했다. 하지만 실낱같은 단서로 아무리 더듬어 봐야 헛수고였다.

그녀의 블로그는 방문자가 대단히 많고 대부분은 나 같은 고객이었다. 외부인에게 공개하는 목적의 블로그에 친구들이 메시지를 남기지는 않을 것이다. 두발 관리법을 묻는 등의 댓글은 의도적으로 올린 것 같았다. 서로 이웃을 맺자는 메시지도 간혹 있었지만, 제일 많은 건 광고성 댓글이었다.

머리카락이 사각사각 잘려 나가면, 뭔가는 바스락바스락 자라는 법이다. 모근 또는 연정, 영원히 말끔하게 잘라 낼 수 없는 머리카락의 이야기다.

그 후 나는 국방의 의무를 수행하러 머리를 깎고 입대했다. 군대에서 머리카락은 불필요하다. 휴가를 처음 받은 병사들은 하나같이 모자를 눌러 써 못생겨진 얼굴을 가렸지만, 그마저 오래 지나니 무뎌졌고 나의 머리카락도 덜 예민해졌다.

나는 이제 샤오량을 찾아가지 않는다. 샤워기를 한 번 틀어 몸 씻기를 해결하는 나날에 익숙해졌고, 그 습관은 제대 후까지 이어졌다. 아침에 일어나면 세수를 하고 옷을 꿰어 입고 바로 집을 나섰다. 이렇게 하면 시간과 샴푸를 동시에 절약할 수 있었다. 나는 간편함에 길들여져 있었다.

그러나 오래 지나지 않아 나는 다시 변화 없는 헤어스타일이 지루해졌고, 새 직장과 가까운 새 미용실을 찾아다녔다. 한 집 한 집 옮겨 다니며 머리카락을 맡겨 봤지만, 영 마음에 들지 않았다.

샤오량에게 연락할까 생각도 했지만, 그녀의 흔적이 사라진 정수리를 보이기 싫었다. 그녀가 길을 잡아 준 가르마와 머리숱의 도톰한 두께감은 이미 완전히 사라져 있었다.

어느 날 나는 용기를 내 샤오량에게 연락했지만, 미용실에서는 그녀가 일을 그만뒀고 어디로 갔는지도 모른다는 답이 돌아왔다. 그녀의 블로그도 방치되어 황폐해진 지 오래였다. 나는 몇몇 링크를 타고 어떻게든 그녀의 근황을 알아내려 했고, 그러다 우연찮게 삭발한 여자들의 단체 사진을 찾아냈다. 사진 아래 '나와 샤오량'이라는 짧은 설명이 달려 있었다.

그녀일까? 얼굴형, 코, 입술과 눈매가 그녀와 아주 많이 닮았는데도, 나는 사진 속 여자가 샤오량이라고 확신할 수 없었다. '설마 속세를 떠나 출가라도 하기로 마음먹은 건 아니겠지?' 사진을 보자마자 든 생각은 그랬다. 삭발은 아무래도 그녀가 할 만한 행동은 아닌 것 같았다. 분명 그동안 무슨 일이 일어나 그녀의 삶에 영향을 미쳤고, 그녀를 변하게 했을 것이다.

삭발하려면 용기가 필요하다. 사랑을 잃었거나 경쟁에서 좌절했기에, 그 마음을 머리를 미는 행위로 뼛속 깊이 새기고 싶었을 것이다. 또는 곧 어딘가에 갇혀 지낼 예정이라, 더는 다른 일에 신경 쓸 여력이 없음을 나타내는 것일 수도 있겠다. 어쩌면 일종의 속죄인지도 모른다. 지난날의 죄업을 잘라내고, 여기서부터 다시 살겠다는 표명일 수도 있다.

잘려 나간 머리카락 한 올 한 올은 각각의 해석을 지닌 인생의 밀어다.

나는 옛 어른들의 말씀이 떠올랐다. "신체와 터럭과 살갗은 부모에게서 받은 것이니, 자기 몸을 소중히 여기는 게 효도의 시작이니라." 머리카락에는 피도 살도 없다. 그것들은 가장 작은 소리로 속삭이지만, 머리카락이 전하는 이야기는 너무도 진중해 홀대할 수 없다.

그래서 사람들은 스트레이트 파마, 물결 파마, 부분 염색, 스포츠머리, 펑크 머리, 심지어 한 올조차 남기지 않는 삭발로 결정이나 의사를 표명한다. 이 말단의 사치는 풍진 세상과 속세로 통하고, 그 길은 봉우리가 굴곡을 이뤄 험하며, 곳곳에 작고 거친 두렁길도 있다.

그래서 나는 안다. 내가 신경도 없는 머리카락 그리고 안전모, 베개, 머리빗에 민감한 이유는, 인생의 기름때, 끈적임, 더러움, 각종 아름다움과 추함을 깊이 감지하고 싶어서라는 걸 말이다.

많은 생각이
눈동자를 타고 흐른다

2008년 가을에 병역의 의무를 마쳤다. 전역하고 보름 후, 나는 레지던트 생활을 시작하고자 의학 서적이 가득 든 상자를 안고 중부 지역으로 이사를 왔다. 그런데 늦게 도착하는 바람에 기숙사 방 선택권이 없어져 사감 선생님이 배정한 대로 쓸 수밖에 없었다.

"1072호를 써라, 2인실이야. 지금 이 방밖에 안 남았어." 사감 선생님이 돋보기안경을 밀어 올리며 말했다. 그렇게 내 사생활은 그녀의 손에 넘어갔고, 나는 나의 시간과 공간과 사람을 확률이라는 도박에 걸어야 했다.

책상이 창가 쪽인지 화장실 쪽인지, 룸메이트는 원만하게 지낼 만한 사람인지, 위생 습관은 어떨지…. 머릿속은 온갖 염려로 가득 차, 내일이면 마주할 새 업무 시스템과 환경 걱정에 내 줄 자리가 없었다.

엘리베이터를 타고 10층에 올라 1072호실로 향했다. 문을 열었을 때 룸메이트는 마침 외출하려던 참이었다. 나는 옷걸이에 걸린 의사 가운에 수놓인 이름을 힐끗 쳐다봤다. 맙소사, 놀랍게도 대학 동창인 M이었다.

그가 어떻게 여기 있는 걸까? 그는 나의 생활권에서 아무런 교집합이 없었다. 나뿐만 아니라 반에서 그 누구와도 왕래하지 않았다. 수업엔 거의 들어오지 않다가, 중요한 시험 날과 출석 부를 때만 나타나곤 했다.

사실, 친구에게서 M과 당직을 서는 게 썩 유쾌하지 않다는 호소를 들은 적이 있다. 교대 시간이 일곱 시 반인데 50분이 되어서야 나타나고, 심지어 여자 친구를 데리고 당직실에 들어가 문을 걸어 잠근 일도 있었다고 했다.

그는 절대로 교화되지 않고 침범당하지도 않는 자기만의 논리가 있었고, 언제나 자기만의 규범을 따랐다. 우리가 서로의 사생활을 맞춰 나가려 노력해도 결국은 헛수고가 될 거라는 예감이 들었다. 나는 그의 질서에 적응하기가 굉장히 버거울 것이다.

"죄송합니다만 개인적인 사정으로 방을 바꾸고 싶습니다." 나는 사감 선생님께 방을 바꿔 달라고 요청했다.

"미안하지만, 네가 제일 늦게 와서 남은 방이 없어."

이런 빈약한 이유로는 방을 바꿀 수 없었다. 그래서 거짓말을 보태 M과 나 사이에 오래 묵은 원한이 있다고 말했고, 사감은 겨우 허락해 줬다.

"이렇게 하자. 곧 896호실에서 퇴실하는 사람이 있으니, 그동안 788호에서 지내다 896호에 빈자리가 나면 옮기도록 해라."

그래서 우선 2층 침대가 두 개 있는 788호실로 이사했다.

나는 위층을 썼고, 아래층에는 젊은 방사선과 선생님이 가끔 잠을 청하러 들어왔다. 다른 침대의 위층에는 잡동사니가 가득 쌓여 있고, 아래층은 나이 많은 약사가 썼다.

방사선과 선생님은 말수가 적어 "에어컨 바람이 세네요." "요즘 당직 많이 서세요?" 같은 말만 간혹 던졌고 약사는 혀와 발성 기관의 기능이 항진된 사람 같았다.

중약과 양약에 고루 능통해 《신농본초경》에서 《본초강목》까지 일장 연설을 한 후, 갑자기 당뇨병 신약인 자누비아로 주제를 전환해 연설을 이어가곤 했다. 나는 그 앞에서 몇 번이고 하품했지만 아랑곳하지 않았다.

그때 나는 새로운 신분에 적응하느라 본성에 잠들어 있는 참모습을 최대한 억제했고, 두 룸메이트와 아주 피상적으로만 교제했다. 서로 다른 세 개의 체질, 시간표, 철학이 겹치고 부대끼며 또 한 번의 일주일이 지나갔다.

안과 의사 데이비드 이야기

"896호에 자리가 났다!"

그러던 어느 날 사감 선생님의 통지를 받았다. 나는 빠르게 옷가지를 챙겨 896호로 이사했다. 막 8층에 도착했을 때 마침 엘리베이터 입구에 감시카메라를 설치하던 인부와 마주쳤다. 어찌 된 일인지 물어보고, 최근에 도난 사건이 발생했음을 알게 되었다.

굳이 책을 탐하는 도둑이 아니라면 내 물건들은 모두 손쉽게 짐을 꾸려 훔쳐 가기 안성맞춤이었지만, 나는 좀도둑을 크게 신경 쓰지 않았다. 그렇게 열쇠를 돌려 896호의 문을 연 순간, 나는 멍해지고 말았다.

그곳은 온통 어둠과 혼돈뿐이었다. 방에는 창문 하나 없었다. 8층 정중앙에 있는 이 방은 사면에 시멘트 벽을 세워 만들어졌고, 밤은 마치 기나긴 극지 같았다.

가뜩이나 좁은 실내에 책상 두 개, 침대 두 개, 대형 옷장 두 개가 짜 맞춘 듯 빈 곳 없이 들어차 있었고, 책상은 각각 서쪽과 북쪽 벽을 바라보고 있어서 두 사람이 동시에 책상 앞에 앉아 기지개라도 켜면 영락없이 부딪칠 것 같았다.

내 룸메이트는 안과 의사 데이비드였다. 그는 말이 빠른 만큼 눈동자도 빨리 굴렸다. 번뜩이는 기지와 톡톡 튀는 사고방식을 지녔고, 남의 농담이 끝나기도 전에 먼저 박장대소해 버리는 그런 사람이었다.

데이비드의 책상은 당연히 안과학 교재, 안구 모형, 안구 해부도 등 온통 '눈'으로 가득 차 있었다. 그가 사용하는 어휘도 온통 눈이었다.

오늘은 백내장 수술을 했다거나, 응급실에서 눈알에 이쑤시개가 박힌 환자를 봤다거나, 병실에서 각막 궤양 케이스를 봤다는 이야기 같은 것들 말이다. 책 표지에서, 모형에서, 유형 또는 무형의 수많은 눈이 나를 둘러싼 기분이었다.

그 무렵, 데이비드는 각막 이식 훈련을 시작했다. 영안실이나 시체 안치

소를 자주 찾았고, 죽은 사람의 얼굴에 바짝 붙어 눈 근육을 자르고 시신경을 절단한 후 안구를 꺼내 각막을 채취해서는 밀봉한 뒤 안구를 다시 주인의 눈두덩에 넣고 봉합했다.

하지만 그는 이 모든 일에 잘 적응하지 못했다. 그의 표현을 빌리자면, 그 확장된 동공에, 영혼의 창에 칼을 대는 건 보통 담력이 필요한 행위가 아니었다.

언젠가 데이비드는 분노와 원한, 씁쓸함이 아직 가시지 않은 듯한 두 눈을 마주한 적이 있다고 했다.

"나를 노려보는 것 같았어." 데이비드는 그 순간 아주 미묘하고도 설명하기 어려운 느낌이 들었다고 했다.

나도 각막을 채취한 경험이 있지만, 돼지의 눈으로 실습한 것이어서 사람의 눈과는 달랐다. 사람의 눈은 분명 의미를 감추고 있다. 애모, 질투, 애련, 경멸… 너무도 많은 생각이 눈동자를 타고 흐른다.

어느 날 밤 기숙사로 돌아와 보니 방문에 웬 부적이 붙어 있었다. 누런 종이 위에 검은 붓글씨가 있는 그 물건을 보자, 요즘 한밤중에 자주 가위에 눌리고 놀라서 깨곤 하는 데이비드가 생각났다.

나중에 듣기로는, 각막을 채취할 때 그에게 악귀가 붙어 고향인 지룽으로 돌아가 지전을 넉넉히 태웠다고 한다. 종교가 있는 나는 그런 일들이 두렵진 않았다.

룸메이트의 화상 채팅이 불편하다

그 일이 있고 나서 데이비드는 기숙사로 돌아오지 않았고, 곧 퇴실했다. 나는 문 앞에 붙은 부적을 뗐다. 생활공간이 두 배로 팽창한 느낌이었다. 침대 두 개를 붙여 더블 침대처럼 쓸 수 있었고, 두 배의 시간을 들여 씻을 수 있었으며, 출근 전 화장실에 앉아 있는 시간도 두 배 길어졌다. 물론 기숙사비도 두 배로 내야 했다.

나는 온전히 혼자 누리고 마음대로 할 수 있는 이 공간이 좋아졌다. 언제부턴가 샤워할 때 문을 닫지 않기 시작했고, 큰 소리로 통화하고, 헤비메탈 음악을 틀었으며, 방 정리는 언제나 내일로 미뤘다. 내 안의 타성과 나쁜 습관도 두 배로 늘어났다.

그러던 어느 날 방문에 쪽지가 붙었다. "12월 14일에 새 룸메이트인 알렉스가 입주할 예정입니다. 방을 미리 정리해 두십시오."

외과계에 미혼인 알렉스는 수술방과 당직실을 오가며 무질서하게 생활하고 있었고, 아직 2차 의사고시(타이완은 의사고시를 두 차례 치른다. 4년의 의과대학 과정을 이수한 후 1차를, 임상 견습의 1년과 인턴 1년을 마친 후 2차를 본다)에 합격하지 못했기 때문에 기숙사에 있는 날은 종일 시험공부에 열중했다.

그해 알렉스는 의사고시에 낙방했다. 며칠 후 그는 컴퓨터 앞에 카메라를 설치했고, 밤에 화상 채팅을 하는 일이 잦아졌다. 내가 등 뒤로 지나갈 때마다 재빨리 다른 페이지를 띄우는 걸 알고 있었지만, 굳이 묻지도 않고 못 본 척했다.

하지만 그중 몇 번은 그가 창을 바꾸는 찰나에 곁눈질로 보게 되었는데, 모니터 저편에는 미모의 여성이 있었다.

그렇게 전전긍긍 숨기던 알렉스는 지쳤는지 무감각해졌는지 아니면 나의 존재가 불편하지 않게 되었는지 대범하게 채팅을 하기 시작했고, 오히려 내 쪽에서 그 화면이 더 거슬리게 되었다.

공간이 워낙 좁아 샤워할 때 사각팬티만 입은 채로 알렉스의 뒤를 지나 욕실로 들어가야 했는데, 그때마다 내 모습이 카메라에 걸려 불편했다. 마치 눈 한 짝이 기숙사에 몰래 굴러 들어와 구석에 자리 잡고는, 내가 일어나고 잠들고 밥 먹는 모습을 관찰하는 것 같았다.

그 후로는 기숙사로 돌아올 때마다 뭔가 잘못됐다는 생각이 들었다. '알렉스 책상에 카메라가 있었지? 혹시 전원이 켜졌을까?' 나는 렌즈를 뚫어지라 쳐다봤다. 심사를 헤아릴 수 없는 어떤 시선이 나의 일상을 서늘하게 투시하는 느낌이었다.

나중에 나는 알렉스의 친구로부터 그가 연애 중이라는 소식을 들었다. 상대는 그 화상 채팅 속 여자일까?

알렉스에게 물어봤지만, 그는 의미심장한 표정만 지을 뿐 대답해 주지 않았다. 뭐, 상관없다. 그의 연애에 흥미가 있지도 않았고 곧 이직할 예정이었기에, 당분간 퇴실할 생각도 없었다. 오히려 한 달 뒤 알렉스가 먼저 기숙사를 떠났다.

경비원은 왜 나를 보고 웃지?

2009년 한여름, 나는 남부로 돌아와 일하고 있었다. 병원은 내게 합리적인 숙소를 배정해 줬고, 경비원이 24시간 내내 수십 대의 흑백 모니터를 주시하며 보초를 섰다. 현관문과 엘리베이터, 모퉁이, 주차장… 어느 한구석도 놓치지 않았다.

내게는 남들이 모르는 습관이 하나 있다. 엘리베이터에 혼자 타면, 거울을 보며 괴상한 표정을 짓거나 포즈를 취하고 멋진 헤어스타일을 만들곤 한다. 가끔은 스포트라이트가 쏟아지는 무대에서 열창하는 모습을 상상하고, 양페이안의 노래를 시원하게 한 곡 뽑기도 한다.

"〈비자영웅〉에 나오는 천자이텐 닮으셨어요!"

열쇠를 방에 두고 나와 집 밖에서 발을 동동 구르던 날, 비상 열쇠를 빌리러 경비실을 찾은 내게 경비원이 건넨 말이다.

정말일까? 잘못 본 게 아닐까? 경비원이 말한 사람은 저우위민이라는 유명한 남자 배우다. 자이자이('건달'을 귀엽게 이르는 표현)라는 애칭으로 불리는 유명 남자 배우 말이다. 누가 내게 자이자이를 닮았다고 말하는 경우는 처음이었다.

나는 그의 말을 진지하게 받아들이기로 했다. 거짓말이라 해도 기꺼이 그 달콤함에 취해 꿈속에서 살리라. 그런데 마음속에 가시지 않는 한 가닥 의혹이 있었다.

'혹시 그가 날 오랫동안 관찰해 온 건 아닐까? 그게 아니라면 생면부지의 낯선 사람에게 보자마자 이런 말을 뱉을 수 있을까? 그것도 한참 동안 꾹 담

아 두던 말을 마침내 토해 내듯?'

그 후 혼자 엘리베이터를 탈 때마다 거울 속 내게 말했다. "황신언. 팔뚝에 근육만 조금 단련한다면 넌 영락없는 자이자이야."

나는 매일 엘리베이터에서 내려 긴 복도를 지난다. 자동문을 통과해 오른쪽 모퉁이를 돌면 경비실이 보이고, 거길 지나 직진해 병원으로 향한다. 이게 내가 매일 반복하는 동선이다.

그 무렵 나는 이 동선의 어느 부분에서 이상한 느낌이 들었지만, 그게 정확히 뭔지는 알아차리지 못했다. 곰곰이 생각해 보니, 문제는 경비실이었다. 내가 경비실 앞을 지날 때마다, 경비원이 머리를 빼꼼 내밀고는 얼굴에 묘한 미소를 띠었다가 다시 고개를 떨구는 것이었다.

'대체 왜 웃지? 내가 엘리베이터에서 몹쓸 짓이라도 했나? 잠시 자아도취해선 독백 좀 한 것 가지고 웃을 필요까지는 없잖아?'

한 번은 엘리베이터에서 문득 상단의 감시 카메라를 주의 깊게 바라보며 그 경비원들을 떠올렸다. 설마 경비원들이 지금 내 얘기를 하는 건 아니겠지? "여어! 저기 봐. 자이자이가 나타났어. 머리 모양이 바뀌었네." 나는 행동을 삼가기로 했다. 거울 앞에서 포즈를 잡지 않고 원하는 층에 도착할 때까지 엄숙하게 서 있을 뿐이었다.

그런 다음 언제나처럼 경비실을 지나 병원으로 향하는데, 경비원들은 여전히 머리를 내밀고 오묘한 미소를 짓고는 고개를 푹 떨궜다. '이상하다, 이번에는 얌전했는데? 자아도취하지 않았는데? 왜 또 웃는 거지?'

그러던 어느 날, 홍콩에 사는 친구가 보낸 소포를 받으러 경비실에 들렀다. 자동문을 통과해 경비실을 지나려고 하자, 경비원은 언제나처럼 머리를 내밀고 미소 지은 후 고개를 숙였다.

경비실 문을 열고 들어갔을 때 비로소, 바닥에 작은 텔레비전이 놓여 있는 걸 깨달았다. 예능 프로그램이 방송 중이었고, 경비원은 거기에 푹 빠져 함박웃음을 짓고 있었던 것이다. 항상 접하던 바로 그 오묘한 웃음 말이다.

기강에 억눌린 웃음, 언제라도 표정을 바꾸고 도둑을 잡으러 달려 나가야 하는 사람의 절제된 웃음이었다.

내가 무슨 짓을 했든 나를 감시하는 사람은 처음부터 없었다. 순간 정신이 퍼뜩 들었다. 그래, 내 외모는 정말이지 자이자이와 괴리가 컸다.

가장 제멋대로인
신체 기관이라고?

가수 천지전에 관한 기사를 읽은 적이 있다. 그녀는 유난히 예민한 청력 때문에, 2011년 〈여름 에튀드〉 공연을 순회하는 동안 호텔의 유리창이 조금만 진동해도 귓속에서 전쟁이 일어난 듯 현기증과 불면증에 시달렸다고 한다. 공연 주최 측은 그녀를 배려해 호텔을 여러 번 바꿔 줬다. 하룻밤에 여섯 번이나 숙소를 옮긴 기록을 세웠고, 나중에는 400만 원 상당의 6채널 노이즈 캔슬링 이어폰까지 선물했다고 한다.

그 기사는 예민한 귀를 가진 천지전이 소음에 극도로 결벽스러운 반응을 보였다고 전하는 듯하지만, 실은 다른 정보를 전달하고 있다. 아무리 고급 호텔에 묵고 비싼 숙박료를 지불해도, 나만의 공간을 온전히 가질 수 없다는 사실이다. 진정한 의미에서 공간을 소유하는 건 두 귀이기 때문이다.

'이각(귓바퀴)'이 주변의 소리 파동을 모으면, 음파는 '외이도'를 지나 고막을 진동시키고, '고실'로 진입해 '이소골'에 전달된다. 음파가 '달팽이관'에 도달하면 청신경은 소리 정보를 대뇌로 전달하고, 이때 청각이 발생한다.

이 일련의 소리 전달 경로에서 나는 '귀의 방'이라는 뜻을 가진 생리학 명인 '이실'이 마음에 든다.

귀의 방은 세상 그 어떤 방보다 정교하다. 그런데 왜 '이강(귀의 빈 공간)'이 아닌 '이실'로 부를까? '실'은 설계 관점이 담긴 세련된 함의를 품은 한자이다. '실' 안에서는 언제나 철학이나 학설을 둘러싼 물음과 해답이 끊이지 않았다.

고막은 인체에서 음악적 감각이 가장 풍부한 기관이다. 그런데 왜 '북 고(鼓)' 자를 썼을까? 덕분에 진동과 울림이라는 요소가 크게 다가온다.

고막은 얇은 막으로 이뤄진 조직으로, 수많은 귀 질환을 판단할 때 핵심적으로 검사하는 부위이다. 귀가 아픈 사람들은 고막에서 피가 나거나 고름이 흐르고, 부었거나 구멍이 뚫려 있다. 중이 질환들은 고막을 몸 상태를 기록하는 작은 벽으로 삼고 흔적을 남긴다.

'이각'이라는 단어도 미묘하다. '각(殼)'은 집 또는 조개껍데기를 의미하며, 사정을 감싸고 숨기고 보호하는 역할을 담당하는 사적인 함의가 담긴 글자이다. 그래서 귓바퀴는 귀 전체가 하나의 게르이자 우주임을 암시한다. 이어폰을 끼고 음악을 틀면, 우리는 팔팔 끓는 물처럼 떠들썩한 도시에서도 홀로 분리될 수 있다.

작가 리밍총은 산문집 《물리학》에서 "이어폰은 나를 덮어씌우거나 보호하는 벽이다"라고 말했다. 그가 런던에서 지내던 시절, 휴대용 카세트를 가져오지 않은 어느 날 코벤트가든역에서 폭발물로 의심되는 물질이 발견됐다. 그때 전동차 내부는 온통 호루라기 소리, 경고 방송 소리와 비명이 뒤섞여 이성을 완전히 잃은 공간이 되었다.

그 순간 그는 이어폰이 절실했다. 소음보다 더 큰 데시벨의 소리를 이실에 쑤셔 넣어 귓가에 울리는 시끄러운 소리를 덮어 버리고 싶었다.

내게만 들리는 소리

학창 시절 나는 마음이 답답할 때마다 혼자 이불을 뒤집어쓰고 워크맨의 볼륨을 최대치로 올리곤 했다. 물론 몇 분 가지 못하고 귀가 뻐근해 볼륨을 낮추곤 했지만, 그 순간마다 나는 시공간의 미묘한 변화를 겪었다. 그렇게 하면 세상과 나를 차단할 수 있을 것 같았다.

그건 전제 군주인 이실의 독재였다. 이실은 내가 그의 세상에 완벽히 숨어들 수 있도록 또 하나의 세계를 내려 주곤 했다.

하지만 다른 사람에게는 들리지 않는데 내게만 똑똑히 들리는 소리야말로 귀가 휘두르는 가장 지독한 독재이다.

'윙… 윙… 윙….'
'치익… 치익… 치익….'

이명은 수수께끼다. 어떤 사람은 양수기 펌프의 모터 돌아가는 소리 같다고 하고, 어떤 사람은 공습경보와 닮았다고 한다. 또 어떤 사람은 모기가 귓속에 숨어들어 날개를 부딪치는 것 같다고 한다.

심지어 귀에 매미, 도마뱀, 베짱이 등이 사는 것 같다는 사람도 있다. 하지만 귓속에는 그 어떤 벌레도 살지 않고, 달팽이 한 마리만 들어 있을 뿐이다. 해부학적으로 나선형을 띠고, 청각 세포가 들어 있는 달팽이관이다.

나도 이명을 몇 번 경험했다. 한쪽 귀에서 모기가 날개를 퍼덕이는 소리가 나지막이 들리다가 곧 사라졌다. 하지만 이명은 볼 수도 만질 수도 없어서, 친구에게 이 증상을 말하면 "그냥 모기가 지나간 거 아냐?"라며 대수롭지 않게 웃어넘겼다.

나의 이명은 흔적도 없이 찾아와 흔적도 없이 사라졌고, 일상생활에 거의 지장을 주지 않았기에 나도 심각하게 여긴 적이 없었다.

하지만 내가 만난 이명 환자들은 나처럼 운이 좋진 않았다. 한 여성 환자는 깊은 밤 사방이 고요할 때면 귀에서 쇠 갈리는 소리가 들렸고 수면장애에 시달렸다. 이비인후과에서 검사도 받아 봤지만 특별한 문제를 발견하지 못했고, 의사도 달리 처방할 약이 없다며 잠들기 전에 차분한 음악을 틀어 귓속에 울리는 금속 소음을 희석하라고 했다.

현 단계의 의학에서는, 달팽이관 손상이나 대뇌 청각 피질이 이상 신호를 송출하는 경우를 이명의 원인 중 일부라고 본다. 복잡한 신경 전달 경로 중어느 한 부분에라도 문제가 생기면 이명이 일어날 수 있다.

또한 우울증 등 정서와 관련이 깊은 신경 전달 물질인 세로토닌이 이명의 신경 전달 경로에서 중요한 역할을 한다고 보는 연구자도 있다.

한 번은 외래 환자가 요즘 귀에서 바람 부는 소리가 난다며 이명이 점점 심해진다고 호소했다. 환자의 표현에 따르면, 미풍으로 시작해 서풍으로 발전하다 강풍이 '쌩쌩' 소리를 내며 불었다. 그런데 이 바람이 심장 박동과 같은 리듬으로 분다고 했다. 정밀검사 결과, 귀 부근 혈관에 문제가 생겨 혈액이 불규칙하게 흐르면서 나는 소리였다.

이명의 원인을 찾아낸 지극히 일부 사례 중 하나이며, 대다수의 이명 증상은 원인을 분명히 밝힐 수 없다.

'애앵… 애앵… 애앵….' 어느 날 밤, 귓속의 모기가 다시 깨어나 1분 넘게 소리를 냈다. 그 순간 나는 억지로 단조로운 음률의 세계로 빨려 들어가게 되었고, 이명이 두 번 다시 멈추지 않을지도 모른다는 공포가 밀려왔다. 다행히 이명은 10분 후에 사라졌다. 수많은 이명 환자에 비하면 가벼운 편이겠지만, 내 인생에 가장 긴 이명의 경험이었다.

소리의 본질은 상상이다

귀는 청각뿐 아니라 균형감각도 관장한다. 현기증이야말로 더 높은 차원의 고압적인 독재이며 보복할 방도조차 없는 폭정이다. 그건 가끔 사람을 하늘과 땅이 빙글빙글 도는 세상으로 데려다 놓는다.

나는 현기증을 느끼지 않는 편이다. 딱 한 번 겪은 현기증은 뱃멀미 때문이었다. 그해 초등학교 4학년이었던 나는 가오슝에서 배를 타고 펑후까지 가는 내내 심하게 토를 했고, 마궁 항구에 도착했을 때에는 머리가 묵직하고 다리가 후들거려 펑후 전체가 빙빙 도는 것만 같았다.

비록 오래된 일이지만, 그때의 느낌이 생생하게 남아 있다. 그 현기증의 기억이 강렬해 어른이 된 지금도 펑후는 '흔들리는 도시'로 각인되어 있고, 그곳에 갈 일을 일부러 만들진 않는다.

현기증은 이렇게 사물의 진실을 왜곡시킬 수 있다.

하지만 우리의 눈을 가리면 이실이 하는 일 중 상당수가 진실을 왜곡한다. 소리의 본질은 상상이기 때문이다. 그래서 라디오 방송이 있고, 0204 음란 전화도 존재할 수 있었던 것이다.

시험공부를 하던 중학교 시절 어느 날 밤, 라디오를 튼 나는 우연히 어느 여성 DJ의 방송을 듣게 되었다. 그녀는 부드러운 목소리로 타이베이 시 인애로에 심어진 가로수가 계절에 따라 변하는 모습을 묘사했다.

그 후 방송은 이따금 삽입하는 단신을 제외하고는 처음부터 끝까지 음악만 틀었다. 마음을 차분하게 가라앉히고 공부할 때 틀어 놓으면 딱 좋을 채널을 드디어 찾은 것이다! 그때부터 나는 FM 96.3 중광음악망과 함께 중학교 시절을 보냈다.

고등학교 3학년이 되던 해에 FM 96.3는 '웨이브 라디오'라는 새 이름과 함께 트렌드에 맞게 개편되면서, '멘트를 최소화한 음악 방송'이라는 슬로건을 걸고 그에 어울리는 DJ들을 영입하며 프로그램을 추가했다.

대학을 졸업하던 해 '웨이브 라디오'도 막을 내리고 'I Radio'로 개편하면서부터는 프로그래시브, 메탈, 록 음악을 주로 틀었다.

그 후에는 MP3와 인터넷 방송국이 유행했고, 음원 파일을 자유롭게 얻을
수 있는 시대가 왔다.

점점 라디오에 의지하지 않게 되었다. 10년을 함께한 라디오의 시간이 세
월과 더불어 조용히 잠들어 버렸다.

할머니와의 통화

요즘은 진료 중에 정말 다양한 이야기를 듣는다. 세부적인 증상부터 치
료를 받게 된 계기, 가족력, 식습관 등을 나는 하나하나 빠짐없이 묻는다. 똑
부러진 말투의 숙녀, 민난어(중국어의 방언으로, 주로 푸젠 성과 타이완에서 쓰인다)만 구사
하시는 아주머니, 구수한 고향 사투리의 농부, 영어와 중국어를 섞어 말하는
유학생, 문법을 파괴한 외국인 노동자….

복잡하고 다양한 언어 환경에 노출된 나는, 가끔 내게 '이실'이 많아서 각
각의 방이 다양한 주파수를 수신하는 게 아닐까 하는 생각이 든다.

가끔 청력이 좋지 않으신 어르신이 혼자서 진료를 받으러 오는 경우가 있
다. 문진에 엉뚱한 대답을 하거나, 무엇을 물어도 빙그레 웃기만 하신다.

그분들을 보면서 나는 할머니를 떠올린다. 대학 시절 언젠가 집에 전화를
걸었는데, 한참이 지나도 아무도 받지 않았다. 연결이 끊기기 직전에 겨우
통화가 됐고, 수화기를 든 사람은 할머니였다.

청력이 좋지 않으신 할머니는 내가 몇 번을 설명하고 나서야 손주가 걸어온 전화임을 알았고, 그다음부터는 당신이 상상하는 대화 속에서 답을 하시는지, 내 질문과 상관없는 말만 불쑥 던지셨다.

"아가, 밥은 먹었냐? 할미 보고 싶었다고? 졸려서 그만 잘란다." 그리고는 전화를 끊어 버리셨다.

나는 마음 한구석이 서늘했다. 할머니는 전화를 받을 때, 수화기 저편의 멀고 낯선 세상과 마주할 일이 두렵고 불안하셨을지도 모른다.

나이가 들어 청력이 퇴화하면 세상은 거대한 무언극의 무대가 된다. 귀는 나이를 향해 독재를 뻗치기 시작한다. 우리의 만년을 침묵 속에 가두는 것이다. 하지만 꼭 나쁘지만은 않다. 침묵은 일종의 보장이기도 하다.

이 섬에서 일어나는 모든 논쟁과 시비를 고스란히 귀에 담자면 미망에 빠질 것이다. 그래서 우리는 이실의 독재가 필요하고, 비정기적으로 귀에 은둔할 필요가 있다.

가만히 이어폰을 끼고, 음악을 틀고, 눈을 감고, 또 다른 시공으로 들어간다. 거기엔 언어도 문법도 시차도 없다. 우리는 그곳에서 마음 놓고 독재가 주는 고요함을 즐기면 된다.

나의 하루는
꽉 막힌 코로 시작된다

어떤 사람들의 비강(콧속)에는 시계나 달력이 숨겨져 있어 흐르는 세월을 헤아릴 수 있다. 나의 콧속에는 알람 시계가 있다.

중학교 즈음부터 나는 매일 아침 정확히 같은 시간에 꽉 막힌 코 때문에 눈을 뜬다. 연중무휴인 이 알람은 겨울에 증상이 더 심해진다. 나는 햇볕 잘 드는 도시에 사는데도, 콧속엔 항상 물이 꽉 들어차 있었다.

"알레르기성 비염이군."

의사가 그렇게 말했다. 당시 고등학교 1학년이었던 나는 즉시 상식적인 의혹을 품었다. 내가 무엇에 알레르기 반응을 일으킨단 말인가?

"찬바람이지 뭐."

나이 지긋한 의사는 고개를 숙이고 진료기록부를 적으며 말했다.

"하지만 더운 여름에도 코가 막히는데요?"

내가 물었다. 나이 든 의사는 대답 대신 다음 환자를 호명했다. 쌀쌀맞은 태도에서 나는 의사가 어물쩍 넘어가려 한다는 느낌을 받았다.

그렇게 나는 축축한 비강으로 여러 해를 보냈다. 비강은 이른 아침은 물론이고 온도가 조금만 변해도 꽉 막혀 버려 나를 괴롭게 했다. 나중에 의학을 공부하고 나서야 '비 알레르기성 비염'이라는 코 질환이 있다는 사실을 알았다. 엄밀히 말하면 비염이 아니라 비 질환이 맞다.

'혈관 운동성 비염'이라고도 하는 이 질환은, 알레르기로 병증이 유발되지 않고 향수나 화학 연기와 같은 외부 자극에 노출됐을 때, 온도나 습도가 변했을 때, 맵고 뜨거운 음식을 빨리 먹었을 때, 임신, 월경, 갑상샘 기능 저하 등의 원인으로 호르몬 분비에 변화가 생겼을 때 나타난다. 심지어 정서적 스트레스로 증상이 유발되기도 한다.

발병 기제가 불분명하며 신경 조절 기능 저하와 관련이 있다는 주장도 있다. 이유야 어찌 됐든, 결과는 콧속 혈관이 확장돼 점막이 충혈되고 붓는다. 내가 겪는 증상 중 일부는 비 알레르기성 비염으로 설명될 수 있으며, 알레르기와 비 알레르기성 비염이 공존한다고 볼 수도 있겠다.

훗날 인턴 과정을 시작하고 나는 비강에 얽힌 여러 에피소드를 접할 수 있었다.

닭갈비를 먹자마자 콧물이 콸콸 쏟아져 수습이 안 된 사람, 한밤중에 캔 맥주를 들이켜다 맥주가 넘쳐 콧속을 채운 사람, 담배 냄새만 맡아도 코에서 콧물이 주룩주룩 내리는 사람도 있었다. 지룽에서 부청으로 이사 온 후 콧속이 거짓말처럼 보송보송 마르고 상쾌해져 다시는 코맹맹이 소리를 내지 않게 되었다는 사람도 있었다.

이랬다저랬다, 변덕쟁이 콧속

비강은 이토록 예민하고 상처받기 쉬운 기관이다. 아주 미세한 환경 변화에도 콧속은 이랬다저랬다 변덕을 부린다.

"제가 무엇에 알레르기 반응을 일으키나요?"

어느 날 나는 어릴 적 내가 의사에게 던졌던 질문을 똑같이 받게 되었다.

원래는 3월 중순부터였지만 시기가 앞당겨져 2월 하순이면 어김없이 비강이 '우기'에 접어든다는 20대 남성 환자였다.

그는 콧물, 코막힘, 재채기 등 증상을 호소했고 콧속은 물기가 흥건하고 축축했다. 하지만 입추에 접어들면 그의 비강은 기가 막히게 '한기'로 접어들며 겨울잠을 준비한다고 했다.

환자는 알레르기성 비염이라는 진단에 이미 익숙한 것 같았다. 분명 어릴 때부터 늘 같은 병명을 진단받았을 것이다. 하지만 오늘은 준비를 단단히 했다. 마침내 알레르기 유발 물질 검사를 받기로 마음먹고 호명을 기다렸다.

나는 집 먼지 진드기, 땅콩, 바퀴벌레, 꽃가루 등 물질의 알레르기 유발 여부를 검사하고 나서야 환자가 뽕나무과 식물에 알레르기 반응을 보인다는 사실을 알았다. 단서를 쥔 환자는 찬찬히 회상해 보더니, 작업실 근처에 뽕나무가 있다는 걸 퍼뜩 깨달았다.

"괜찮습니다. 1년 중 요맘때만 좀 괴로우실 텐데, 먹는 약이나 스프레이형 약을 쓰면 증상이 한결 완화됩니다. 적어도 저처럼 매일 아침 코가 막히진 않으실 거예요."

나는 그렇게 환자를 위로했다. 그 환자의 비강이 도량하는 세월의 단위는 나의 것과 달랐다. 계간지처럼 절기마다 또는 간절기에만 모습을 드러냈으니 말이다.

하지만 어떤 사람들의 비강은 '깊은 밤이 왔다'라는 또 다른 시간의 자취를 밟는다. 모두가 깊이 잠든 시각, 그들의 비강은 갑자기 소리를 낸다. 어딘가에 몸을 숨기던 맹수가 깨어난 듯, 정확하게 시간을 알린다.

"요즘 남편이 잘 때마다 코골이가 심해서 너무 무서워요. 꼭 사자가 울부짖는 것 같다니까요."

중년의 부인이 말했다. 부인의 묘사가 생동감 넘쳐, 나는 마스크 뒤로 웃음기를 감춰야 했다.

환자들을 진료하며 코골이에 대한 다양한 비유를 들어왔다. 천둥소리, 태풍이 오는 소리, 코끼리가 지나가는 소리, 야생 조류의 울음소리….

심지어 하늘과 땅이 흔들리는 것 같다는 비유도 있었지만, 사자의 포효는 처음이었다.

어떤 이유로든 상기도가 막히면 코골이를 유발할 수 있다.

코골이의 원인이 비강 자체에 있는 경우는 드물고, 오히려 인후의 문제인 경우가 많다. 연구개, 혀뿌리, 목젖, 편도선 등이 늘어지거나 비대해지면 호흡 통로를 막게 되고, 숨을 쉴 때 기류의 마찰이 일어나 소리가 난다.

'코골이'라는 이름 때문에, 사람들은 코골이가 단순히 '코'가 부리는 말썽이라고 생각하는지도 모르겠다.

사자가 울부짖는 듯하다는 비유는 물론 과장됐지만, 나는 충분히 이해할 수 있었다. 부인은 매일 밤 울려 퍼지는 그 소음을 듣지 않을 수 없다. 산산이 부서진 단잠을 뒤로하고 예민하고 짜증스러운 기분에 머물러야 하는 그녀에게, 밤은 파괴로 가득 찬 시간이었을 것이다.

비강에 맹수를 숨길 수는 없지만, 생각만으로도 소름이 쭈뼛 돋게 하는 생물이 들어와 살 수는 있다. 거머리를 예로 들 수 있다. 이런 소식은 뉴스에서 심심찮게 보도되는데, 내용은 대부분 비슷하다.

냇가에서 물놀이하던 사람의 콧속에 벌레 알이 잠입해 둥지를 틀고 지내기 시작하고, 숙주는 언젠가부터 자주 코피를 흘리게 된다. 그러던 어느 날 이비인후과 의사는 그의 콧속에서 몇 센티미터에 달하는 거머리를 핀셋으로 끄집어내는 것이다.

가끔 어린이의 콧속에 건전지, 단추, 사탕, 목걸이 같은 물건이 들어간 상황도 볼 수 있는데, 그럴 때마다 나는 생각한다.

'저 미지의 구멍은 인류의 '채워 넣고 싶은 욕망'을 반영한 블랙홀이란 말인가?'

냄새에 대한 수수께끼

모든 해부학 교재에는 비강을 세로로 자른 단면도가 있다. 비강 상부에 비 점막이 덮여 있고, 상, 중, 하 세 개의 비갑개가 칸막이처럼 비강을 세 개의 밀실로 나누며, 그 안으로 폴립이 자라기도 한다.

어떤 사람의 비중격은 휘어졌다. 마치 갈림길과 우회로가 가득 난 미로를 연상케 한다.

냄새는 언제나 비강에서 길을 찾으려 돌고 돌아 비 점막에 도착한다. 냄새가 비 점막을 통과하면 신경을 타고 뇌에 도달한다. 냄새가 일단 뇌에 주둔하면 강력한 기억으로 재탄생해 잊히지 않는다.

그윽한 향기, 역겨운 악취, 지독한 비린내를 맡은 사람들은 그 냄새를 평생 잊지 못한다.

일반적인 진료 케이스에서 환자들이 호소하는 코 증상은 십중팔구 '콧속 물난리', 즉 콧물과 코막힘이다. 비강은 본디 물을 채우기에 적합한 기관이 아니며 좋은 냄새와 연결된 경험을 담아야 하는 기관인데…, 나는 언제나 그런 증상을 안타깝게 느낀다.

후각에 문제가 생겨 병원을 찾는 환자는 많지 않은데, 언젠가 감기를 앓고 난 뒤 후각을 상실한 중년 여성을 진료한 적이 있다.

"오늘 요리를 하는데 아무 냄새도 나지 않아서 깜짝 놀랐어요. 코가 이렇게까지 심하게 막힐 수도 있나요?"

초조한 부인은 눈물까지 글썽이며 증상을 호소했다.

"코가 막혔을 수도 있고 아닐 수도 있습니다. 바이러스가 신경을 침범했을 가능성도 있고요."

나는 발생할 수 있는 모든 상황과 확률을 말해 줬다. 덕분에 나는 어떤 기능을 상실한 인생에 대해 생각하게 되었다. 후각을 잃은 삶은 어떤 모습일까? 향기도 냄새도 없다면 삶이 무척 무미건조할 것이다.

나는 후각을 묘사하는 형용사가 많지 않다는 걸 불현듯 깨달았다. 향기롭다, 구리다, 비릿하다, 코끝을 찌르다…. 아마 이 정도일 것이다.

후각으로 일상을 지탱하는 동물들을 떠올려 보았다.

냄새가 언어나 마찬가지인 그들은 후각에 맥락과 의미를 부여할 것이다. '아, 그 시절 우리가 좋아했던 암컷의 냄새구나.' 아마 냄새로 아름다움을 판단하고 취향도 구분했을 것이다. '이 냄새는 매우 도발적인데, 나와 교미하고 싶다는 뜻일까?' 모기들은 이런 구별이 가능할지도 모른다. '육식을 즐기고 채소를 싫어하는 사람이군. 산성 체질이라 피 맛이 끝내 줄 거야.'

후각은 어렴풋한 감각이다. 보통 사람들은 파트리크 쥐스킨트가 쓴 소설 〈향수〉의 조향사 그르누이처럼 예민한 후각을 갖진 못한다.

미각, 청각, 시각에 비하면 후각은 추상적이며, 감각을 명확히 형언하기 어렵고, 쉽게 피로해지거나 감퇴한다. 그래서 '꽃이 가득한 방에 있으면 그 향을 맡지 못하고, 생선 가게에 오래 머무르면 그 고약한 냄새를 맡지 못한다'라고 옛 성현이 말했을 것이다.

하지만 사람들은 후각의 잠재력을 발휘하기도 한다. 류리얼이 〈빈과일보〉에 기고한 '불륜에서 냄새가 난다'라는 칼럼에서, 여성의 코는 비누와 샴

푸 냄새에 굉장히 민감해 남편이 밖에서 목욕하고 왔는지 알 수 있다고 했다. 또 여성은 남성의 체취 변화를 예민하게 잡아낼 수 있는데, 남성에게 불륜 상대가 생기면 체취가 덜 고약하게 느껴진다고 한다.

여성은 후각의 동물일까? 그래서 일본에는 남성의 몸에 잔류한 오묘한 냄새를 없애기 위한 전용 스프레이 제품이 시판되고 있나 보다.

우리의 코는 각자의 시계를 품는다

얼마 전 간호사 지망생이 진료를 받으러 왔다. 생리 기간만 되면 자주 코피를 흘리는 그녀는, 혈액 응고 기능에 문제가 생겼을까 걱정되어 병원을 찾았다고 했다.

"생리 첫날이나 둘째 날만 되면 콧물에 피가 섞여 나와요. 처음에는 건조한 탓이라고 생각했는데, 1년 내내 이러네요."

검사 결과 자궁 내막증이었다. 자궁에 있어야 할 자궁 내막이 비강에 존재하는 증상이다. 따라서 이 내막은 호르몬 변화에 따라 28일 주기에 맞춰 성실하게 부풀어 오르고 탈락하며 출혈이 일어나는 것이다.

"생리혈입니다."

진단을 듣고 환자는 몹시 놀랐다. 자궁 내막이 어쩌다 천리만리 먼 비강까지 와서 자랐단 말인가.

자궁 내막증에 관한 기록을 살펴보면 난소, 방광, 장, 림프샘, 심지어 폐에 존재하는 사례도 있다. 그러니 지구 어딘가에 누군가는 매월 각혈로 생리를 치를 것이다.

환자는 산부인과와 이비인후과로 전과되었다. 그녀의 비강에는 일력이 한 권 있는 듯, 매달 붉은 동그라미 친 날들을 찢어 냈을 것이다.

어느 이른 아침, 새벽 5시. 하늘이 어둑한 시간에 나는 코막힘에 괴로워하며 눈을 떴다. 휴지를 몇 장 뽑아 코를 풀고 나니 다시 잠들 수 없었다. 나는 하루를 이렇게 시작해야만 하는 걸까?

벽에 걸린 시계의 초침이 경쾌하게 째깍 소리를 냈다. 나는 침대에서 몸을 뒤척이며 불현듯 그 여성과 남성 환자 들이 떠올랐다.

우리의 비강은 각자의 시계를 품었는지 모른다. 그들은 일 단위, 혹은 월 단위, 혹은 계절 단위로 급류처럼 세차게 젊음과 무정한 세월을 묵묵히 헤아리고 있는지도 모른다.

하는 일은 없으나
위풍당당

나는 수염이 사려 깊고 스스로 사고할 줄 안다고 생각한다.

언젠가 '의사 예절'이라는 수업을 청강할 때 일이다. 강사는 의사가 전문적인 이미지를 구축하려면 옷차림, 머리 모양, 넥타이, 구두, 양말 등을 어떻게 이용해야 하는지 가르쳤고, 머리부터 발끝까지 겉모습을 관리하는 법도 다뤘다. "수염은 말끔히 깎으세요!" 강사가 말했다.

그즈음 샤오강은 임상 실습할 때 수염을 기르다 지적당한 이야기를 들려줬다. 일본 배우 와타나베 켄을 동경했던 그는 짧고 빳빳한 구레나룻을 길렀지만, 이내 무성하고 무질서하게 자라났다. 그러다 일본 유학파 교수님에게 전문성이 없어 보인다고 호되게 꾸중을 들었다고 했다.

샤오강과 나는 고등학교 동창이다. 그때부터 녀석의 이미지는 '털'이었다. 체모가 유난히 짙고 빽빽하게 자라, 몸니가 길을 잃고 헤맬 것 같은 모양이었다.

그는 열일곱 살부터 매일 면도를 했고, 친구들은 그를 '구레나룻 맨'이라고 불렀다. 피부가 검은 샤오강은 수염을 기르면 턱 주변이 비 온 뒤의 정글처럼 생명력이 넘쳤다.

샤오강이 이야기를 마치자 모두가 생각에 잠겼다. 수염이 정말 의사의 전문적인 이미지에 영향을 줄까?

우리는 모두 약속한 듯 팔자수염의 과장님을 떠올렸다. 붓으로 두 번 그린 듯한 그 검은 수염에 너무 익숙해졌는지, 과장님이 수염을 깎은 모습을 상상하니 그의 위엄 있고 만사를 통달한 듯한 인상이 사라졌다. 수염이 없어진 과장님은 지혜가 희미해진 평범한 노인 같았다.

내가 읽은 중국 전설 이야기에도, 두려움에 떠는 중생에게 답을 주는 어른이나 신선들은 흰 수염을 길게 늘어뜨리고 있었다.

수염은 현명함이나 깊이를 대표하는 상징이고, 그 존재만으로 '나는 너의 욕망과 혈기를 이미 파악하고 있고, 시야가 좁고 허영에 찌든 너는 영원히 나의 시선을 피할 수 없다'고 경고하는 것 같다.

그러므로 수염을 기른 이를 만났다면, 알아서 분수를 지키고 감히 선을 넘지 않는 편이 좋다.

동물의 수염도 사람의 것과 비슷하다.

잘 아는 동물병원 원장님이 고양이 수염은 자르면 안 된다고 말한 적이 있다. 고양이 수염의 뿌리 부분에는 신경이 발달해, 풀이 흔들릴 만큼의 작은 바람이 살짝 닿아도 감지할 수 있다. 또한 그 신경은 눈꺼풀과 연결되어 있어, 재난이 닥치면 언제든 눈을 감아 눈동자를 보호할 수 있다. 고양이에게 수염은 부단히 경계하며 주변 상황을 살피는 경고 알람인 것이다.

《삼국지》에는 '날호수'라는 표현이 나온다. 호랑이의 수염을 뽑는 일은 지극히 방자하고 겁 없는 행동이기에, 나중에는 '모험을 감행하는 일'을 비유하게 되었다.

하지만 글자만 봐도 수염은 신성하고 함부로 희롱할 수 없는 것임을 알 수 있다. 호랑이에게도 수염은 소리 없는 거대한 권세였을 것이다.

곤충의 수염이 하는 일

어느 깊은 밤, 누군가 나의 윗입술을 가볍게 쓰다듬는 느낌이 들었다. 몹시 간지럽고 묘한 감촉이었다. 흐릿한 눈을 떠 보니, 바퀴벌레 한 마리가 내 눈앞에 가만히 앉아 자동차 와이퍼처럼 수염을 흔들며 나의 일거수일투족을 예측했다.

나는 퍼뜩 깨어났다. 잠은 저만치 달아났다. 우선 불을 켜고 몸을 최대한 적게 움직여 슬리퍼를 향해 손을 뻗었다.

그때 바퀴벌레가 움직이기 시작했다. 놈은 직선으로 기지 않고 수염을 꿈틀거리며 종횡무진으로 움직였다. 그러다가 갑자기 빙글 돌더니 날아올라

옷장에 앉았다가, 벽과 옷장 사이의 틈새로 잽싸게 들어가 자취를 감췄다.

나는 긴장감이 흐르는 방에서 멍하니 굳어 버렸다. 아무래도 바퀴벌레의 세계에는 군대처럼 엄격한 규율이 존재하는 것 같다.

어떤 바퀴는 비행 능력이 없어서 온종일 어두컴컴한 파이프 속을 배회하거나 음식물 찌꺼기 통에서 뒹군다. 그놈들은 육군 바퀴다. 날씨가 갑자기 변할 때 가정집 베란다로 날아드는 놈들은 공군 바퀴일 것이다.

언젠가 둥베이자우 해안풍경구에서 바퀴 떼를 본 적이 있다. 바위틈에 살면서 생계를 이어 가는 놈들이다. 염분을 좋아하고 바람과 서리에 강한 해군 바퀴벌레일 것이다.

육해공군을 갖춘 바퀴벌레 제국은 엄격한 군사 제도를 기반으로 인간 세상 구석구석에 포진하고 침투했다. 놈들은 바퀴벌레 같은 베테랑이야말로 진화 역사의 살아 있는 화석이며 지구의 주인이라고, 오랜 세월이 흘러도 그들은 쇠퇴하지 않을 거라고 선언한다.

그날 밤은 매우 불안했다. 큰 바퀴벌레는 분명 저 구석에 숨어 차가운 시선으로 나를 감시하고 있을 것이다.

사실 바퀴벌레에 대한 나의 공포심은 선택적이다. 다리가 부러진 놈, 날개가 꺾인 놈, 작고 둥글납작한 놈, 절룩거리는 놈 등 내가 밟는 즉시 '게임 오버'인 놈들은 두렵지 않다.

하지만 날아다니는 바퀴벌레를 보면, 나는 거의 공황에 빠진다. 놈들은 기세등등하게 3D 항로를 비행한다. 게다가 길게 뻗은 더듬이와 가시 같은 털이 숭숭 난 다리는, 겉모습만으로도 충분히 기선을 제압한다.

나는 침대에서 뒤척이며 아까 그 커다란 바퀴벌레가 더듬이를 흔들던 모습을 떠올렸다. 그 움직임은 놈이 속세를 분석하고 인간을 알아보는 방식이었다. 나는 바퀴벌레의 수염은 영혼이 자리한 곳이라고 생각했다. 그토록 민첩한 움직임은 놈의 사고가 재빠르고 이해력이 뛰어나며 매우 약삭빠름을 나타낸다.

그렇다면 놈은 내가 깊이 잠든 사이에 침대 밑에서 기어 나와 나의 발등과 종아리를 타고 트렁크 팬티 안으로 들어올 수도 있지 않을까? 혹은 허벅지 근처에서 멈춰 서서 긴 더듬이로 팬티 속을 탐색해 보고는 "음… 수놈이었어"라고 하진 않을까?

언젠가 '바퀴벌레의 더듬이'라는 과학 전시회를 관람했다. 학생들은 준비한 종이 상자에 색이 비슷한 두 물질인 땅콩가루와 연필 깎고 남은 찌꺼기를 그 안에 쌓아 뒀다. 그리고 바퀴벌레를 상자 안에 넣자 놈들은 이내 더듬이로 두 무더기의 물질을 탐색한 후 땅콩가루 더미로 올라가 먹어 치우기 시작했다.

하지만 학생들이 바퀴벌레의 더듬이를 자르자 일부는 땅콩가루로 곧장 가지 못하고 연필 찌꺼기 더미로 가서 맛을 본 후, 인간의 따분한 장난에 걸려들었음을 깨닫고서야 풍미 넘치는 땅콩가루 쪽으로 방향을 바꿨다.

흥미로운 실험이었지만, 이를 통해서는 더듬이와 후각의 관계만 설명할 수 있을 뿐이다. 하지만 내가 익히 들어온 더듬이의 명성은 더욱 대단하다. 페로몬, 진동, 습도, 공간, 짝짓기 욕구까지 감지할 수 있다고 한다.

그런데 내가 가장 놀란 대목은, 바퀴벌레만을 소재로 한 회를 구성한 디스커버리 채널의 다큐멘터리에서 본 내용이었다.

다큐멘터리에 따르면, 바퀴벌레는 더듬이로 '집단 지성'을 발휘한다. 가장 흥미로웠던 사례는 바퀴벌레의 이주였다. 100마리의 바퀴가 다른 곳으로 이주할 때, 새 터전에 다섯 개의 은신 굴이 있다고 가정하면 놈들은 더듬이를 통해 서로 협력하여 공간을 분배한다.

첫 번째 굴에 서른 마리가 이주하고 나면 나머지는 두 번째 굴로 향하고, 두 번째 굴에도 서른 마리가 차면 세 번째 굴로 간다는 것이다. 여기까지의 행동으로 미뤄 보면 네 번째 굴에는 열 마리만 살고, 다섯 번째 굴은 비워 두려는 것이다. 굴에서 번식이 활발해져 잉여 바퀴가 생기면 다시 주거를 분배하기 위함이다. 이때 일부 바퀴들은 빈 굴로 강제 이주를 당하기도 한다.

이쯤 되면 국민주택 추첨 수준 아니겠는가? 나는 너무도 불가사의하여 내용에 의심을 품었다.

그렇다면 나와 동거하는 거대 바퀴 놈을 어떻게 설명해야 할 것인가? 놈은 맛집 정보를 수집하던 중에 길을 잃었을까? 아니면 유난히 홀로 고상하고 싶은 놈이라 무리를 떠나 광명의 세계를 향해 몸을 던졌을까?

어쨌든 디스커버리 다큐멘터리는 내게, 바퀴벌레는 더듬이로 삶의 터전을 닦고 또 살아가는 데 필요한 정보들을 얻는다는 사실을 알려 줬다.

생명의 수염이 아닌가! 놈들의 세계에서는 시각이 별로 중요하지 않을 것이다. 그들은 후각의 생을 살고 있다. 온갖 소리와 색 속에서 살아가는 인간과는 매우 다르다.

인간의 수염은 언제 빛을 발하는가

다음 날 아침 세수할 때, 나는 거울 가장자리에 앉은 큰 바퀴와 조우했다. 더듬이가 긴 게 필경 어젯밤의 그놈일 것이다. 그 더듬이를 보자 온몸에 소름이 돋아 결국 세수를 포기했다.

같은 수염인데 왜 바퀴벌레의 수염은 사람을 뒤로 물러서게 할 만큼 기세가 대단할까?

사람의 수염은 어떤가? 고작 성별에 따른 장식 역할을 할 뿐이다. 그 역할이란 상대방에게 내가 남자임을 알리기 위함일까? 남자의 기세 같은 걸 보여 줄 순 없을까?

언젠가 어린이 여름 영어 캠프의 인솔 요원으로 일했던 일이 생각났다. 인솔자 중 아랍인이 있었는데, 그 친구를 보고 첫눈에 든 생각은 '굉장히 묵직한 수염이군! 빈 라덴을 닮았어!'였다. 두툼한 그의 수염 다발은 거대한 붓 같았다.

회의가 끝난 후 아랍 세계에 문외한인 타이완인 몇이, 그 친구에게 야시장을 구경시켜 주고 간식도 맛보여 주며 자연스럽게 그의 수염에 관해 물었다. 얼마나 길렀는지, 관리는 어떻게 하는지, 광택을 유지하는 비결이 있는지, 키스할 때는 어떻게 하는지 같은 질문이었다.

"수염 없는 남자는 꼬리 잘린 고양이와 똑같아요." 그는 아랍의 속담으로 비유했다.

굉장히 강력한 어조였다. 여권이 신장된 사회의 구성원인 나는, 얼굴을 가린 여성과 남존여비 사상이 팽배한 사막과 낙타의 나라를 상상하기 어려웠다. 그곳에서 수염은 남성 외모의 기본값이고 일종의 성별 권위인 것이다.

일찍이 수염은 좌파의 이미지를 품었다. 예를 들면 마르크스와 레닌, 60년대 히피족의 수염은 사회를 향한 저항을 은유했고 일정한 세력을 형성했다.

어느 날 우리는 샤오강의 여자 친구 베티와 식사를 하면서 그녀에게 샤오강의 어떤 점이 가장 마음에 드는지 물었다. 그녀는 "짧은 수염!"이라고 대답했다. 왜냐고 물었지만 그녀도 이유를 잘 모르겠다며, 까끌까끌한 수염에 얼굴을 비비면 행복하다고 했다.

나는 그녀의 행복을 이해할 수 있었다. 어느 날 서브웨이 샌드위치의 통유리 너머로 보이는 회랑에서 행인의 시선을 잡아끄는 사랑스러운 장면을 목격했다.

베티가 볼을 샤오강의 턱에 대고 응석 부리듯 비비적거리다 키스를 보냈다. 그런 장면을 빤히 처다보면 실례라는 건 알지만, 어쩐지 조금이라도 더 바라보고 싶었다.

언젠가 본 영국 뉴스에 따르면, 출산 적령기 여성은 대부분 짧은 수염의 남성을 결혼이나 하룻밤 연애의 이상적인 동반자로 여긴다고 한다.

긴 수염은 너저분해 보이고, 흰 수염은 유약해 보인다. 오직 짧은 수염만이 가볍게 쓰다듬었을 때 산뜻함, 자유로움, 강인함이 느껴지며, 꿈틀대는 남성미의 상징이 되어 '당신의 탐색을 기다리고 있어요'라고 여성에게 메시지를 보낼 수 있는 것이다.

축구 스타 데이비드 베컴의 영향인지 몇 년간 모양을 잡아 깎은 수염이

크게 유행한 적이 있지만, 모든 남자가 그걸 소화할 수 있는 본판을 타고나진 않았다.

우선 수염의 숱이 풍성해야만 구레나룻을 기른 후 얼굴형을 따라 가위로 강렬한 라인을 다듬을 수 있다. 수염을 기르는 내 친구들 대부분은 숱이 듬성듬성하고 자연스러운 짧은 수염을 유지한다.

미미한 기능, 대단한 위용

거대한 바퀴벌레가 출몰한 뒤, 나는 방에서 뜻하지 않게 놈을 몇 차례 더 마주쳤다. 이상한 건 일주일 후 다시는 그 큰 바퀴를 보지 못했다는 것이다. 아마도 놈은 나의 동선과 신체 리듬을 훤히 파악하고 있을 것이다.

어쩌면 이 집구석은 너무 황량해 식량 창고로 쓸 수 없다고 여겼을지 모른다. 그래서 거점을 바꾸기로 했을 것이다.

어쩌면 시간을 허비하며 나와 대항할 필요 없이, 오수와 음식물 찌꺼기가 있는 뷔페식당 뒤편의 아름다운 곳으로 마땅히 돌아가야 한다고 생각했을지도 모른다.

모처럼 부엌을 청소하기로 했다. 냉장고 선반을 당겼을 때 윤기가 흐르고 통통한 바퀴벌레 알 두 개가 마치 두 개의 시한폭탄처럼 덩그러니 나타났다. 그것에서 금방이라도 1000만 마리의 작은 바퀴벌레 병사들이 튀어나올 것만 같았다.

나는 생각해 보았다. 그놈이 낳았을까? 아니면 다른 암 바퀴가 함께 살고 있었을까? 나는 수시로 머릿속에 튀어나오는 그 더듬이가 떠올라 온몸에 소름이 돋았다. 불가사의한 바퀴벌레의 위용이다.

나는 때때로 기능이 미미한 인간의 수염에 대해 생각한다. 하지만 열애 중인 베티와 샤오강에게는 예외일 것이다. 그들은 수염을 통해 서로의 페로몬과 체온, 그리고 심장 박동을 느끼며 파도처럼 밀려드는 사랑을 기세 좋게 선언하기 때문이다.

욕망의 불꽃으로
점화된 촛불처럼

우리 몸에서 가장 가연성이 있는 기관은 아마도 입술일 것이다. 그건 욕망의 가연성이다.

중학교 시절, 옆 반의 샤오샹이 우리 반에 와서 수학 과제물을 '모집'했다. 나는 샤오샹과 친하진 않았지만, 그가 누군지는 알고 있었다.

옆 반은 수학 과제 검사를 받는 날인데, 많은 학생이 완성하지 못한 모양이었다. 샤오샹이 기지를 발휘해 우리 반에서 숙제를 빌려다 임기응변하려는 것이었다.

나의 수학 문제집도 그렇게 징발되어 떠났다. 정확히 누구에게 빌려줬는지도 알 수 없었다.

한 시간 후 수학 문제집은 시간 맞춰 내게 귀환했다. 나는 페이지를 뒤적이며 혹시 다른 사람의 흔적이 남지는 않았는지 확인하다가, 뜻밖에도 작은 포장지를 발견했다. 당시 한창 유행했던 '안데스 민트 초콜릿' 포장지였다.

그건 직사각형 초콜릿 사이에 민트 맛 초콜릿이 들어 있는, 달콤하고 시원한 맛이 동시에 입안을 감싸는 초콜릿이다. 수십 개의 민트 초콜릿이 반짝이는 청록색 포장지에 싸여 종이 상자에 빼곡하게 들어 있다.

나는 속으로 투덜거렸다. '남의 문제집을 빌려 가놓고 고맙다는 인사는 못할망정 먹고 난 초콜릿 포장지를 주다니. 쓰레기는 스스로 치워야 하는 거 아닌가? 해도 너무 하네!'

하지만 나는 포장지를 집어 들면서 뒷면에 쓰인 'I love you'라는 글씨를 발견했다. 자세히 보니, 글씨 뒤에 희미한 입술 자국도 찍혀 있었다. 립글로스를 바르고 입술 도장을 남긴 것 같았다.

'누구의 입술 자국일까? 나를 놀리는 건가? 어딘가 다른 힌트를 남겼을까? 어떤 여학생의 입술일까? 남자인 건 아니겠지?'

그 사건은 내 마음속에서 자꾸 커지더니, 결국 나를 끝도 없는 환상에 빠뜨리고 말았다.

'도대체 누구의 입술일까? 누가 나와 간접 키스를 하고 싶었을까? 이 입술 자국에는 분명 의도가 숨어 있을 것이다. 이유 없이 이런 짓을 하는 사람이 있을 리가 없잖아?'

나중에 샤오샹에게 자세히 물어봤다. 샤오샹도 무작위로 나눠 줘서 누구에게 빌려줬는지는 모르지만, 알아봐 주겠다고 약속했다.

나는 그녀의 답을 기다리고 또 기다렸지만, 일주일이 지나도 진전이 없었고 평범한 일상은 계속되었다. 그렇게 그 입술 자국은 영원한 미제 사건으로 남게 되었다.

나는 그 포장지를 버리기는커녕 고이 접어 서랍 속에 간직했다.

입술의 하이라이트, 키스

고등학교 생물 시간. 입술 이야기가 나왔을 때 선생님이 물으셨다. "입술의 기능이 뭘까?" 반 학생들은 입을 모아 대답했다. "키스요."

"다른 건 없을까?" 선생님은 끝까지 물으셨지만, 그 후로는 정적만 흘렀다.

키스. 그것이야말로 입술의 하이라이트 아니겠는가! 매혹적인 입술 자국 하나하나에는 깊이가 다른 입맞춤의 이야기가 깃들어 있다.

"입술은 또 어떤 역할을 하지?" 선생님이 다시 물으셨다. 교탁 앞은 여전히 조용했고, 선생님은 섭식, 휘파람 불기, 표정 짓기 등의 기능이 있다고 말씀하셨다.

입술에 대해 한발 더 나아간 인식은 대학 시절 '조직학' 수업을 통해서였다. 교재에 따르면, 입술의 표면은 '중층편평상피세포'로 이뤄져 있다. 얼굴의 다른 부위에 비해, 입술 세포의 '층'은 세 개에서 다섯 개로 이뤄져 있고 매우 얇다.

입술에는 멜라닌 세포가 적어 혈관의 색이 표면에 그대로 드러난다. 그래서 입술의 색은 부드럽고 연하며, 얼굴의 다른 부위와 색이 다르다. 흑인의 입술에는 멜라닌 세포가 많이 들어 있어, 입술 색이 어두운 편이고 보랏빛을 띠기도 한다.

그래서 입술이 혈색이나 기색, 건강 상태를 나타낸다는 말은 근거가 있다. 산소가 부족하면 피의 색이 어두워지고 짙은 자색으로 변하기 때문에 입술도 감색을 띠며, 빈혈 환자는 혈색소가 부족하여 입술이 하얗다.

입술은 혈액의 현황을 폭로하기도 하지만, 본질은 감각 기관이다. 입술에는 수많은 말초신경이 분포되어 있어 촉각에 예민하고, 가벼운 접촉이나 온도에도 민감하게 반응한다. 성적 자극을 받으면 입술이 통통하게 팽창한다고 주장하는 학자도 있다.

어느 해부학 참고서는 입술을 '성욕을 자극하는'이라는 형용사로 표현했다. 한 인류 행동에 관한 연구에 따르면, 에스트로겐이 여성의 입술을 더욱 도톰하게 하여 치명적인 여성미를 발산케 한다.

연구자는 입술의 성적 흡인력이 일종의 생물학적 지표로, 그러한 입술을 가진 여성이 건강하고 생식 능력이 뛰어나다고 남성에게 알리는 셈이라고 말한다. 남성의 입술도 마찬가지다. 특히 육감적인 통통한 입술은 각별한 성적 매력을 갖는다.

영국 맨체스터 대학교에서는 이런 연구도 진행했다. 모르는 여성을 처음 본 10초 동안 남자는 평균 5초간 여성의 입술을 응시했으며, 머리카락이나 눈을 바라본 시간은 채 2초도 되지 않았다. 여성이 립스틱을 발랐을 때는 그 시간이 7초로 늘어났고, 빨간 립스틱이 분홍 립스틱보다 더 오래 바라보게 했다.

이 연구가 강조하고 싶은 메시지는 명확하다. '입술은 성적 흡인력을 가진 기관이다.' 하지만 모든 입술이 성적 정보를 전달할 수 있을까?

입술 성형이 유행하던 때가 있었다. 성형외과 회진에 참여했을 때, 한 번은 어둡고 말라비틀어진 입술의 여성을 만났다. 그녀의 얼굴에는 지울 수 없는 각박한 인상이 깃들어 있었다. 그래서 환자는 풍만하고 윤기 나며 달콤한 느낌을 줄 수 있는 입술을 원한다고 했다.

"안젤리나 졸리 같은 입술을 갖고 싶어요." 그녀가 말했다. 그러나 같은 진료과에도 각기 다른 입술의 이야기가 있었다.

어느 날 나는 한 소녀를 알게 되었다. 그녀가 아직 아기였을 때, 구순구개열 수술을 받는 과정에서 콧방울이 함몰되고 입천장이 갈라져 입술 일부를 잃었다. 그녀는 자라면서 한 번도 젖을 '빨아' 먹은 적이 없다고 했다.

먹거나 말하는 행위를 할 때마다, 그녀의 입술 주변은 범람과 침습의 연속이라 고생스러웠다. 그녀는 재수술을 통해 입술의 기능을 어느 정도 복구할 수 있길 바라고 있었다.

아마도 그녀는 입술에 성적 매력을 발산하는 기능이 있다고 생각한 적이 없을 것이다. 또 그녀만 입 열기, 입 닫기, 간단한 음식물을 넣어 가장 기초적인 만족감을 얻기 등 입술의 가장 기본적인 기능을 착실히 인지했을 것이다.

입술에서 모든 이야기가 시작된다

얼마 전 홍콩에서 휴가를 보내던 어느 날, 코즈웨이 베이의 어느 쇼핑몰을 구경하는데 화장품 매장 점원이 나를 불러 세웠다.

광둥어로 뭐라고 설명했지만 알아들을 수 없어서 떠나려 하자, 다시 표준어로 말했다. "고객님, 잠시만요!"

점원이 내게 소개하고 싶었던 물건은 남성용 립스틱이었다. 적갈색에 가까운 커피색과 푸른빛이 도는 보라색 두 종류가 있었다.

괴이하기 짝이 없었다. '내가 화장을 하게 생겼나?'

"고객님, 이상한 거 아니에요. 지금 영국에서는 한창 유행이랍니다." 점원은 그렇게 말하며 한번 발라 보라고 권했다.

아무래도 나는 입술에 뭔가를 바르거나 꾸미는 일에 익숙하지 않기에 끝내 정중하게 거절했지만, 덕분에 한때 일본을 떠들썩하게 달군 기무라 타쿠야의 립스틱 광고가 떠올랐다. 그가 모델이 된 후 해당 립스틱의 판매량이 급증했다고 한다.

남자들도 입술에 신경을 쓰기 시작한 모양이다.

희미한 기억으로 남아 있는 장면이 생각난다. 우젠하오가 출연했던 드라마 〈초콜릿에 반했어〉의 키스 장면에서 카메라가 그의 입술을 클로즈업으로 잡았다. 팬들은 사실적으로 꿈틀거린 그의 입술을 보고 '입술까지 연기한다'라며 화제가 되었다.

지극히 사적인 입술의 대화를 시작으로 각종 추측이 싹트기 시작했다. 어떤 배우들은 키스 장면을 계기로 서로의 관계에 질적인 변화가 생겼을 것이다. 연예 면을 장식하는 수많은 스캔들도 그렇게 입술에서 시작한다.

조개껍데기를 닮은 입술이여! 빨판 같은 욕망이여! 그것들이 뻐끔거리는 순간 모든 이야기가 시작된다. 나는 문득 그 입술 자국을 남긴 초콜릿 포장지를 떠올렸다. 이 수수께끼는 언제쯤 풀릴까?

모든 것의 발단은 입술이다. 드문드문 별 같은 욕망에 입술로 불을 붙이면, 들판을 활활 태울 수 있는 것이다.

갓난아기부터 노인까지
입을 다무는 이유

"입 벌려 보세요."

"좀 더 크게요, 이렇게는 안 돼요. 혀가 올라와 막고 있어요. 힘 빼세요."

신종 플루가 유행할 때 나는 번거로운 검체 채취 과정을 반복해야 했다. 방호복, 장갑, N95 마스크, 모자, 고글 등 보호 장비로 나를 겹겹이 감쌌다. 걸핏하면 숨을 쉬기가 곤란했고, 김이 서린 고글과 뿌리부터 축축해진 머리카락과 함께 둔한 발걸음으로 격리 병동에 들어가 검체를 채취해야 했다.

예전에는 비교적 간단하게 후두에서 검체를 추출했지만, 지금은 훨씬 복잡하고 귀찮아졌다.

내가 압설자로 혀를 가볍게 누르자 환자는 헛구역질을 했다. 나는 펜라이트로 구강을 비추고 재빨리 채취용 면봉을 꺼내 검체를 채취했다.

환자는 다행히 성인이라 잘 협조하여 검사 과정이 원활했다. 예전에 소아과 병동에서 근무하던 시절을 떠올렸다. 그때는 후두 검체를 채집할 일이 빈번했고 나는 그때마다 긴장했다.

아이들은 울거나, 의료진을 발로 차거나, 소란을 피우거나, 압설자를 깨물기도 하고, 아예 이를 악물어 버리기도 한다. 순순히 협조해 주는 아이는 드물다.

몸이 묶이거나 제압당한 후에도, 구강을 최후의 방어선으로 여기고 의료진에게 저항하며 필사적으로 구강을 지킨다.

인간이 어렸을 때부터 입을 방어할 줄 아는 건, 생명에 대한 주권 선포인 셈이다.

입을 벌려야 했을 때

"소아과에 왔으면 아이들 입 여는 법부터 배워라."

인턴 시절 한 소아과 선생님이 내게 해 준 말을 기억하고 있다. 동기들끼리 서로 대상이 되어 후두 체검을 연습할 때였다.

"입을 벌려 보세요."

나는 펜라이트로 목구멍에 매달려 있는 물체를 비췄다. 목젖이다. 내부에 용수철이 장착된 듯, 호흡하거나 음식물을 삼킬 때마다 정교하게 오르내린다.

목젖 너머로 인후가 보인다. 구강의 가장 깊은 곳을 엄숙하게 지키고, 침범이나 장난을 허용하지 않는다.

펜라이트가 그 위를 비추니, 번뜩이는 빛이 반사되어 돌아온다. 말을 줄이라는 경고다. 색이 붉고 선명하게 변했다면, 염증의 신호다. 통증의 색이기도 하다.

펜라이트를 위로 비춰 본다. 여기는 상악. 붉고 윤기가 나는 입의 천장이다. 옆으로 비추면 구강 세계의 보안 시스템인 편도선이다. 화농과 종기의 크기로 감염의 정도를 암시한다.

아래로 비추면 혀가 보인다. 능히 움직이고 날렵하게 수축할 수 있다. 자세히 보면, 혀에는 유두돌기와 미뢰(척추동물에서 미각을 맡은 꽃봉오리 모양의 기관으로, 혀의 윗면에 분포한다)가 가득해 시고 달고 쓰고 짠 맛이 여기에 공존한다. 생명의 맛이다.

찬사와 저주가 모두 하나의 혀뿌리에서 나오며, 화근과 축복 또한 함께 존재하고 호연과 악연도 여기서부터 맺어진다. 구강에서 가장 거룩하고도 사악한 살덩어리다.

여기에 사람의 까다로움과 애증, 탐욕과 품격이 있다. 화려하게 또는 악착같은 모습으로 드러난다.

혀의 주변에 보이는 건 치아다. 어금니, 송곳니, 앞니, 사랑니. 썩었거나 틈새가 벌어졌거나, 치석이나 플라그가 끼어 있기도 하다.

치아의 모든 틈은 위생적 은유를 담고 있다. 치아의 색이 누렇고 어둡게 변했다면, 환자가 니코틴에 깊이 중독되어 헤어 나오지 못하는 상태임을 점칠 수 있다.

치아와 잇몸 외에도 구강 점막이 있다. 나는 구강에 아구창(어린아이의 입안에 염증이 생겨 혀 곳곳에 하얀 반점이 생기는 병)이 잔뜩 퍼진 에이즈 보균자 아기를 본 적이 있다. 아기의 입안에는 안개 낀 듯 병소가 하얗게 퍼졌고, 연두부 같은 백태가 보기에도 아프게 끼어 있었다. 칸디다균 감염이었다.

하지만 아이는 아픔을 호소할 줄 몰라, 입을 꾹 다물고 음식을 거부한 채 울고 떼쓰기만 했던 것이다.

펜라이트를 끄면 입속에 어둠이 내리고, 시각의 영역이 아닌 정체불명의 구취만 남는다.

구강. 그곳은 이색적이고 혼란한 세상이다. 타액이 넘쳐흐르고, 음식 찌꺼기가 비옥해지며, 미생물이 번식한다. 세균, 진균, 심지어 플랑크톤까지 저마다 생존의 야심을 내세우는 그야말로 격동하는 난세다.

언젠가 기사에서 구강 내 세균이 300여 종이라는 내용을 읽었다. 그렇다면 우리는 모두 하나의 생태계를 머금고, 하나의 불안한 세계를 저작하고 있는 셈이다.

구강은 자기만의 나이도 있다. 오사카의 한 치의학 대학교 교수가 어느 매거진에 기고한 '구강 나이'에 관한 글을 읽은 기억이 난다. 그는 충치, 잇몸의 색깔과 질감, 염증 상태, 잇몸의 결합 상태, 치석 등을 기준으로 구강 나이를 계산한다.

"입을 벌리세요."

"아~ 그래. 착하지. 선생님 말 잘 들으면 맛있는 사탕 주고, 말 안 들으면 아픈 주사를 놓을 거예요."

소아과에서 수련을 받던 시절 나는, 수없이 많은 아이의 입을 들여다봤다. 어떤 아이의 딸기처럼 빨갛게 부어오른 혀에서 성홍열(목의 통증과 함께 고열이 나고 전신에 발진이 생기는 전염병) 또는 가와사키병(갑작스러운 열과 전신에 발진이 나타나는 원인 불명의 질환)의 단서를 보았고, 어떤 아이의 수포가 잔뜩 맺히고 궤양으로 가득 찬 구강에서 장 바이러스가 잠복했음을 예측할 수 있었다.

나는 물질로 유혹하거나 형벌로 엄포를 놓는다. 내게 마음을 열어서, 또는 속아 넘어가서 그 작은 입을 겨우 벌려 주는 아이들을 충분히 이해할 수 있었다. 나도 한때는 울고 떼쓰며 반항하는 어린아이였기 때문이다.

어른이 되어서도 이질적인 기구를 내 구강으로 밀어 넣는 건 싫다. 특히 압설자는 여전히 질색한다. 혀끝을 진압하는 손길은 언제나 폭력적이다. 혀끝에는 종종 분노와 결단이 걸려 있고, 민족의 언어가 살아 있기 때문일 것이다.

위내시경을 삼키는 일은 그야말로 침략이다. 나는 위내시경 검사를 받을 때의 헛구역질, 메스꺼움, 기분 나쁜 더부룩함을 잊을 수 없다. 헛구역질을 몇 번 했더니 속이 뒤집혀 나올 것 같았고, 강렬한 구역반사를 체험할 수 있었다. 이물질이 인후 뒷벽에 가볍게 닿기만 해도 극심한 구토감을 느낀다.

구역질, 그건 본능적인 반격이었다.

입을 다물어야 할 때

"입 다물어야 해."

"아무 말도 하지 마."

당직을 서던 어느 날 밤, 나는 복도에서 한 남자가 아이에게 할머니의 병세를 절대 말하지 말라고 신신당부하는 말을 들었다.

담관암 말기에 폐로 전이된 환자였다. 헤모글로빈 수치가 낮고 알부민도 낮았다. 배에 복수가 가득 차고 하지가 부어올랐으며, 심각한 영양실조 상태였다.

"의사 선생님, 어머니는 아직 병에 대해 모르세요. 저희는 어머니가 최대한 고통 없이 걱정 없이만…." 가족들이 말했다.

할머니는 안색이 매우 나빴고 나의 문진에 한마디도 대답하지 않았다. 가족들은 그녀의 성격이 고집스럽다고 말하며, 아무래도 오랜 투병 생활 때문에 우울해진 것 같다고 했다.

"입 벌려 보세요."

"아~ 해 보세요. 식사는 하셔야죠."

가족들은 할머니가 식사하시도록 구슬려 봤지만, 그녀는 식욕이 계속 좋지 않았고 구역질하고 토하기 일쑤였다.

나는 가족에게 비위관 삽입을 통한 식사 공급의 필요성을 설명했다. 그러나 할머니는 입과 코를 틀어막고 비위관 삽입을 거부했다.

할머니는 내내 자신의 병을 몰랐고, 누구에게 캐물은 적도 없었다. 아마도 그녀는 피곤하고 지쳤으며 아픈 데 이골이 났을 것이다. 나는 그녀의 눈을 유심히 바라본 적이 있다. 병상에 드러누운 노인 특유의 산만하고 초점 없는 시선이 아닌, 우울감이 응집된 눈빛이었다.

그녀의 눈에는, 피하고 싶고 그만 철수하고 싶어 하는 항거가 담겨 있었다. 그 눈은 또렷하게 깨어 있었으며, 생각으로 가득 차 있었다.

나는 진료 일지 첫 페이지에 쪽지를 붙이고 '환자가 병세를 모름'이라고 적었다. 그리고 다른 의료진에게 할머니를 대할 때 마땅히 조심해야 할 사항을 일러뒀다.

"컨디션을 묻는 걸로 족합니다. 병세에 대해서는 한마디도 꺼내지 마십시오." 입을 다물어야 했다.

레지던트가 되고 나는 여러 번 입을 다물거나 선의의 거짓말을 해 달라는 요구를 받았다. 암이 아니더라도 어떤 질병과 병력 뒤에는 매춘이나 마약, 절도, 밀수, 아동 학대가 숨어 있기도 하다. 그럴 때의 거짓말은 선의로 악의를 포장한다. 진실을 구분하기 어렵게 하고, 내면에서 자꾸만 대립각을 세우게 한다.

나는 혀를 마음대로 놀리지 않도록 억제하고 감정을 숨기며, 도덕과 규칙 사이에 그리고 각자의 사정과 신뢰 사이에 존재하게 된다.

"나 옛날에는 마약 꽤나 했는데, 이젠 다들 코끼리 주사(신경안정제를 의미하는, 마약 환자들 사이의 은어) 맞잖아요! 돈이 없으니까! 아, 이건 진료 기록에 적지 마세요!"

"지난달에 태국 가서 매춘하긴 했는데…. 진짜 입으로만 했어요. 이건 선생님께만 말씀드리는 거예요."

아는 전문의 선생님이 들려준 에피소드가 있다.

HIV 양성 반응이 나온 환자가 부인과 절대 성관계를 갖지 않겠으니 보균 사실을 비밀에 부쳐 달라고 요구했다. 하지만 선생님은 환자의 부인에게 사실을 알렸고, HIV 검사를 받으라고 통지했다. 그 후 부부의 결혼 생활은 파경을 맞이했고, 한 가정은 그렇게 파멸했다.

입을 다물라.

아무 말도 하지 말라.

"어머니는 병에 대해 전혀 모르세요."

그날 밤, 할머니의 병에 대해 입을 다물어 달라고 간병인에게 당부하는 남자의 목소리가 또다시 들려왔다.

입을 필사적으로 방어하는 이유

입을 벌린다.

"아~ 해 보세요. 이걸로는 부족해요. 제가 아무것도 볼 수 없으니 힘드셔도 조금 더 크게 벌리셔야 합니다."

당직 날 나는, 비인두암으로 고주파 요법을 받는 환자의 검체를 채집해야 했다. 그의 구강은 매우 좁았고, 입을 두 손가락만큼도 벌리지 못할 정도로 섬유화가 심하게 진행됐다.

나는 인턴 시절 만났던 호흡 부전 할아버지 환자가 떠올랐다. 긴급히 삽관을 결정했을 때, 할아버지의 입은 굳게 닫혀 있었고 억지로 벌리자 검푸른 즙을 토해 냈다.

한참 애를 먹고 나서야 삽관에 성공해 호흡기를 연결했다. 그때부터 기계가 할아버지의 호흡을 관장했다.

어떤 구강은 굉장히 좁고 작아서, 무의식중에 이런 생각을 하게 한다. '시야가 닿지 않는 어두운 곳에서 이따금 모습을 드러내는 그 구조들은, 저마다 버티고 있을 것이다.'

버티기는 구강 밖에서 더욱 두드러진다.

한 번은 구강암 환자와 이야기를 나눴다. 그는 다른 기관에 암세포가 번져도 구강만큼은 암세포가 자라나지 않길 바랐다고 했다. 나는 절반은 깎아 내진 그의 볼을 바라봤다.

피부를 이식하면서 남은 무늬가 빽빽했다. 진물과 피가 흐르는 병소가 병마와 통증을 한층 적나라하게 드러냈다. 두꺼운 거즈가 겹겹이 붙어 있지만, 살아 있는 것의 아름다움을 품었을, 지금은 썩어 들어가는 그 입을 다 가리지는 못했다.

그는 그렇게 천천히 몇 마디 뱉은 후 입을 다물었다. 침묵한 채로 나를 바라봤다. 그렇게 입을 다물면 썩은 내를 단단히 봉인하고, 감정을 조용히 소화할 수 있다는 듯.

입을 열라.

"힘들면 힘들다고 말해도 괜찮아요." 자원봉사자가 그에게 말했다.

입을 열라.

"아~ 좀 더 크게 벌리세요. 식사는 하셔야죠."

며칠 후 할머니에게 갔을 때, 간병인이 그녀에게 순두부를 먹이려고 애쓰고 있었지만, 할머니는 끝내 입을 열지 않았다. 몇 번 억지로 입에 넣어 봤지만 여지없이 토해 냈다.

그녀는 이제 음식을 거부하며 소화기관과 맞서기 시작했다. 얼마 후 할머니는 혼수상태에 빠졌고, 맥박이 불안정하고 호흡이 가빠지며 혈중 산소 농도가 낮아졌다.

"어머님이 순리에 따를 수 있게 돕고 싶어요. 우리는 삽관, 전기충격, 심폐소생술을 원하지 않습니다." 보호자가 말했다.

'삽관하지 않겠다'는 그 강경하고 단호한 말을 곱씹어 보았다. 어쩌면 노인들이 입을 지키려 하는 것, 삽관을 거부하는 건 한 가닥 남은 힘으로 펼치는 마지막 방어일 것이다. 그것이 생의 포기를 의미할지라도.

그날 이른 아침, 할머니는 혈압이 점점 떨어지고 심장 박동이 느려지다가 결국 세상을 떠났다. 아무도 그녀의 입을 억지로 벌리려 하지 않았다. 그녀는 자신의 입을 틀어막고 산소마스크가 억지로 압출하는 공기로 숨을 쉬었다.

미약하게 잔존한 숨 속에서 그녀는 존엄과 평온을 끝내 지켜 냈고, 집으로 돌아갈 마지막 한 모금의 숨을 남겼다.

그리고 할머니는 영원히 입을 닫았다.

입이야말로 가장 중요하다

입을 벌린다.

"아~ 해 보세요. 잘하셨습니다. 조금 불편하겠지만 잠간만 참으세요."

나는 신종 플루 의심 사례가 발생하면 비정기적으로 완전 무장을 하고 검체를 채취한다. 입안을 가만히 바라보고 있으면, 항상 놀란다. 이토록 작은 구강에서 혀끝의 말 몇 마디가 분쟁을 일으키고, 재앙을 불러오고, 비극을 뱉어 내다니.

누군가는 뇌가 사람을 움직이게 하는 생명의 중추라고도 하고, 누군가는 심장에 생명이 깃들어 있다고 한다. 하지만 나는 사람에게 가장 중요한 기관은 입이라고 생각한다.

숨 쉬는 입, 섭취하는 입, 말하는 입. 우리는 입으로 종종 숨을 참고, 탐욕을 억제하고, 비밀을 지킨다. 바이러스가 창궐하고 비말조차 불확실성으로 가득 찬 이 시기에, 입은 역병의 빗장 노릇을 하고 미지의 재난의 시발점이 되기도 한다.

그리하여 갓난아기부터 황혼에 접어든 노인까지, 사람들은 입을 다문다. 그렇게 한 모금의 숨을 지켜 내 생명의 통로를 남기고 이야기의 출구를 보장하는 것이다.

낯설게 여기고 냉대한
시린 이의 기억

이가 아팠다.

이른 아침, 잠에서 깨자마자 나의 치조 안에서 폭동이 일어나고 있음을 느꼈다. 폭도들은 도끼와 창으로 집요하게 후벼 파고 구멍을 뚫었다.

나는 치통을 참으며 오전에는 자잘한 병동 일들을 처리했고, 오후에는 외래 진료 환자를 받아야 했다. 내 직무를 대신해 줄 사람을 찾을 수 없어, 진통제를 삼키며 퇴근 후 반드시 치과에 간다는 일념만으로 버텼다.

3년 전, 좌측 위턱 두 번째 어금니에 문제가 생긴 걸 어렴풋이 짐작했다. 사실 사랑니를 뽑았을 때 치과 의사가 이미 "이 치아는 충치가 깊어 보존하기 어려울 것 같습니다"라고 경고했다. 의사의 말투는 위태로워 보이는 건물을 보며 언젠가는 무너질 거라고 예언하는 것 같았다.

상담 후 선생님은 신경 치료를 진행했다. 처음에 나는 치료에 매우 협조적이었지만, 복잡한 당직 일정으로 제때 진료를 받으러 올 수 없어 자꾸만 치료를 중단하게 되었다.

나는 하루 세 끼 식사 후, 그리고 잠들기 전에 불소가 첨가된 치약으로 부지런히 이를 닦으면 충치를 억제할 수 있을 거라고 믿었다. 하지만 때는 이미 늦었다. 나의 이는 충치가 되었고, 점점 더 깊이 썩어 들어가고 있었다.

말하자니 부끄럽다. 나는 신체의 각 부위를 제법 섭렵한 사람이고 질병의 세부 사항까지 시시콜콜하게 따지는 타입이지만, 유독 치아는 낯설게 여기고 냉대했다.

치과와 치아 이야기

타이완의 의학 교육 체제에서 '의'와 '치'는 다른 식구다. 치의과는 의과 대학과 분리되어 있고, 치아 이외의 신체 부위는 의과가 담당한다. 임상에서는 일부 중복되는 케이스가 있긴 하다. 예를 들면 이비인후과는 구강 점막에 관여하고, 성형외과에서도 구부 재건 수술에 관여한다.

절단하기, 찢기, 부수기 등 정교하게 제각각의 기능을 수행하는 앞니, 송곳니, 작은 어금니, 큰 어금니, 특별한 용도는 없지만 신화적인 역할을 담당하는 사랑니까지 더해도 인체의 치아는 많아 봐야 서른두 개에 불과하다.

하지만 예외도 있다. 국내 뉴스 보도에 따르면 치아 개수가 부족한 중학생 남자아이의 잇몸을 절개했더니, 치조 내부에 서른 개가 넘는 치아가 비집고 들어차 있었다. 아이의 치아는 총 예순 개가 넘었다. 과잉치의 원인은 확실치 않지만, 치배가 과도하게 분열했기 때문이라는 견해가 지배적이다.

네 가지 형태 치아로만 구축된 세상에서도 치과는 구강악안면외과, 보존과, 보철과, 치주과, 교정과로 등으로 세분화되어, 병원에서 그들만의 나라를 이루고 자신들만의 학술 용어와 표기 방식으로 진단 기록을 작성한다.

아마도 의과와 치과가 다른 집안이기 때문에, 나는 치과에 대해 얄팍한 개념으로만 알고 있을 것이다. 꼬박 7년간의 의학 과정 중 나는 겨우 한 학기 동안 2학점짜리 치의학 개론을 수강했을 뿐이다.

그 수업을 통해 우리는 플라그, 치주병, 치석, 임플란트 등을 대강 이해하게 되었고, 심장 내막염 같은 발치 관련 질병에 대해 배웠다.

나는 수업 시간의 에피소드나 농담 또는 결론만 기억하는 종류의 학생이었다. 그러니 치의학 개론 수업을 마쳤을 때 내 기억에 남은 '올바른 지식'은 손에 꼽혔다.

한 번은 교수님께서 치아의 성별에 관해 이야기하셨다. 오랫동안 의술을 행하신 교수님은 치아만 봐도 환자의 성별을 80퍼센트 이상 맞출 수 있다고 하셨다.

교수님은 파워포인트에 두 장의 대조적인 사진을 띄웠다. 남성의 치아는 모서리가 뚜렷하고 네모 모양을 이루고, 여성의 치아는 선이 부드러우며 우아했다. 성별은 치간에도 새겨져 있는 모양이다.

치아의 성별 외에도 코플릭 반점 같은 자잘한 지식들이 남았다. 구강 점막에 생기는 병변으로, 홍역 환자에게 나타난다. 보통 열이 나기 시작한 지 사흘 내에 첫째 어금니 주변 점막에 흰 반점이 나타난다면, 코플릭 반점이다. 하루가 지나면 대부분 저절로 사라진다.

내가 코플릭 반점을 굉장히 인상 깊게 기억하는 이유는, 그것의 신비로운 '위치 선정' 본능 때문이다. 왜 반드시 첫째 어금니 옆에 자라야 할까? 그건 살그머니 찾아 왔다가 구강 깊숙이 자리 잡고는 슬그머니 가 버린다. 마치 질병의 보초병처럼, 의사에게 암호로 쓰인 은밀한 서신을 한 통 남기는 듯하다.

한동안 유럽에서 홍역이 유행했을 때 프랑스에서 인턴 생활을 하는 친구가 알려 주길, 그곳 의사들은 감기 환자에게 코플릭 반점이 출현했는지 검사한다고 한다. 타이완에서는, 홍역 백신이 보급되어 공중보건의 발전으로 코플릭 반점을 검사하는 경우는 드물다.

의사가 진찰을 받으러 간 사연

치통은 점점 더 심해졌다. 나는 퇴근 시간까지 겨우 버텨 냈다. 시계는 저녁 여덟 시를 가리키고 있었다. 개인 병원들이 진료를 마감할 시간이 다가오고 있었다.

나는 친구에게 의술이 뛰어나다는 치과를 소개받아 서둘러 도착했지만,

접수처 직원이 그 선생님은 예약 환자를 봐야 해서 아홉 시가 넘어야 내 차례가 올 거라고 말했다.

나는 생각했다. 발치는 감기 환자에게 처방을 내리는 것처럼 치과 의사의 기본기이므로, 특별히 의사를 지정하지 않아도 될 것이다.

나는 다른 병원을 찾기로 했다. 큰 길가에서 밝고 모던한 디자인의 개인 치과 병원 간판이 눈에 띄어 그곳으로 향했다.

"처음 오셨나요?" 접수처 직원이 물었다.

"네. 치통이 있습니다." 나는 말했다.

"여기 기본 정보랑 약물 알레르기 여부 적어 주세요."

내가 채워야 할 칸 중에 직업란이 있었다. '의사라고 써야 할까? 의사가 자기 치아도 제대로 관리하지 못한다고 흉보면 어떡하지?' 내 마음이 이렇게 성토하기에 잠시 망설이다가 신분을 감추기로 했다.

사실 이런 경험이 처음은 아니다. 나는 병원에 진료를 받으러 갈 때마다 이렇게 해 왔다. 내가 일하는 병원에서 진료를 받지 않고, 온갖 직업인으로 변신하기를 좋아했다. 직업란에 적었던 작은 거짓말은 번역가, 학생, 서비스업 종사자, 서점 직원 등 다양하다.

의대생 시절과는 판이한 모습이다. 그때는 병원에 갈 때마다 내가 아는 각종 영어로 된 약물 이름을 말하거나 단편적인 의료 지식을 어떻게든 드러내며, 훗날 동종 업계에 종사할 그들에게 '나 만만한 사람 아닙니다'라고 말하고 싶어 안달이었다.

하지만 이제 완전히 달라졌다. 습관적으로 나를 낮추고 감춰 의료진에게

스트레스를 주지 않으려고 한다.

나는 직업란에 공무원이라고 적어 접수처 직원에게 건네고, 위층으로 올라갔다. 공립 병원에서 근무하니, 공무원이라고 해도 썩 틀린 말은 아니다.

젊은 남자 의사가 다가와서 웃으며 말했다. "이 뽑으시려고요? 이쪽으로 앉으세요. 진료부터 하겠습니다."

그는 멀끔하게 잘생기고 옷차림도 화려했지만, 말투는 상당히 겸손했다. 그러나 잠시 후 그가 여성 치위생사와 시시덕대는 언사를 듣고 생각이 달라졌다. 그 말투에 그의 외모를 결합하니 어쩐지 경박하게 느껴졌고, 불안해지기 시작했다. 지금까지 그가 보여 준 과잉 친절은 뭔가를 감추려는 일환이 아닐까? 혹은 뭔가를 희석하고 싶은 걸까?

'그냥 믿어 보자!' 나는 이렇게 생각했다. 이토록 늦은 시간까지 사생활을 포기한 채 병원에서 나의 이빨을 뽑아 주고 있으니, 분명 좋은 의도를 가진 사람일 것이다.

그는 구강 엑스레이를 찍어 자세히 살폈고, 나는 곧바로 치료용 의자에 누워 입을 벌렸다. 등불이 환하게 번쩍 켜지고 석션이 '위잉' 소리를 내며 침을 계속 빨아들였다. 기구들이 쨍강거리는 소리가 들렸고, 곧 발치가 시작되었다.

입을 계속 벌리고 있자니 턱이 시큰거렸다. 옛날에 이를 뽑았을 때와 매우 달랐다. 시간이 너무 길었고, 나의 치아는 세 조각으로 잘려 차례대로 뽑혀 나왔다.

"쯧쯧…."

이따금 의사의 탄식이 들렸다. 기계가 반복적으로 치아를 두드렸고, 전기 드릴 소리가 우르릉 울렸다. 의사의 위생 장갑에 가득 묻은 피를 목격한 순간, 나는 이 발치와 함께 밀려올 사나운 파도를 예감했다.

30분 정도 흘렀다. "다 됐습니다. 일주일 후에 다시 오세요. 경과를 보겠습니다." 그가 말했다. 거즈를 물어 지혈하고, 뺨에 얼음찜질하라는 당부를 받은 후 약을 처방받아 집으로 돌아갔다.

상악동에 구멍이 뚫리다

한 시간 후에 거즈를 빼내고 부드럽게 가글을 시도해 봤는데, 갑자기 콧날이 서늘했다. 큰일 났다. 왜 콧속에 물이 차오를까? 설마 코에 구조적인 변화가 일어났나?

나의 해부학 지식에 따르면, 상악동은 치조와 인접해 있다. 말하자면 상악동과 치조는 1층과 2층의 관계다. 설마 발치하면서 상악동에 구멍을 냈단 말인가?

이미 열 시가 다 된 시각이었다. 진료받은 치과에 전화를 걸었지만, 아무도 받지 않았다. 하는 수 없이 구강외과 의사이자 고등학교 동창이며 의대 동기이기도 한 아덩에게 급히 연락했다. 마침 그는 당직을 서는 중이었다.

"내 소견으로는 치근이 길어서 상악동 천공이 일어났을 거야. 이런 치아는 뽑기가 여간 까다롭지 않고 합병증도 생기기 쉽지." 아덩이 말했다.

나는 고개를 끄덕였다. 아덩은 기구를 꺼내 마취를 한 후 바로 꿰매 주며, 위턱 어금니 발치 시 발생할 수 있는 상악동 천공의 위험성을 설명해 줬다.

나는 이해할 수 있었다. 이런 케이스는 발치의 '최종 보스'인 셈이었다. 모든 발치가 단순한 지렛대 원리만 적용해서 될 일이 아니며, 상상처럼 힘만 준다고 뽑히지도 않는다.

아덩은 앞으로 3개월은 천공 부위의 유합이 관건이니 빨대 사용을 피하고 힘줘 코를 풀지 말라고 당부했다.

다음 날 나는 진료받았던 치과에 전화를 걸었다. "안녕하세요. 어제 저녁에 이를 뽑았던 사람입니다."

"아, 닥터 황이시군요⋯."

내가 의사라는 걸 어떻게 알았지? 심지어 그는 모든 일을 손바닥 보듯 훤히 알고 있었다. 나는 차후의 케어 문제를 상의하려고 전화했지만, 그가 말한 핵심은 발치가 까다로운 치아였고 천공은 70퍼센트 이상이 유합된다는 것이었다.

그는 내게 다시 진료를 받으러 오라고 했고, 만약 유합 예후가 좋지 않으면 판막술로 재건할 수 있으며 비용은 자신이 지불하겠다고 말했다.

그는 일체의 비용을 자신이 내겠다는 점을 매우 강조했으나, 나는 비용에 별 관심이 없었다. 의료 행위 중 실수를 피할 수 없다는 사실을 잘 알고 있기 때문이다. 다만 천공이 순조롭게 아물기를 바랄 뿐이었다.

이 일에 대해 알고 있으며 발설했을 사람은 아덩뿐이다. 나중에 알고 보니, 아덩은 그 병원의 또 다른 의사인 S와 아는 사이였고, 사건이 발생한 날

밤에 나의 경과를 S에게 말했으며, S는 다음 날 내 이를 뽑아 준 의사에게 소식을 전한 것이다.

의료계에는 거미줄 같은 인맥이 촘촘하게 퍼져 있으니, 이 소식은 삽시간에 널리 퍼졌을 것이다. 이튿날 저녁, 나는 전화를 한 통 받았다.

"너 발치하다 상악동 뚫렸다며?"

지금은 타이베이의 개인 치과 병원에서 일하고 있는 친구 샤오광이었다. 연락이 닿지 않은 지 수년이 넘었는데, 녀석의 귀에까지 들어간 모양이다.

나는 결국 내가 일하는 병원의 치과 교수님에게 후속 치료를 받았고, 한동안 빨대 없는 나날을 보냈다. 이를 뽑다가 뚫린 구멍은 아물었지만, 가끔 식사 후 혀끝으로 비어 있는 치조를 건드릴 때마다 그날의 발치가 떠오른다.

그리고 옛 성현들의 말씀이 생각난다. '수레의 덧방나무와 바퀴는 뗄 수 없고, 입술이 없으면 이가 시린 법이다.' 내 경우는 이가 시리니 상악동에 구멍이 났다.

모딜리아니의 목, 카얀족의 목,
의대생의 목

모딜리아니가 왔다. 2011년 여름, 전시가 끝나기 며칠 전 나는 서둘러 가 오슝 미술관으로 향해 모딜리아니의 전시회를 관람했다.

아메데오 모딜리아니는 20세기 초의 유명한 파리파 화가로, 이탈리아에서 태어난 유대인이다. 그는 어려서부터 병치레가 잦았다. 그가 앓았던 늑막염, 폐결핵, 폐렴 등의 병명에서 만신창이가 된 그의 폐를 느낄 수 있었다.

그는 열네 살에 소묘를 배웠고 열여덟 살에 여성의 누드화를 그렸다. 열아홉 살에 베네치아로 이주하면서 마약에 빠졌다. 후에 파리의 뛰어난 예술작품들을 동경하여, 스물두 살에 자신의 커리어를 파리에서 확장하겠다고 마음먹었다.

많은 친구를 사귀었고, 술집에 다니며, 매춘부를 찾았다. 모딜리아니는 오늘만 사는 것 같은 사람이었다. 돈이 떨어지면 그림을 팔았고, 그림 판 돈은 곧바로 써 버렸다. 풍류를 즐기는 호방함의 배후에는 가난, 질병, 마약, 폭음이 있었다.

그의 인생은 충돌로 가득했고 재능, 파멸, 낭만, 비극이 결합했다. 어떤 이는 그를 악당이라고 불렀고, 어떤 이는 찬란하고도 찰나였던 그의 재능을 칭송했다.

제1차 세계대전이 발발한 후 모딜리아니는 남아공 출신 작가 베아트리스 헤이스팅스를 알게 되었다. 둘은 사랑과 분노를 오가는 격정적이고 사나운 사랑을 나눴다. 베아트리스가 모딜리아니의 성기를 물어뜯자, 화가 난 그는 그녀를 창밖으로 밀어 버렸다는 일화도 있다.

서른세 살 되던 해에 모딜리아니는 첫 개인전을 열었지만, 보수적이었던 당시의 사회 분위기 탓에 여성 누드화가 많다는 이유로 전시가 중단되기도 했다.

사연이 있을 것 같은 목

나는 매표소에서 오디오 가이드를 대여해 작품을 감상하며 이 예술가의 생애를 들었다. 어느새 화랑의 끝까지 도착하자 커다란 누드화가 벽 중앙에 걸려 있었다.

이 작품의 이름은 〈누워 있는 누드〉다. 짙은 배경색이 육체를 한층 더 선명하게 빛냈다. 아몬드 모양의 눈, 드러낸 유방, 선명한 음모는 르네상스 시대 유미주의의 성스러운 여성 누드화와 달랐다. 그가 그린 나부의 관능적인 자태와 나른한 표정은 충만한 욕정을 암시했다.

얼마 후 전시 해설사가 한 무리의 관람객을 이끌고 다가왔다. 해설사가 설명한 그림은 〈흰 깃의 옷을 입은 젊은 여인〉이었다. 그림 속 주인공은 시몬느 티로우라는 이름의, 말로가 비참했던 모딜리아니의 또 다른 연인이다. 그녀는 모딜리아니의 아들을 낳았지만, 모딜리아니가 자기 아이임을 부인하고 다른 여자와 결혼했다.

나는 이 그림을 자세히 관찰했다. 시몬느 티로우는 황동색 블라우스를 걸쳤다. 적갈색 머리카락의 그녀 뒤로 커피색과 적색의 중간 정도의 바탕색이 보였다. 전반적으로 따뜻한 색감을 사용했지만, 그림 속 인물은 활기가 없고 눈빛이 공허했다. 표정은 담담하며, 길게 뺀 목은 죽어 가는 백조 같았다.

그 그림을 시작으로, 벽에 연달아 걸린 작품들의 화풍은 모두 비슷했다. 화면에는 한 가지 타입의 선이 흐르듯 존재했고, 뭔가 빠진 것 같았다.

나는 발걸음을 늦추고 이 구역의 그림을 가만히 살펴보았다. 긴 목 이외에도, 몇 가지 눈에 띄는 점들을 발견할 수 있었다. 과장되게 긴 얼굴, 앵두 같은 입술, 처진 어깨, 그리고 눈동자가 없는 눈이었다.

"이목구비 대신 긴 목에 주목하셨다면, 그건 그림 속 주인공의 눈이 텅 비어 있기 때문입니다. 더 이상 영혼의 창일 수 없는 눈이지요. 그래서 여러분의 시선이 아마 목으로 향했을 거예요." 해설자가 말했다.

참으로 길고, 부드럽고, 유연해 보이는 목이 아닌가! 나는 그림 속의 목들을 집중해서 바라봤다. 그 목은 사연을 숨기고 있을 것만 같았다.

늘어진 목. 텔레비전에서 카얀족에 관한 보도를 본 적이 있다. 인구가 3만 명이 채 되지 않는 태국 북방의 소수 민족이다.

카얀족 여성들은 다섯 살 때부터 목에 구리로 만든 고리를 착용하는데, 처음에는 세 개, 다섯 개부터 시작해 일정한 기간마다 고리의 수를 늘려 성인이 되면 10여 개의 고리를 목에 끼우게 된다.

언뜻 보면 가늘고 앞으로 기울어진 그녀들의 목은 새의 목처럼 보인다. 그녀들은 평생 구리 고리를 끼우고 사는데 결혼, 출산 그리고 세상을 떠날 때만 고리를 벗을 수 있다.

그런데 카얀족 여인들은 정말 목이 길까? 한 학자가 그녀들의 경추 엑스레이 사진을 검사해 보니, 목 길이는 보통 사람과 같았다. 단지 장기간 금속 고리의 무게를 버티느라 어깨뼈가 내려앉아, 목이 길어 보이는 착시가 일어나는 것이다.

목을 가지면 몸을 가질 수 있다?

의대생에게 목은 늘어난 존재다. 분량과 비중이 늘어났다는 뜻이다.

흉부, 복부, 골반 같은 큰 구역에 비해 목은 몇 센티미터밖에 되지 않는데도, 해부학 교과서는 하나의 챕터를 독립적으로 할애한다.

목을 따로 설명하는 이유는 혈관, 신경, 림프, 근육, 척추, 식도, 기관지, 갑상선 같은 너무도 많은 중요한 기관이 목을 관통하기 때문이다. 심지어 갈비뼈까지 통과한다.

외상 환자의 응급 진료를 담당할 때였다. 어느 교통사고 환자의 엑스레이를 촬영하고 늑골의 골절 여부를 확인하다가, 갈비뼈가 하나 더 있는 걸 발견하고 깜짝 놀랐다. 게다가 뼈의 위치도 좀 높았다. '이상하군. 흉부에서 기원하는 늑골이 어떻게 목에서 발견될 수 있지?'

그건 경늑골이었다. 1번 갈비뼈 위쪽에 추가적으로 존재하는 갈비뼈로, 7번 경추에 붙어 있다. 대략 5백 명 중 한 명이 경늑골을 가지고 있다.

해부학 교과서의 목 챕터 첫 문장은 다음과 같다. "목은 머리와 몸통과 사지 사이의 간선도로다." 나는 간선도로라는 어휘 선택이 마음에 든다. 목은 생명의 접속사이며, 목숨의 은유인 것이다.

그래서 팔목을 긋거나, 번개탄을 피우거나, 약물을 삼키는 방법보다 목을 매는 방법, 즉 간선도로를 직접 치는 편이 확실하고 강렬하다.

대학교 6학년 법의학 수업 시간에 목을 매달아 사망한 시체의 변화를 배운 적이 있다. 법의학 교수님은 우리에게 목을 졸린 흔적, 안면부의 울혈, 시반의 위치 등을 단서로 얼마나 높은 위치에서 목을 매달았는지 판단할 수 있다고 했다.

자료 사진 속에서 충혈된 눈, 거무튀튀하게 부은 얼굴, 몸부림칠 때 입었을 타박상을 보고 있자니 죽은 모습에서도 짙은 한이 보이는 것 같아 몸서리쳤다.

다행히 그런 사진들을 보는 건 법의학 시간이 마지막이었다. 병원에서 만나는 목은 실무적인 의미를 더 많이 담고 있다.

응급 치료를 예로 들 수 있다. 심박수를 잴 때 심장에 손을 대는 게 아니라 경동맥의 박동을 근거로 삼는다. 사람들도 목에 손가락을 대는 모습에 익숙하고, 이를 생사를 판단하는 대표적인 동작으로 여긴다.

"기관 절개 준비해!" 이비인후과에서 수련할 때 나는 수술실에서 선생님이 외치는 소리를 자주 들었다.

목의 정중앙을 직선으로 절개한 후 근육층을 벌려 기관 연골 고리에 구멍을 낸 뒤 기관 튜브를 삽입하면 기관 절개술이 완료된다.

짧은 몇 분 사이에 목에는 새로운 길이 열린다. 숙련된 전문의 입장에서 기관 절개술은 다반사지만, 상태가 극도로 불안정한 환자의 경우 기관 절개 과정에서 혈압, 심박수, 혈중 산소 포화도가 극적으로 요동치기도 한다.

의학적인 목, 일반적인 목

나는 경부가 극적인 이유는 각양각색의 종괴 때문이라고 생각한다. 선천적인 종괴, 양성 종괴, 염증이 있는 종괴, 혹은 종양…. 이 종괴들은 무상한 인생의 덩어리들이다.

목에 있는 종괴가 반드시 악성인 건 아니다. 의학을 공부한 사람이라면 '80퍼센트의 법칙'을 외운 기억이 있을 것이다.

40대의 목에서 딱딱한 멍울이 만져진다면 80퍼센트는 종양, 그 종양 중 80퍼센트는 악성, 악성 중 80퍼센트는 다른 기관에서 전이된 것이다. 그러나 아이의 목에서 발견된 종괴는 대부분 양성이다.

하나의 법칙이 목의 세계를 암행하고 있다. 나이가 양성과 악성을 주재하는 요인인 것이다.

다만 의학적인 모든 일은 너무도 엄숙하다. 목에 대해 일반 사람들이 신경 쓰는 건 아마도 스카프 매는 법, 넥타이의 브랜드, 목걸이에 박힌 보석의 종류일 것이다.

그해 가을, 나의 친구 샤오강은 여자 친구가 네팔에서 사 온 100퍼센트 캐시미어 머플러를 선물로 받았다. 날씨가 그리 춥지 않은데도, 샤오강은 그 머플러를 두르고 도시의 붉은 벽돌 길을 걸었다. 머플러는 감촉이 부드럽고 가벼웠으며, 바람에 흩날리는 모양이 꿈처럼 몽롱했다.

우리는 샤오강에게 그 머플러는 네게 보온용이 아니라고, 그녀가 너를 단단히 옭아매는 장치라고 일러 줬다. 그건 물건이 아니라 그녀가 암호처럼 전하는 메시지일 것이다.

목을 가지면 몸을 가질 수 있다. 사랑하는 관계에서는 애완동물처럼 목을 매이고도 기꺼우며 달콤하기까지 하다. 목의 의미는 샤오강의 마음속에서 끝없이 뻗어 나갈 것이다.

길게 늘어진 목의 의미

전시회가 끝나자 모딜리아니의 생애도 끝났다. 나는 그의 생애 회고 필름을 상영 중인 출구 옆 작은 상영관으로 들어갔다. 긴 벤치에 앉아 필름을 감상하며 이번 전시회 관람의 마침표를 찍을 생각이었다.

영상의 내레이션이, 모딜리아니는 인생의 마지막 3년 동안 열아홉 살의 미술학도인 에뷔테른을 만났다고 알려 줬다.

에뷔테른의 부모는 두 사람의 연애를 강력하게 반대했다. 하지만 그녀는 모딜리아니를 너무도 깊이 사랑했다. 모딜리아니에게 손목과 머리채를 잡히고 공원의 구석 벽으로 내던져지기도 했지만, 그녀는 모딜리아니를 위해 딸을 낳았다.

모딜리아니가 만년에 병으로 고통받다가 세상을 떠난 지 하루 반나절 만에, 에뷔테른은 자신의 아파트에서 투신자살했다. 당시 그녀는 임신 중이었다. 같이 가자. 같이 찬란하게 빛나고, 같이 파멸하자.

그게 진짜 사랑일까? 나는 처절하도록 아름답고도 잔혹한 그의 삶에 대해 사색했다.

미술관을 나섰다. 모딜리아니가 마지막까지 내게 남긴 건 역시 그림 속의 길게 늘어진 목이었다.

하지만 나는 안다. 그 긴 목에 가려진 막연하고 절망적인 두 눈이 있었다는 걸. 그 눈동자는 천부적인 재능과 저주 사이에서 방황한 어느 흐리멍덩한 인생을 향해 있었다.

2부

이 몸으로
말할 것 같으면

가슴과 배 이야기

가슴에는 복잡한 이야기가 얽혀 있다 | '심장이 아파요'라는 말의 의미 | 고뇌와 욕망을 빨아들이듯 | 자질구레하면서도 위대한 배꼽 위의 일 | 잊힌 듯 존재하지만 책임을 다한다 | 그래, 밥은 배불리 먹었니? | 습관적으로 숨고는 희미하게 나타난다 | 그 진귀한 채소와 고기들은 다 어디로 갔을까? | 이토록 간단하고 가벼울 따름이라니

가슴에는
복잡한 이야기가 얽혀 있다

"교통사고입니다. 오토바이와 자동차가 충돌했습니다. 환자 바이탈은 안정적이고 얼굴에 3센티미터 가량의 열상과 사지에 찰과상이 다수 있습니다." 무전기를 통해 119 대원의 목소리가 들렸다.

응급실에서 수련하며 외상 환자들을 돌볼 때의 일이다. 유난히 바쁜 어느 날, 온갖 사고로 환자들이 몰려 들어왔다.

공사 현장에서 추락한 환자, 감전 환자, 가정폭력 피해자, 쌍방 폭행자, 학대당한 아동… 이 모든 사람이 응급실의 질서를 흩트려 났다.

그 와중에 무심해 보이는 중학생 즈음의 남자아이가 목을 보호대로 고정한 채 들것에 실려 왔다. 진료 구역이 붐벼, 나는 환자를 비어 있는 작은 수술실로 데려가 문진을 시작했다.

"가슴을 부딪쳤나요?" 학생은 고개를 저었다.

"청진하겠습니다." 나는 별생각 없이 청진기를 환자의 가슴에 댔다. 환자의 티셔츠를 올리지 않고 옷 너머로 숨소리를 들었으니, 엄격하게 보면 정석은 아니었다.

청진기를 댄 손에 굴곡이 느껴져 수차례 위치를 조정했지만, 청진기는 자꾸만 한쪽 각도로 기울어지면서 숨소리가 흐릿하게 들렸다. 나는 정확하게 청진도 하고 흉부에 외상이 없는지 살펴볼 요량으로 티셔츠를 젖혔다. 그런데 뜻밖에도 티셔츠 아래로 부드러운 곡선과 봉긋한 언덕 두 개가 나타났다.

'설마?' 나는 얼른 손을 떼고 티셔츠를 내렸다. 환자는 어리둥절한 눈으로 나를 힐끗 쳐다봤지만, 아무 말도 하지 않았다.

"골절이 있는지 엑스레이부터 찍어 봅시다." 나는 문진을 간단히 끝내고 환자를 진료 구역으로 밀어 보냈다.

나는 의혹을 품은 채 환자의 차트를 훑어 봤다. 신분증 번호가 2로 시작했다. 그러니까 나는 방금 여성의 유방을 함부로 만진 것이다! 나는 고뇌하기 시작했다. 꽤 긴 시간을 들여 청진 위치를 조절할 때 환자의 드넓은 유방을 수차례 건드렸다. 더욱 치명적인 건 그 공간에는 환자와 나 둘밖에 없었다는 점이다.

그녀는 짧게 깎은 염색 머리에 칠푼바지 차림이었다. 유행하던 복숭아색 꼬마 돼지 만화 캐릭터 티셔츠를 입고 있었고, 특유의 거만한 행동거지 때문에 꿈에도 여성일 줄은 몰랐다.

유방을 대하는 남자 의사의 고뇌

그 후의 시간은 초점을 잃은 듯 흐릿했다. 지금까지 응급실 당직을 서면서 이토록 혼비백산한 적은 없었다. 나는 자꾸 주의가 분산됐고 자주 고개를 돌려 그녀의 반응을 살폈다.

그녀는 말없이 누워 있을 뿐, 별생각이 없어 보였다. 성격 탓일까? 아니면 조금 전 가슴에 낯선 사람의 손이 닿았던 당혹스러운 기억을 되새김질하는 걸까? 그렇게 몇십 분이 지났는데도, 그녀는 여전히 조용히 침대에 누워만 있었다.

얼마 후 경찰이 도착해 그녀의 음주 상태를 측정했다. 그녀는 시종일관 시큰둥한 표정으로 음주 측정기에 숨을 불었다. 음주 운전 정황은 없었다.

엑스레이 결과는 금세 나왔다. 그녀는 친구에게 전화를 걸어 차 사고가 났고, 지금 응급실에서 치료를 받고 있다고 전했다.

나는 귀를 쫑긋 세우고 대화에 주의를 기울였지만, 키득 대는 청춘의 언어만 들릴 뿐이었다. 농담과 저속한 단어가 난무했지만, 남자 의사가 가슴을 만져 불쾌하다는 내용은 없었다.

나는 조금 마음을 놓았지만, 그래도 초조함이 남아 있었다. '환자에게 사과해야 할까? 사과하면 자기를 남자로 착각했다는 점을 알고 오히려 기분 나빠하거나 화내지 않을까? 하지만 사과하지 않은 상황에서 환자가 가족에게 남자 의사가 가슴을 만졌다고 알린다면, 나는 분쟁에 휘말리지 않을까?'

역시 아무 일 없었던 척 태연하게 행동하는 편이 좋겠다. 어쩌면 환자에게 아까의 일은 신경조차 쓰이지 않는 사소한 일인지도 모른다.

나는 고뇌에 빠졌다. 남자 의사인 나는 여성 환자와 접촉할 때 지켜야 할 각종 금기 사항에 관해 자주 들었다. 예를 들어 절대로 검사를 이유로 커튼을 쳐서 여성 환자와 밀폐된 공간에 단둘이 있어서는 안 된다.

"명심해. 우리는 함정이 많은 시대에 살고 있어. 네가 커튼 안에서 환자에게 경솔한 행동을 하지 않았다고 증명할 방법이 있을까? 환자가 너를 성희롱으로 고소하지 말라는 법 있어? 잘 들어. 남성 의사는 여성 환자를 진찰할 때 간단한 복부 촉진이라도 반드시 여성 의료진을 동반해야 해." 노련하고 세상 물정에 밝은 선배들은 늘 그렇게 말했다.

"여성 환자의 소변 줄은 예외 없이 여성 간호사가 처치합니다." 간호부도 같은 입장을 강조한다. 그런 약속들이 끊임없이 늘어나 규칙이 되었고, 오랫동안 누적되니 의학계에서 두루 통하는 불문율이 되었다.

산부인과가 전형적인 예다. 최근 몇 년간 산부인과의 절반을 여성 의료진이 지탱하고 있다. 환자들의 의식도 높아져, 이 공간 자체가 젊은 남성 의사의 손과 발을 묶고 있다. 내진, 자궁 경부암 검사나 유방 초음파는 말할 것도 없고 태아 산전 검사에서도 남자 의사는 쫓겨날 때가 있다.

"남자 선생님은 질 초음파 검사 시 옆에 계실 수 없습니다. 환자가 불편해할 수 있으니까요." 인턴들은 초음파 사진에 의지해 질경이 어디쯤을 비추고 있는지 상상한다.

막 레지던트가 되었을 때, 유선염 환자를 진료한 적이 있다. 이 병은 비교적 단순해 처방도 간단하지만, 나는 협진할 여의사를 모셔야 했다.

"환자분은 유선에 염증이 생겨 유방 검사가 필요합니다. 곧 여자 선생님을 모셔 오겠습니다." 나는 선언하듯 말했다.

초기 유방암의 정체는 뭘까? 어떻게 생겼을까? 촉감은 어떨까? 의대생 시절을 통틀어 수술 방에서 본 경험을 제외하고는, 책과 사진을 통해서만 각종 병변을 상상했다. 심지어 졸업할 때까지 단 한 번도 초기의 유방 종양을 만져 본 적이 없고, 레지던트가 되어서야 비로소 경험을 쌓을 수 있었다.

가슴에 얽힌 이야기들

제대 후 한동안 중부의 바닷가 마을에서 건강검진 봉사 활동을 할 때 일이다. 할머니 한 분이 검진을 받으러 오셨다. 나는 관행대로 그녀에게 유방 검사를 원하는지 의향을 물었다. 할머니는 망설임 없이 단번에 검사를 받겠다고 말했다. 나이가 지긋한 그녀는 별로 신경 쓰지 않았다.

유방에 손이 닿아서인지는 몰라도, 그녀는 이번 생에 겪은 가슴과 관계된 모든 에피소드를 풀어 놨다.

젖을 물려 키운 아이 이야기, 젖이 나오지 않아 양젖을 먹였던 이야기, 최근 모유를 끊은 손자 이야기, 뉴스에서 떠들썩하게 보도하는 멜라민 분유 파동 이야기…. 그리고 언젠가 성추행을 당했던 경험도 털어 놓으셨다.

"그 자식은 내가 그런 여자인 줄 알고 함부로 주물럭거렸어. 색귀 같은 놈."

할머니는 '색귀 같은 놈' 부분을 특별히 또박또박 말했다. 하지만 사람이

늙으면 유방의 민감도도 둔해지는 모양이다. 수유기가 끝나고 젊음이 다하면 젖샘은 방임되어 축 처진다.

"가슴을 살짝 누르고 시계 방향으로 바깥에서부터 안쪽으로 지그시 돌리세요. 양쪽 겨드랑이 아래도 만져 보시고요." 나는 할머니에게 자가 유방 검사 방법을 가르쳐 드렸다.

"옛날에는 유방 검사에 신경을 쓰지 않아서 지금 한쪽 가슴만 남게 되었어요." 한 번은 어느 부인의 심전도 검사를 하다가 옷자락 밑으로 드러난 평평한 상처를 발견했다. 유방암 때문이었다.

학생 시절 유방 외과에 실습을 나갔을 때 기억에 남는 가장 인상적인 수술은 유방 재건술이었다. 교수님은 복부에서 지방, 피부 및 혈관을 채취해 가슴에 이식해 새로운 유방을 만들자고 환자에게 말했다. "이건 실리콘 겔이나 식염수 주머니가 아니고 조직 확장기도 아닙니다. 가성비 면으로도 확실한 환자분의 진짜 신체 일부죠."

이 골칫덩어리 똥배가 몇 시간 만에 가슴이 되다니! 의학이 뭔지 모르던 시절, 나는 이 천지가 개벽할 것 같은 수술 방법에 입이 쩍 벌어졌다.

한 번은 외래 환자로 농촌 할머니가 오셨다. 몇 년 전부터 유방에 문제가 나타났지만 남세스러워서 연고만 사다 발랐다고 했다. 하지만 오랫동안 차도가 없었다. 할머니는 방송에서 본 약초 처방을 믿고 '베트남산 신약'이라는 약초를 복용해 왔다.

옷을 젖히자마자 고름과 피가 흐르는 유방이 눈에 들어왔다. 유두가 함몰되어 썩고 있었다. 이미 말기까지 진행된 유방암이었고, 할머니의 생은 3개월 만에 종지부를 찍고 말았다.

나는 그 끔찍하게 헐어 있던 유방의 모습을 내내 잊을 수가 없었다. 한때는 새 생명을 키울 젖이 흘렀고, 부푼 꿈을 품었던 가슴이었음을 할머니는 잘 알고 있다. 하지만 이 가슴이 자신을 파멸시키는 날이 오리라고 생각한 적은 없을 것이다.

유방은 오랫동안 엄마 된 자의 상징이었고, 화려하고 아름다운 책임을 내포한다. 예나 지금이나 또 어느 지역에서나 산모들은 젖몸살을 경험하고, 그때부터 본성은 흘러내리기 시작한다. 그건 공통된 산후 기호다. 생명의 샘물은 향기롭고 달콤하다.

'모유를 먹입시다. 모유보다 좋은 영양원은 없습니다.' 그래서 병원 복도에 보건 교육 포스터가 붙었고, 지하철, 백화점에 수유실이 늘어나고, 사람들은 모유 수유를 나날이 뜨겁게 권장하고 있나 보다.

가슴을 화려하고 아름답게

어느 날 나는 단골 헤어 디자이너 샤오량을 찾아가 머리를 잘랐다. 그녀는 내게 성형외과 의사를 추천해 달라고 말했다.

"샤오량 선생님은 용모단정하시니 성형할 필요 없어요." 나는 샤오량에게 그렇게 말했지만, 그녀는 배시시 웃으며 내가 뭘 모른다고 했다.

얼마 후 나는 다른 디자이너로부터 샤오량이 유방 확대 수술을 받았다는 얘기를 들었다. 이제 그녀는 고개를 더 높이 들고 가슴을 활짝 펴게 되었고, 깊게 팬 브이넥을 입을 이유가 더 확실해졌다.

그건 어머니가 되지 않은 여성이 유방에 부여하는 또 다른 의미다. 그래서 타이베이 거리에서는 가슴골을 시원하게 드러낸 여성을 볼 수 있다. 유방 확대술 광고들이 우뚝 솟은 간판은 번쩍번쩍 빛난다.

이 도시는 언제나 꽉 들어찬 한 쌍의 가슴을 소비한다. 여성 란제리 상점들이 하나둘 문을 열면, 오렌지색 조명이나 고풍스러운 꽃무늬 등불이 여인의 유혹을 대변한다.

가슴! 그 풍만하고 비옥한 지방층은 두툼한 쿠션 같다. 젖샘엽, 젖샘 소엽, 젖샘관 등이 유방 내부에서 유두를 중심으로 동그랗게 펼쳐져 있고, 한 가닥 한 가닥 성숙의 세월을 향해 가지를 뻗는다. 가슴의 골짜기는 호르몬의 조석에 따라 조용히 부풀어 오르기도 하고 꺼지기도 한다.

2009년 봄 홍콩에 갔을 때, 지하철역에 언제나 걸려 있는 브래지어 광고가 눈에 띄었다. 한 번은 숙소가 있는 타이콕추이역에서 나와 올림픽역 쪽으로 걷는데, 벽에 커다란 브래지어 광고가 걸려 있었다. 사람들이 지나다니는 가운데, 한 남자가 휴대전화를 들어 포스터를 찍었다. 찰칵찰칵 소리가 들렸다.

그가 찍은 건 도시의 유방이다. 어둠의 시장에서 유통되는 그 CD들은 '거유', '폭유'와 같은 수사들로 두 봉오리를 형용한다. 유방은 언제나 만족스러움과 배부름을 암시했다. 다양한 형태의 굶주림이 도시에서, 지하철에서, 길모퉁이에서, 모니터 앞에서 군침을 흘리고 있기 때문이다.

여성에게만 속하는 이야기

얼마 후 여자아이의 보호자가 도착했다. 환자의 할머니였다. 나는 할머니께 나의 부주의로 환자의 가슴을 접촉하는 실수를 저질렀다고 설명해 드렸다.

"괜찮아요. 쟤가 워낙 사내 같아서 그런 오해 많이 받거든요. 아마 저도 알 거예요." 할머니는 대수롭지 않다는 듯 대답했다.

여자아이는 붕대를 감고 상태가 안정되자 퇴원을 준비했다. 하나둘씩 달려온 그녀의 친구들은 전부 '요즘 애들'이었고, 일거수일투족에서 반항의 기운이 묻어났다. 나는 미안한 마음을 시선에 담아 그녀를 계속 힐끔힐끔 바라봤다. 얼굴에 웃음기를 머금은 환자는, 마치 세기의 대결을 앞둔 투사처럼 친구들과 기세 좋게 우르르 몰려 나갔다.

그러나 그녀가 떠났다는 사실과 할머니의 "괜찮아요"라는 말이, 분쟁이 빈번한 시대에서는 그 무엇도 보장해 주지 못했다. 나는 찝찝하게 뒤끝이 남은 근심을 안고 하던 일을 계속했다.

오래전 과학 도서에서 유선을 유역에 비유한 글을 읽었다. 하지만 나는 유선의 분포는 법망처럼 촘촘해서, 가슴에 손이 닿으면 곧 법망에 닿는다고 여겼다.

유방은 나름의 규율과 규칙이 있다. 윤기 나는 세월과 느슨하게 처진 세월 속에서, 오직 여성에게만 속하는 성장과 수유와 병변 그리고 욕망과 얽힌 복잡한 이야기를 분비한다.

'심장이 아파요'라는
말의 의미

심장은 때때로 몸 안에서 놀라운 억제력을 발휘한다.

2004년 초가을로 거슬러 올라간다. 그해 나는 스물두 살의 의과대학 5학
년 학생이었다. 화이트코트 세레모니(병원으로 첫 임상 실습을 나가는 의·약학과 학생들이
지도교수로부터 전문성과 청렴, 청결함 등을 의미하는 흰 가운을 받는 의식)를 마친 후 나의 첫 임
상 실습 관문은 심장내과였다.

병실에 들어서 언제든 가속, 감속, 정지 혹은 통제 불능 상태가 될 수 있는
심박 화면들에 둘러싸이자, 나는 황송하고도 두려웠다. 물론 선배 선생님에
게 혼날까 봐 겁먹기도 했다.

'심장! 너는 이토록 예측 불가하고 치명적인 기관이구나. 나는 네가 너무

도 궁금하고 두려워.' 그래서인지 심장내과 전문의에 대한 설명할 수 없는 경외심 같은 게 있었다.

그때 어느 전문의 선생님의 말을 생생하게 기억하고 있다. "2주 동안 심장내과에서 실습한다고 많은 걸 배울 수는 없습니다. 하지만 여러분이 반드시 배워야 할 한 가지가 있어요. 바로 심근경색입니다. 사람 목숨을 순식간에 앗아가는 질병이니까요."

그때부터 내 머릿속에 관상 동맥 질환에 대한 개념이 생겼다.

심근경색에 관하여

심근경색은 관상 동맥 질환 중 하나다. 심장에 양분을 공급하는 혈관인 관상 동맥이 막혀, 심근에 산소가 결핍되고 괴사가 일어나는 질환이다. 환자 대부분이 심장을 쥐어짜거나 후벼 파는 듯한 극심한 통증을 느끼며, 턱이나 왼쪽 어깨 마비를 동반하기도 한다.

심근경색은 고령자, 고혈압, 당뇨병, 흡연 비만 인구에서 비교적 많이 발생한다. 그러나 요즘은 발병 연령대가 낮아지는 추세다. 얼마 전 타이완에서 18세 남자아이의 심근경색 발병 사례가 있었다.

'급사'는 높은 비율로 심근경색으로 인한 부정맥과 관련 있고, 그중 절반 이상은 병원에 도착하기 전에 사망한다. 2011년 한겨울, 북한의 지도자 김정일은 급성 심근경색으로 급작스럽게 타개했고, 타이완의 마허링과 마오보

역시 심근경색으로 세상을 떠났다.

하지만 심근경색은 증상이 전혀 없거나 호흡이 순조롭지 않거나 피곤한 정도의 경미한 증상만 나타날 때도 있다. 임상에서는 이런 경우를 무증상 심근경색증이라고 부른다.

특히 당뇨병 환자와 노인에게 이런 현상이 자주 나타난다. 심근경색의 사례 중 약 25퍼센트가 무증상 심근경색증 범주에 들어간다는 통계도 있다.

극심한 통증 또는 무통. 같은 질병이지만 심장마다 판이한 모습과 증상으로 나타난다.

어느 날 회진 후 전문의 선생님이 심근경색 환자들은 대부분 가슴 답답함과 흉통을 호소하며, "심장이 아파요"라고 말하기보다 "가슴이 아파요"라고 말하는 비중이 훨씬 크다고 일러 주셨다.

의대생들이 심장내과에서 실습할 때 가장 먼저 구별할 줄 알아야 하는 증상이 흉통이라는 뜻이 된다.

흉통을 유발하는 요인은 매우 다양하다. 심장, 폐, 식도, 뼈, 근육, 신경…. 어디 한 군데에 문제가 생긴대도 모두 흉통으로 나타날 수 있다. 통증의 양상도 제각각이다. 찢기는 듯한 통증, 감전된 듯 찌릿찌릿한 통증, 불에 타는 듯한 작열통 등 다양하며 발작 시간도 다르다.

그래서 우리가 배워야 할 건 '치명적인 흉통을 구별하는 법'이다. 심근경색 외에도 대동맥 박리, 폐 색전증, 자발적 기흉 등도 포함된다.

하지만 절대다수의 흉통은 치명적이지 않다. 대부분이 신경통, 식도염 또는 근육통이고, 공황장애 발작 시에도 흉통을 호소할 수 있다.

나는 의학 서적을 뒤져 봤다. 글에서도 대부분 '심장통'이 아닌 '흉통'을 진단 감별 요인으로 서술하고 있다. 설령 환자가 '심장이 아파요'라고 호소한대도 의사는 흉통에 초점을 두고 흉강에 자리한 모든 장기를 고려하도록 훈련받는다.

친구 샤오위미 이야기

눈 깜짝할 사이에 2주가 지나, 나는 심장내과 실습을 마치고 주말을 틈타 리포트를 작성했다. 심장 종양 케이스를 접한 나는, 많은 문헌에서 소개하는 수많은 증상과 예후를 읽으면서 자연스럽게 친구 샤오위미를 떠올렸다.

몇 달 전, 절친한 친구의 전화를 받았다.

"샤오위미가 중환자실에 있대."

"무슨 일인데?" 나는 조금 놀랐다.

"나도 자세한 사정은 모르는데, 심장을 거의 못 쓰게 됐나 봐."

샤오위미는 동아리 후배로 나보다 두 학번 아래였다.

"안녕하세요, 저는 심리학과 1학년 메이위라고 합니다. 다들 샤오위라고 불러요." 신입생 환영회에서 샤오위는 그렇게 자신을 소개했다.

갈색 뿔테 안경을 쓴 그녀는 작달막한 키에 명랑한 목소리를 가졌다. 아버지는 쟈이 시에서 고기완자, 국수, 쌀 전병 등을 파는 분식점을 경영하신다. 우리도 한 번 가 봤는데, 고전적이고 기본에 충실한 맛이었다.

샤오위미는 거절을 할 줄 몰랐고, 성격이 둥글둥글했고, 동아리 활동은 있는 듯 없는 듯 조용히 했다. 조용히 성경을 공부하고, 조용히 쓰레기를 분리수거하고, 전화도 조용히 걸었다. 언제나 말없이 경청했고, 단순하게 생활했으며, 소설 읽기를 좋아했다.

어느 날 누군가 장난삼아 샤오위를 '샤오위미'라고 불렀고, 그때부터 모두 그녀를 샤오위미라고 부르기 시작했다.

샤오위미가 너무 조용하고 내성적이라, 내 기억 속 그녀는 박무가 낀 듯 희미했다. 유일하게 선명한 기억은, 2003년 여름방학 때 동아리 회원 모두 아리산의 다방이라는 마을에 봉사 활동을 떠났을 때다.

5일간의 여름 캠프 동안 샤오위미는 꼬마 친구들의 대장이었다. 그녀가 워낙 다감한 성격이기도 했고, 자그마한 키 덕분에 아이들과 금세 한 덩어리가 되어 위화감 없이 어울렸다.

캠프가 끝난 후 동아리 회장은 수고한 봉사 활동자들을 위해 이튿날 아침 주산에 데려가 일출을 보여 주겠다고 했다. 그런데 붙임성 좋은 샤오위미가 어쩐 일인지 그녀답지 않게 산행을 거절했다. "저는 해발이 너무 높은 곳은 못 가요. 어지럽고 숨차고 몸이 안 좋아지더라고요."

그녀가 평소에 자기 건강 상태에 관해 이야기한 적이 없었고, 우리도 자세히 묻지 않았다. 그저 고산증이겠거니 생각했던 것 같다.

샤오위미가 중환자실에 입원한 후 나는 그녀의 심장에 종양이 있다는 소식을 들었다. 우리는 모두 의아해했다. 그도 그럴 것이, 심장은 종양이 쉽게 생기는 기관이 아니기 때문이다.

그녀의 심장은 날로 쇠약해졌고 혈중 산소 농도가 점점 낮아졌다. 그 며칠 동안 동아리와 교회 친구들이 돌아가며 그녀를 보러 찾아왔다. 중환자 병동은 면회 통제 구역이고, 당시 우리는 아직 정식 의료진이 아니어서 선배에게 의사 가운을 빌려 입고 몰래 그녀를 보고 왔다.

며칠 후, 샤오위미가 떠났다. 그녀는 조용히 잠든 사람처럼 보였다. 그녀의 나이 겨우 스무 살이었다. 나중에야 이미 여러 해 전 그녀의 심장에서 종양이 발견됐음을 알았다. 샤오위미는 모든 자세한 이야기를 함구하고, 심장이 좋지 않다는 말은 꺼내지도 않았던 것이다.

'심장이 아파요'라는 말

이제 나는 실습, 군의관, 인턴과 레지던트를 거쳐 외래 진료 환자를 받기 시작했다. 외래 환자 중에 간혹 심장 통증을 호소하는 사람들을 본다. 환자마다 쥐어짜는 것 같다, 콕콕 찌른다, 전기가 오듯 찌릿찌릿하다, 후벼 파는 것 같다 등 증상도 다양하다.

가슴이 아픈 환자들은 대부분 심장에 문제가 있을까 걱정하며 정밀검사를 요구한다. 하지만 그들은 심혈관 질환의 위험인자가 거의 없는 젊은이들이고, 최종 검사 결과도 대부분 정상이다.

하지만 관상 동맥 질환 판정을 받은 환자들이 맨 처음 호소했던 증상을 상기해 보면, 가슴이 답답하다, 흉통이 있다, 숨 쉬기 힘들다 등으로 직접 심장에 통증이 있다고 말한 경우는 많지 않았다.

그중에는 평소 건강해 보이는 중년 남성들이 적지 않다. 그들은 언제나 가족에게 '나는 끄떡없어'라고 장담하듯 말했고, 건강보험카드를 교통카드처럼 편하게 긁어 본 적이 없었으며(타이완의 건강보험증은 카드형이다), 코막힘, 설사, 두통 등의 자잘한 증상들을 그냥 내버려 뒀다.

그러던 어느 날 건강보험카드를 쓰게 되었을 때, 심근경색의 진단 코드가 찍혀도 그들은 여전히 '가슴이 아프다'고 말할 뿐 '심장이 아프다'고 호소하지 않는다. 응급실에서 수련하던 시절 만난 심근경색 환자들이 초기에 호소하는 증상은 주로 '목구멍이 아파요'였다.

어떤 순간 또는 어떤 이들의 심장은 나에게 침묵과 견지의 태도를 드러낸다. 그래서 나는 점점 깨닫게 되었다. 심장이 위험한 사람들은 '심장이 아파요'라는 그 한마디를 쉽게 뱉지 않는 모양이다.

고뇌와 욕망을
빨아들이듯

몇 년 전 싱가포르에 갔을 때, 사만다와 부기스역 앞에서 만나기로 약속했다. 사만다는 시안에서 외국어를 전공한 중국인이다. 8년 동안 안정적으로 교제하던 남자 친구가 있고, 졸업 후 미국 대사관에서 근무할 계획이었지만, 남자 친구가 싱가포르에서 학업을 계속하길 원해 일을 포기하고 그를 따라 동남아행을 결정했다.

사만다를 알게 된 건 홍콩에서 열린 어느 세미나에서였다. 일정이 끝난 후, 중국, 홍콩, 타이완에서 온 사람들은 MSN 아이디를 교환해 친분을 이어 갔다. 처음에는 수십 명이 속한 그룹 대화창이 열렸지만, 몇 년의 시간이 흐르는 동안 인연도 세월에 씻겨 내려가 네 명만 남아 주기적으로 연락을 유지하고 있었다. 사만다는 1년 반 전부터 연락이 닿지 않았다.

남은 네 명은 각각 가오슝, 홍콩, 충칭, 샤먼에 떨어져 있어 메신저를 통해 미적지근한 친분을 유지하고 있었다. 그런데 홍콩에 사는 존슨이 어느 날 갑자기 사만다와 연락이 되었고, 우리에게 싱가포르로 여행을 떠나자고 제안하며 겸사겸사 그녀를 만나자고 했다. 우리는 모두 흔쾌히 승낙했고, 당장 시간도 정했다.

하지만 은근히 걱정도 됐다. 이 낯설고 느슨한 우정을 유지하는 친구들이 만났을 때 나타날 수 있는 여러 가지 곤란한 상황들을 상상해 봤다.

우리는 약속 시각보다 30분 일찍 부기스역에 도착했다. 승강장을 벗어나 약속 장소인 지하철역 출구로 나가자, 짙은 화장에 온통 은빛 액세서리로 치장한 여성이 보도블록에 쭈그리고 앉아 있었다. 여자의 눈은 초점이 없었고 긴 머리카락은 조금 헝클어져 있었다.

사만다였다. 누군가가 그녀를 먼저 알아봤다. 자세히 보지 않았다면 그녀를 완화 뒷골목에 출몰하는 여성인 줄 알았을 것이다. 홍콩에서 처음 만났을 때의 얌전하고 소박한 모습과는 천지 차이였다.

사만다는 우리를 싱가포르의 아랍인 거리 '하지 레인'으로 데려가, 길모퉁이에 있는 이집트 레스토랑에 자리 잡았다. 레스토랑 주인은 우리를 보고 다가와 친근하게 인사를 건네고는 메뉴를 소개했다.

흰색 빵모자를 눌러 쓰고 수염을 기른 그는, 반바지에 샌들 차림이었고 상당히 즉흥적인 성격인 것 같았다. 그는 몸의 언어가 충만했다. 과장된 억양과 드라마틱한 추임새를 보면 천생 낙천적이고 유쾌한 사람 같았다.

2층으로 올라가 문을 열어젖히자 나는 멍해졌다. 눈앞에 펼쳐진 광경은 '퇴폐 문란' 네 글자로밖에 표현할 수가 없었다.

어둑어둑한 조명 아래 커다란 페르시아 양탄자가 깔려 있고, 그 위로 붉은색 소파 몇 조각이 듬성듬성 놓여 있었다. 사람들은 앉거나 누워 있었고, 하나같이 텅 빈 얼굴로 나른하게 아랍식 물 담배를 피워 댔다.

사만다는 차와 따뜻한 음식, 물 담배 한 주전자를 주문하고는 근황을 이야기하기 시작했다. 그녀는 상상 속에 남은 모습보다 말을 잘하고 성격이 시원시원했다.

싱가포르 생활의 이모저모를 들려주기도 했다. 이 도시가 어떻게 시민들을 적극적으로 처벌하는지, "Singapore is a fine city"라고 말하며 'fine'에 유난히 어조를 올리기도 했다. 또 이 도시가 어떻게 서민의 고혈을 짜내는지도 얘기했다.

차량이 시내의 혼잡 통행료 시스템 안으로 진입하면, 시간대별로 각기 다른 통행료 규칙을 적용했기 때문에 출입이 잦을수록 통행료를 많이 떼일 수밖에 없다고 토로했다.

사만다의 말투에 비판과 풍자, 독설이 날 서 있었다. 그녀는 아무래도 싱가포르 생활이 답답한 모양이었다.

모든 변화 중에서도 가장 낯선 점은, 그녀가 굉장한 애연가가 되었다는 점이었다. 우리가 모인 후로 그녀는 내내 말을 마구 토해 냈고 또 물 담배를 마구 빨아들였다. 물 담배가 질리면 가방에서 던힐을 꺼내 피우기도 했다.

그럼에도 담배를 피우는 이유

담배 냄새를 견딜 수 없는 나는 식당 밖으로 나와 바람을 쐬었다.

내가 담배 냄새에 예민한 이유는 심리 작용인지도 모른다. 진료실에서 자주 환자들에게 담배에 들어 있는 유해성분과 발암물질을 설명하며 금연을 권유한다. 그런데 친구들 부탁으로 공항 면세점에서 담배를 사곤 하는 내 모습은 모순적이라 하겠다.

몇 년 전 타이완의 위생서가 모든 담뱃갑에 혐오스러운 경고 사진을 배치하도록 강제했다.

썩어 문드러진 치아, 처자식이 흐느끼는 모습, 발기부전을 암시하는 구부러진 담배 등의 사진 등이 있었지만, 가장 인상 깊었던 사진은 흡연자에게 암에 대한 경각심을 일깨워 주는 시커멓게 부패한 폐였다.

해부 실험 시간에 그런 폐를 본 적이 있다. 화마에 그을린 듯 온통 새까맣게 썩어 들어간 폐였다. 기증자는 생전에 담배를 무척 좋아했고, 만년에 병상에 누워서도 꼬박꼬박 담배를 요구했다고 한다.

폐는 좌우가 대칭을 이루지 않는다. 왼쪽에 두 개 오른쪽에는 세 개의 폐엽이 있고, 양쪽 기관지의 경사 각도도 다르다.

폐는 일 처리를 둥글둥글하게 할 줄 아는 융통성을 가진 기관이다. 나설 때와 물러날 때를 알며, 들숨과 날숨 사이에서 절도 있게 팽창하고 수축한다.

폐는 타고난 기질이 개방적이라, 사방의 기류가 드나들 수 있도록 수용하며 쇄국이나 봉건 정책을 채택하지 않는다.

"엑스레이 찍겠습니다. 숨을 들이마시세요."

청진을 제외한다면 흉부 엑스레이를 통해 폐와 접촉할 일이 가장 많다.

엑스레이 사진으로 보이는 두 검은 공간은 폐라는 곳이다. 의대생 시절부터 인턴을 거쳐 지금에 오기까지, 나는 이 검은 구역에서 반복적으로 병변을 찾아냈다.

검은색은 한정 없는 미지의 공포심을 일으키는 일종의 세력이다. 그 검은 구역은 폐를 희미하고 텅 빈 곳처럼 느껴지게 한다.

검은 바탕에 좌우로 흰색 나뭇가지 모양의 지류가 보인다. 혈관과 기관지 벽의 음영인 폐문리다. 호흡기 감염이나 혈류가 폐문리를 증가시킬 수 있다. 검은 구역에서 부채꼴이나 덩어리형 흰색 구역이 불쑥 나타나면 폐렴일 수 있다.

한 번은 병동에서 폐렴간균에 감염된 환자를 돌본 적이 있다. 그의 흉부 엑스레이에는 검은 바탕에 흰 반점이 있었고, 흰 반점 안에 또 다른 검은 그림자가 보였다.

"구멍이 났군!" 주치의 선생님은 사진을 보더니 말했다. 환자의 폐는 세균에 의해 비밀 기지의 한구석을 뚫린 것이다.

그 검은 구역에서 가장 무서운 존재는 숨어 있거나 너무 미세해서 놓치기 쉬운 종양 병소다.

내게 금연을 권유받은 외래 환자들의 흉부 엑스레이는, 십중팔구 흉곽이 확장되어 횡격막이 밑으로 눌리는 바람에 더욱 검고 광활한 폐야가 펼쳐져 있다. 좋은 징조가 아니며, 폐기종 또는 만성 폐쇄성 폐질환의 발현인 경우가 왕왕 있다.

"담배 끊으세요." 그런 양상을 보이는 환자에게 나는 반드시 말한다. 물론 금연이 "끊으세요"라는 한마디로 될 일은 아니다.

어떤 사람은 멋을 부리려고 담배를 피우고, 흡연을 빌어 반항적인 이미지를 과시하고 싶어 한다. 어떤 사람은 비싼 수입 담배를 피우며 유행 감각을 드러내며, 또 어떤 사람은 스트레스를 풀고 근심을 잠재우려고 피운다. 어떤 사람은 각성하고 생각을 집중하기 위해, 또 어떤 사람은 습관적으로 피우며 생활의 소소한 즐거움을 얻는다.

질병에 대한 두려움보다 더 큰 뭔가가 있을 것이다.

바람을 쐬러 나갔던 어느 밤을 떠올렸다. 그때 나는 군 복무 중이었다. 한 무리의 병사들이 의무실 앞에 쭈그리고 앉아 담배를 피우며 쓸데없는 잡담을 하기 시작했다.

병사 하나가 내게 말보로 한 갑을 건넸다. 담배를 피우지 않는다고 하자, 그는 "내가 담배를 주는 건 널 친구로 본다는 뜻이야"라고 말했다.

우리는 입대 전에 각자 무슨 일을 하고 살았는지 얘기했다.

호텔 집 도련님, 사우나 아르바이트생, 인테리어 업자, 얼음을 운송하는 화물차 운전사 등. 급여 수준이나 상사 얘기를 했고 업계의 비리나 치부들을 고백했다. 까칠한 상사 이야기에 흥분한 대목에서는 입안의 담배 냄새와 버무려진 맵싸한 분노를 느낄 수 있었다.

폐로 스며드는 고뇌와 욕망

연기가 피어오르면 니코틴과 타르가 퍼진다. 세상 모든 구석에 정체되어 있는 공기를 휘저어 서로의 호흡 기관으로 들어가 소통하려는 것만 같다.

우리는 너의 것, 나의 것, 그의 것, 흡연자의 것, 간접 흡연자의 것, 혼탁한 것, 암을 유발하는 것, 우울한 것, 그리고 인생을 주고받았다.

나는 그들의 한마디 한마디를 주의 깊게 들었다. 어떤 이야기는 과장되고 덧칠해졌음을 직감할 수 있었다. 하지만 그것이야말로 진실인지 모른다.

"물 담배 피워 볼래? 아랍 국가에만 있는 거야." 사만다는 노즐을 바꿔 끼우며 내게 물었다.

기분 전환도 할 겸 한 모금 빨아들이자, 주전자 바닥에서 보글보글 소리가 들렸다. 연기를 입에 머금었다가 천천히 뱉어 내자, 상큼하고 달콤한 사과 향이 났다.

처음으로 담배에 좋은 인상을 받은 순간이었다.

"더 세게 빨아들여야지. 너무 조금 마셨어." 사만다는 물 담배를 목구멍 끝까지 깊숙이 빨아들여 연기가 폐까지 닿게 해야 느낌이 온다고 했다.

나는 다시 시도해 봤다. 깊게 들이마시자 지독한 사례에 들린 듯 연신 기침이 나왔다.

실상을 알고 나니, 평온한 모습으로 능숙하게 담배를 폐 속으로 빨아들이는 일이 그리 감미롭지만은 않았다. 시간을 들여 적응하고 부대끼는 여정이 필요했다.

"습관 되면 괜찮아. 다시 해 볼래?" 사만다가 물었다.

나는 완곡하게 거절했다. 맛만 보고 그만둘 것, 그것이 나의 원칙이었다. 나는 오히려 사만다가 물 담배를 즐기게 된 이야기가 궁금했다.

사만다는 이야기를 시작했다. 몇 마디 하고 나서 구름 한 덩어리를 토해 냈다. 이야기는 그녀의 폐부에서부터 천천히 흘러나왔다.

"그 일 이후 한동안 매일 밤 하지레인에 와서 혼자 술 마시고 물 담배 피우고 낯선 사람들에게 고민을 털어 놨어. 그렇게라도 하지 않으면 답답해서 우울증에 걸릴 것 같았거든." 사만다가 말했다.

세 시간 가까이 이야기를 나누고 나서야, 그녀가 우리 모두 잘될 거라 믿었던 8년간의 연애를 끝냈음을 알았다. 우리는 상처 자국이 밴 연기 속에서 많은 이야기를 들었다.

시간이 늦었다. 우리는 사만다에게 물 담배도 연초와 똑같이 발암물질이 있으니 조금만 피우라고, 싱가포르에서 잘 지내야 한다고 당부했다.

그녀는 이제 용기를 내서 시안으로 돌아가 새 인생을 찾고 일자리도 구해 보겠다고 말했다. 하지만 나는 그녀가 여전히 뭔가를 기다리고 있는 것만 같았다.

작별할 때 사만다는 다시 한 번 던힐에 불을 붙였다. 그녀는 아직도 너무 많은 흔적이 폐에 쌓여 있어, 담배를 피워 한 모금 한 모금 희석하고 비워 내야 하는 것 같았다.

우리는 아래층으로 내려가 레스토랑을 떠나 하지레인의 길목까지 걸었다. 골목 곳곳의 회랑이 딸린 어둑한 건물에서, 카펫에 앉거나 서로 끌어안고 누워 나른하게 물 담배를 피우는 남녀를 수시로 볼 수 있었다. 그들은 습관적으로 고뇌와 욕망을 폐 속으로 빨아들이는 것 같았다.

그들의 사전에는 '심사'가 아닌 '폐사'만 존재할지 모른다. 각자의 이야기를 깊숙이 품은 채, 바깥세상이나 타인과 인생을 나눌 수 있는 장기는 폐뿐이기 때문이다.

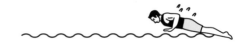

자질구레하면서도 위대한
배꼽 위의 일

인턴 시절 가장 기억에 남는 일이 뭐냐고 친구들이 종종 묻는다. 곰곰이 생각해 보니, 탯줄을 자른 경험이다.

"92A 산모 자궁경부가 완전히 열렸습니다."

"95B 분만 준비합니다!"

녹색 포를 깔고 그 위에 기구를 늘어놓았다. 산모의 자궁이 쉼 없이 요동치며 수축에 수축을 반복했다. 마침내 터졌다. 자궁 내부의 양수가 줄줄 흘러 분만대 밑으로 쏟아졌다.

나이 든 의사가 능숙한 손길로 태아의 머리, 어깨, 몸통, 엉덩이, 다리 방향을 조절하고 잡아당기자 태아는 세상과 만나게 되었다. 온몸이 진흙을 뒤

집어쓴 듯 축축하고 불그죽죽하다. 갓 태어난 아기는 곧 울음을 터뜨렸다.

산부인과 인턴 시절의 풍경은 늘 이랬다. 나는 아기의 탯줄에 지혈용 클립과 클램프를 끼우고 날카로운 가위로 단번에 싹둑 잘라야 했다. 생명이 탄생하는 과정에서 가장 간결하지만 뜻깊은 의식이다.

탯줄이 끊어지면 배 위로 2센티미터 가량의 배꼽만 남는다. 젊은 아빠들은 분만실에 들어와 휴대전화 카메라로 탯줄 자르는 과정을 촬영한다. 간혹 내게 느린 동작을 요청하는 아빠도 있다. 그럴 때마다 나는 연출에 최대한 협조해 주는 편이었다.

수술용 모자와 마스크, 고글 너머로 보이는 두 눈동자. 나는 아기가 인생에서 처음으로 스친 낯선 사람이 된다.

탯줄은 반투명하고 회색빛이 돌며 때때로 맑고 옅은 파란색을 띤다. 자궁의 마지막 온기를 품은 채 두 세대를 연결하는 끈이다.

처음 탯줄을 자른 찰나를 나는 영원히 기억할 것이다. 어느 위치에서 잘라야 할지 망설였고, 두렵고 조심스러웠다. 탯줄은 인생에서 가장 짧고도 거대한 시간을 살며, 그 장엄한 순간은 눈 깜짝할 사이에 흘러가 버린다.

'싹둑', 탯줄은 자르고 난 뒤 보관해야 한다. 면봉에 알코올을 살짝 묻혀 탯줄에 바른 후, 뿌리부터 바깥으로 링 모양을 그리며 소독한 후 거즈로 덮어 둔다.

태반을 싸고, 세척하고, 무게를 재고, 두께와 길이를 측정해, 분만 일지에 적어 생명 탄생의 기록을 남긴다.

나와는 다른, 누나 이야기

어느 날 누나와 탯줄 자르기에 관한 이야기를 나눴다. 누나가 첫 아이를 출산할 때, 주치의는 매형에게 분만실에 들어와 탯줄을 직접 자르게 했다. 하지만 수술 기구를 만져 본 적도 없는 매형이 너무 벌벌 떠는 바람에, 결국 의사가 잘라 냈다고 한다. 외국에서는 아빠가 탯줄을 자르는 일이 일반적이라고 한다.

누나는 나보다 두 살도 채 많지 않고, 학년으로 따지면 고작 1년 위다. 하지만 우리의 성향 차이는 꽤 크다. 나는 인생에 온통 공부와 진학밖에 없는 아이였다. 두꺼운 안경을 쓰고 규칙대로 교복을 입는, 그러니까 무릎까지 오는 흰 타이츠를 곧이곧대로 신는 학생이었다. 중학교 시절 나는 어른들에게 '학자 타입이다'라는 평을 들었다.

반면 누나는 학업에 냉담했다. 그녀는 친구들에게 신경을 많이 쓰고, 연애에 열을 올리며, 유행하는 패션을 좇았다. 배꼽에 은빛 피어싱을 달고, 핫팬츠를 입고, 서핑을 즐겼고, 발목에 짤랑거리는 발찌를 차는 소녀였다.

누나의 태도가 유난히 대담할 때가 있었다. 외출할 때 밑위가 짧은 청바지를 입어 배꼽을 드러내기 좋아했고, 인도계 타투이스트에게서 배꼽 주변에 나비 문신을 받기도 했다. 누나와 남자 친구는, 컨딩에서 게스트하우스를 차리거나 개성이 뚜렷한 선술집을 경영하는 꿈을 품었다.

누나의 학업은 늘 불안정했다. 물리·화학 과목에서 58점을 받아 처음으로 60점 밑으로 떨어졌던 누나의 중학교 2학년 중간고사를 똑똑히 기억한다.

이듬해 내가 중학교 2학년이 되었을 때, 나는 같은 과목에서 만점을 받았다. 사실, 나는 거의 모든 과목에서 만점을 받았다.

중학교 졸업 후 누나는 고등학교에 진학하는 대신 간호전문학교를 선택했다. 아버지는 항상 "너는 의학을 공부하고 누나가 간호사가 되고 어머니는 약사니, 병원 차릴 때 사람 걱정은 안 해도 된다"고 말씀하시곤 했다.

그 후 나는 의대에 합격했고, 1년 뒤 누나는 무거운 짐 가방 하나를 들고 생판 낯선 땅인 뉴욕으로 홀로 떠났다. 처음에는 도심에 있는 어학원에 다니며 집세를 아끼기 위해 근검절약하는 생활을 했다.

이탈리아인 친구 아파트에 얹혀살며 소파를 침대 삼아 지냈고, 550달러의 월세를 냈다. 룸메이트와 대형 할인점에 가서 일주일 내내 먹을 냉동식품을 사다가 데워 먹고 볶아 먹으며 버텼다. 인터넷 공동구매나 웹페이지 디자인 등 소일을 하며 용돈을 보태기도 했다.

그러다 중국계 신도를 위한 교회에서 상하이 출신 남자를 만났고, 스물세 살 되던 해에 결혼했다. 결혼 연령이 늦어지는 시대 치고 아주 일찍 결혼한 셈이었다. 머지않아 새 생명이 누나의 자궁에 자리 잡고 자라나기 시작했다.

누나는 산전 검사를 받을 때마다 머리둘레는 얼마인지, 키는 얼마나 자랐는지, 어떤 장기가 생겨났는지 등의 결과를 부모님과 공유했다. 초음파에 탯줄이 보일 때마다 주치의는 제동맥 두 개와 제정맥 한 개가 잘 보이며 탯줄은 정상이라고 일러 줬다.

그 즈음이 되면 '정상'이 모든 걸 뒤덮는다. 인생의 모든 부조리는 하찮게 느껴지고, 오직 '정상'만을 사치스럽게 소망한다.

탯줄, 그리고 배꼽

몇 달 후 누나의 진통이 시작됐고, 이슬이 비치고 양수가 터졌다. 누나는 스물다섯 되던 해, 뉴욕에서 엄마가 되었다.

누나가 출산하자 어머니는 타이완에서 하시던 일을 그만두고 뉴욕으로 날아가 산후조리를 도왔다.

엄마는 아기 배꼽에 잔존한 탯줄에 몹시 정성을 기울이셨다. 매일 미지근한 물로 씻기고 병원에서 준 알코올로 가볍게 닦아 내고 보송보송하도록 말려 줬다.

누나는 젊은 엄마들과 자주 어울렸다. 통통한 배를 내민 일본, 아르헨티나, 스페인, 덴마크 출신 임신부들이나 유모차를 미는 초보 엄마들과 뉴욕 시내에서 오후 티타임을 가지며 결혼 생활이나 아기 이야기를 나눴다.

어느 날 그녀들의 화제는 배꼽이었다. 누나 말에 따르면, 혈통이 다른 여자들이었지만 배꼽에 대해 같은 생각을 하고 있었다고 한다. 엄마들은 아이의 배꼽이 오목하게 들어간 모양이길 바란다는 것이다.

하지만 배꼽의 형태는 선천적으로 정해져 있어, 탯줄을 자르는 방법이 배꼽 모양에 영향을 주지는 않는다.

어떤 사람들은 탯줄이 생명의 꼭지라고 말한다. 배꼽은 옷 속에서 직조되는 이야기를 지켜보는 제3의 눈인지도 모른다.

소아과 인턴 시절 보았던 각종 모양의 배꼽이 떠올랐다.

툭 튀어나온 배꼽, 오목하게 파인 배꼽, 습기가 축축한 배꼽, 때가 낀 배꼽, 봉와직염이 번진 배꼽…. 그것들은 각자의 방식으로 세상을 향해 존재감을 드러냈다.

가장 기억에 남는 케이스는 배꼽 탈장이다. 아이가 울고 투정을 부리면 배꼽이 위로 볼록 솟는 증상이다. 아기는 분노를 뱃속으로 삼키고 싶어 하는 것 같지만, 자꾸만 부풀어 오르다 튀어나와 버린다.

신생아는 복벽과 근막이 완전히 붙지 않아서, 복압이 증가하면 창자가 복벽의 틈새로 밀려 나와 배꼽 위로 용안(동남아시아에서 자라는 무환자나무과 과일)처럼 동그랗게 튀어나온다. '물배꼽'이라고 칭하는 사람도 있다. 돌이 지나면 복벽이 저절로 아물면서 용안은 더 이상 보이지 않게 된다.

한 번은 트레이시라는 낯선 사람으로부터 이메일을 받았다. 그녀는 누나를 통해 나의 이메일 주소를 받았다며, 배꼽육아종(탯줄이 떨어진 후 일부 조직이 배꼽 주위에 남아 문제가 되거나, 배꼽 주변이 붉게 부어오르거나 짓무르는 질환)에 대해 질문했다.

트레이시는 튀니지에서 왔다고 했다. 그녀의 국적을 알았을 때 내가 보인 첫 반응은 '멋지다!'였다. 신비스럽고 낯선 나라가 아닌가! 트레이시는 어릴 적부터 아랍어, 프랑스어와 영어를 필수적으로 배워야 했다.

그녀는 이메일로 작은 살점이 튀어 나온 아이의 배꼽 사진을 몇 장 보내왔다. 타이완 의료인의 긍정적인 이미지를 위해 나는, 베테랑 소아과 의사를 찾아가 문의한 후 그녀가 참고할 수 있도록 몇 가지 조언을 해 줬다.

후에 트레이시는 답장을 보내 와서 훌륭하다는 말로 타이완을 표현했고, 그녀의 아이는 병원에서 치료를 받아 육아종은 사라졌다고 했다.

탯줄을 잘라 내는 일

누나는 한동안 인터넷 공간에 일기를 열심히 썼다. 소재는 주로 육아였고, 그중에 아이의 탯줄이 떨어지기까지의 과정을 기록한 장문의 글 한 편이 있었다.

누나는 신생아의 배꼽이 미묘한 방법으로 철수 노선을 밟는 걸 발견했다. 출생 후 며칠 동안 배꼽은 마치 뭔가를 안으로 당겨야 하는 원칙이라도 있는 듯 탯줄을 안으로 거둬들였다.

생후 9일째 되던 날, 누나는 아이의 탯줄이 완전히 말라붙어 있는 걸 발견하고 살짝 건드렸더니 손쉽게 툭 떨어져 버렸다. 습한 우기였던 배꼽에 건기가 들었고 버석버석 메말라 갔다. 머지않아 배꼽은 완전히 말라 형태가 굳혀졌고, 평생 지닐 각인으로 남았다.

탯줄은 아마도 천성이 겸손할 것이다. 임무가 끝나면 배의 정중앙으로 숨어들어 조용히 살아간다.

나는 젠첸이 그녀의 산문집 《붉은 아이》에서 다룬 탯줄이 떨어지던 날의 회고가 생각났다. 작가는 아이가 태어난 지 11일째 되던 날 영영 떨어진 탯줄을 통통하고 적갈색을 띤 팥에 비유했다. 젠첸은 떨어진 탯줄을 붉은 주머니에 고이 넣어 보관하고, 아이의 시종이라도 된 듯 신체발부를 수습했다.

나는 젠첸이 떨어진 탯줄을 거두는 심정을 충분히 이해할 수 있다. 누나도 아이의 탯줄을 보관해 뒀다가 탯줄 도장을 만들었기 때문이다.

인장 공예가는 누나에게 탯줄을 민난어로 발음하면 '부자'라는 발음과 비슷하다고 일러 주면서도, 그보다 중요한 건 이 시간을 기념하는 일이라고 했다. 그래서 누나는 아이의 배냇머리와 떨어진 탯줄을 타이완으로 보내 자단나무로 도장을 만들었다. 조카 인생의 첫 소유물이 되었다.

한 번은 누나가 내게 아기 배꼽을 씻겨도 되냐고 물었다. 예전에 할머니가 아기 배꼽을 씻기면 배가 부어오른다고 하신 말이 마음에 걸렸던 모양이다.

할머니의 우려와 달리, 요즘은 아기 배꼽을 반드시 씻겨야 한다고 여긴다. 아무래도 수질 관리 상태가 지금만큼 좋지 않던 옛날에는 물속에 병균이 잠복해 있을 확률이 높았을 것이고, 목욕은 오히려 감염의 경로가 됐을 것이다.

할머니는 언제나 다양한 민간 처방을 가지고 계셨다. 붉은색이 부정출혈을 은유한다며 누나에게 출산 무렵에는 집 안에 붉은색 물건을 치우라고 당부하셨고, 출산 후에는 태반을 항아리에 넣어 침대 밑에 숨겼다가 몇 개월 후 땅에 묻어야 아이가 튼튼하게 자란다고도 하셨다.

할머니의 처방은 신화 같기도, 전설 같기도 하다. 그러나 아이의 태반은 보통 병원에 의해 수습되고, 그 절차는 나도 잘 알고 있다. 임무를 마친 태반은 피비린내와 함께 장엄하게 물러나 병원의 의료폐기물 수거통 안으로 들어갔을 것이다.

나는 한동안 태반에서 탯줄을 잘라 내는 일을 했으나, 그조차 겨를이 없어 탯줄과 태반이 함께 다른 세계로 옮겨질 때도 있다.

어느 저녁, 한 여성이 급하게 개복수술을 했지만 태아가 죽은 채로 나왔다. 자궁에서 건져 올려진 태아는 이제 막 기초적인 사람의 모양을 갖추기 시작했고, 미끈거리는 탯줄과 변형된 태반에 매달려 있었다. 태아는 탯줄을 자르는 생명의 의식 없이 포르말린이 채워진 병에 담겨 종이 상자에 싸였다.

시간은 새벽 3시 11분, 나는 죽은 태아를 담아 봉한 상자를 조심스레 안아 올렸다. 불 꺼진 수술실을 나와 아무도 없는 탈의실을 지나며 나의 발소리를 들었다. 내가 만들어 내지 않은 소리가 조그맣게라도 들렸다면, 나는 소스라치게 놀랐을 것이다.

솔직히 조금 무서웠다. 세상에서 가장 차갑고 초라한 배웅 길이었고, 그 배웅 행렬에는 피곤함에 절은 인턴 한 명이 있을 뿐이었다. 태아가 마지막으로 잠들 자리는 병리 표본실이었다.

배꼽 위에서 일어나는 일들

레지던트가 되고 잠시 산부인과에서 수련할 때 일이다. 응급 환자로 여고생이 들어왔다. 열일곱 살, 그녀는 아이를 출산했다.

우리는 모두 의아해했다. 환자의 임신 사실을 알았던 주변 사람이 하나도 없었기 때문이다. 환자의 부모는 일이 벌어지고 나서 회상해 보니, 그제야 한동안 헐렁한 옷만 입던 딸아이의 모습이 떠올랐다.

출산 후 여학생은 신음 한 번 하지 않고 침착했다. 스스로 태반을 끄집어 내고, 가위를 불에 몇 번 그을린 후 탯줄을 잘라 냈다. 일곱 시간 후, 환자는 직접 119에 전화했다.

내 몸 내 뼈

출산에서 구조 사이에 일곱 시간가량의 공백이 있었다. 이 시간 동안 학생이 어떤 고민을 했는지는 아무도 모른다. 버리고 싶었을까? 키우고 싶었을까?

구급차가 도착했을 때 우리는 물어볼 겨를이 없었다. 우선 아기가 피를 흘리거나 감염되었을지 모르니 응급조치가 필요했다. 다행히 산모와 아기 모두 건강했다.

이 일은 후에 양육 책임, 친자 감정 같은 복잡하고 지엽적인 사항들을 파생시켰다. 사회 복지사가 인계받은 일에 내가 참견하는 것도 적절치 않았지만, 나는 자주 그 학생이 벌벌 떨며 혼자 탯줄을 자르는 장면이 상상됐다. 경험과 용기가 필요한 일이다. 아니, 본능이었을까?

의료 자원이 궁핍했던 시절의 분만 현장은 어땠을까 자주 상상해 본다. 어르신들의 말씀을 들어 보면, 옛날에는 산파가 탯줄을 잘랐다고 한다. 불에 칼을 달궜고, 상처에 참기름을 바르기도 했다.

그리고 조상님이 전해 주신 지혜를 따라 탯줄은 3센티미터 정도 남기고 잘랐다. 실제로 딱 좋은 길이다. 너무 짧으면 장기를 다치게 하고, 너무 길면 근육과 피부를 다치게 할 수 있다.

노련한 산파는 배꼽만 보고도 아기가 돌처럼 단단한 변을 볼지, 나뭇가지처럼 얇은 변을 볼지 배변 습관을 추측했다고 한다. 산파들은 물론, 배꼽은 온기를 좋아하고 한기를 싫어한다는 점도 명심했다. 감기에 걸리는 이유도 배에 솜이불을 덮어 두지 않아서 풍한이 든 것이라 여겼다.

과거에는 감염과 패혈증에 대해 아는 사람이 많지 않았지만, 출산 후에는 반드시 탯줄을 잘라 새 생명을 맞이하는 의식을 치를 줄 알았다.

오늘날 과학이 진보하면서 많은 학자가 탯줄을 자르는 시간을 늦추는 게 이롭다고 주장한다. 연구자들은 포유동물이 출산 후에 탯줄의 맥동이 멈추기를 기다렸다가 탯줄을 물어 끊는 걸 발견하고 의문을 제기하기 시작했다.

아이가 태어나자마자 탯줄을 잘라야 할까? 다른 포유류의 사례를 비춰 볼 때, 조금 기다렸다가 잘라야 하지 않을까?

2006년 영국 의학계에서 영향력 있는 저널 〈란셋〉에 소개된 한 논문은, 캘리포니아 대학교에서 진행된 다국적 연구에 주목했다.

그들은 산후 즉시 탯줄을 자른 아기와 출산 후 2분 후에 탯줄을 잘라 낸 아이를 비교했다. 그 결과, 탯줄을 늦게 자른 아기는 6개월 후 혈중의 철 이온과 철 단백 함량이 비교적 높았고, 훗날 철분 결핍성 빈혈 발병률이 낮아진다는 사실을 발견했다.

이 연구를 읽자마자 누나에게 탯줄을 언제 잘랐냐고 물었지만, 누나는 너무 아파서 아무런 기억도 나지 않는다고 했다. 분만 후 맨 처음 한 일이 탯줄 자르기였다는 사실만 겨우 기억할 뿐, 누나는 시간까지 챙길 여력이 없었다.

전화를 끊고 나는 어쩐지 숙연해졌다. 20대 초반에 누나는 탯줄을 잘라 하나의 새 삶을 시작하게 했다. 누나는 태평양을 훌쩍 건너 독립을 배우고 책임을 배운 것이다.

'싹둑', 배꼽 위에서 일어나는 일들은 자질구레하면서도 거대하다.

누나는 벌써 두 아이의 엄마가 되었다. 국제전화는 항상 몇 분 정도 맥이 끊기지만, 나는 배경 소리만 듣고도 '아이가 설사를 했구나, 손에 쥔 바나나를 떨어뜨렸구나, 우는구나, 떼쓰는구나' 하고 파악할 수 있다.

누나는 기저귀 갈기, 등 두드려 트림시키기, 달래서 재우기를 배웠고, 매일 아들을 데리고 지하철로 등교하며, 유치원 카우보이 파티에도 참석한다.

서른이 된 나의 인생은 여전히 울렁거리고 불안정하다.

세상은 이제야 내게 천천히 가르쳐 준다. 그해 58점짜리 물리·화학 시험지, 만점 받은 과목의 개수, 의대 합격 여부… 이런 것들은 그다지 중요한 문제가 아니었다고.

잊힌 듯 존재하지만
책임을 다한다

2007년 9월의 일이다. '대망 이식술'을 집행한다는 소식을 듣고, 나는 화롄으로 날아가 외과 수술팀에 합류했다. 이번 화롄 행에서 받은 시각적 충격은 후각적 충격에 비하면 미미했다.

출근 첫날, 응급실에 노부부가 나타났다. 나이 지긋한 노신사가 아내를 데리고 윈린에서 기차를 꼬박 7~8시간 타고 타이완의 반 바퀴를 돌아 이곳 동쪽 해안 지역까지 치료를 받으러 오셨다고 했다.

두 사람은 활성탄 필터 마스크를 쓰고 있었는데, 날이 더워 땀이 찼는지 반쯤 축축하게 젖어 있었다. "조금만 기다리면 선생님이 오실 거야." 부인이 조금 조급해하자 신사가 그녀를 다독였다.

몇 달 전, 노부인은 신문에서 화렌에 '코끼리다리'를 전문적으로 수술하는 의사가 있다는 기사를 보고 즉시 연락해 수술 일정을 잡았다.

나는 커튼을 치고 부인의 하체를 살펴봤다. 남편이 아내의 다리에 감긴 붕대를 조심조심 푸는 동안, 응급실은 구역질을 유발하는 지독한 악취에 점령당했다. 나는 숨을 참으며 계속해서 부인의 왼쪽 다리를 꼼꼼히 살폈다.

오른쪽 다리보다 세 배쯤 컸다. 진흙 색을 띠는 상피층은 딱딱해졌고 멍울이 맺힌 모습이 파인애플 껍데기를 연상케 했다. 멍울과 멍울 사이는 회색 또는 푸르딩딩한 색의 비늘과 죽은 각질이 조직에 엉겨 붙어 있었고, 그 자리에 곰팡이가 번식한 것 같았다.

커튼 뒤로 지나다니는 사람들의 목소리가 잘 들렸다. 몇 분 간격으로 "이게 무슨 냄새야? 어디 똥 싼 환자가 있나 봐" 같은 말들이 날아 들어왔다. 부인은 내게 냄새 나는 다리를 보여서 미안하다고 연신 사과하셨다.

육안으로 검사하며 수술 계획을 설명했지만, 부인은 이해가 잘 가지 않는다고 하셨고 심지어 가장 중요한 대망에 대해서도 아무런 개념이 없으셨다. 그저 이 병원에 오면 희망이 있다고만 알고 계셨다.

나는 미소 지었다. 처음 대망 이식술에 대해 들었을 때 나도 한동안 어리둥절했기 때문이다.

대망은 복강 내부의 레이스 모양 막 조직이다. 수술할 때 개복하면 가장 먼저 눈에 띄는 기관도 대망이다.

대망은 위에서부터 큼직하게 드리워져 있다. 지방으로 이뤄진 작은 구형 조직이 그물 곳곳에 퍼져 있고, 전반적으로 우둘투둘하며 윤기 나고 선명한 노란색을 띤다.

대망은 복강 내 여러 기관을 감싸는데, 그걸 제치면 비로소 복강의 세계가 펼쳐지고 십이지장, 소장, 결장 등의 위용이 드러난다.

하지만 대망은 수술이나 해부학 과목에서 중요한 출제 파트는 아니었다. 담담하게 존재할 뿐, 모든 이야기와 논쟁은 대망이 덮어 가리고 있는 장기에게 넘긴다.

한 번은 민난어를 구사하는 환자가 대망을 '대망사'라고 칭했는데, 그때부터 나도 그 별칭을 좋아하게 되었다. 성기게 짜인 무늬를 직관적으로 연상할 수 있는, 대망의 존재감을 새삼 발견할 수 있는 이름이었다.

대망은 언제나 고독하다. 잊힌 듯 거기 존재하며 책임을 다해 복강을 지킨다. 충수염 등으로 복강 내 감염이 발생하면, 대망은 병소를 부지런히 둘러싸 문제를 일으킨 부분을 봉쇄해 병균이 복강으로 확산하는 걸 막는다.

코끼리다리의 사연들

나는 곧 노부인을 대신해 입원 절차를 밟았다. 그러나 다리에 곰팡이가 번식한 상태로 수술한다면 반드시 감염이 일어날 것이기에, 우리는 우선 부인을 입원시킨 후 '다리 청결 루틴'을 실행하기로 했다.

청결 루틴은 불리기, 솔질하기, 긁어내기, 씻어 내기, 바르기, 감기의 6단계로 진행된다. 우선, 아픈 다리를 매일 요오드팅크에 담가 불린 뒤 칫솔로 구석구석 때를 제거한다. 비늘 같은 각질을 긁어내고 말끔히 씻은 뒤 연고를 발라 네모난 거즈로 덮고 탄력 붕대로 감으면 된다.

그날 이후 나는 전문의 선생님을 따라 회진을 돌았는데, 일명 '코끼리다리 병' 환자가 남녀노소 할 것 없이 많았다. 증상도 노부인과 비슷했다.

특히 자궁경부암 수술 등 부인과 수술을 받은 경력이 있는 환자들은 대부분 림프절을 상당 부분 제거했기 때문에, 병이 치료되더라도 림프 순환이 막혀 다리가 부어오를 수 있다.

타이베이에서 온 젊은 여성 환자 미셸이 기억에 남는다. 그녀는 몇 년 전부터 원인을 알 수 없는 코끼리다리 병 증상이 나타나, 외출도 제대로 하지 못했다. 그녀는 다리에 붕대를 감거나 고탄력 스타킹을 신어 부종을 막아 봤지만 허사였다.

미셸은 입원한 동안 병실에서 예능 프로그램을 즐겨 시청했고 세상의 아름다움을 동경했다. 타이베이 거리에서 미끈한 다리를 드러내고 당당하게 걷는 여성들을 부러워했다.

통통한 체형의 미셸은 명랑하고 유머가 넘쳤다. 병상에서 그녀는 마스카라를 칠하고 아이섀도나 립스틱을 발라 자신을 예쁘게 꾸미려 노력했고, 가끔 맛있는 음식 이야기도 했다.

나는 한 번도 미셸이 절망에 빠진 모습을 본 적이 없지만, 간호사는 미셸이 처음 입원할 무렵에는 병실에서 혼자 자주 울었다고 한다.

거리를 걸을 때마다 의아한 시선으로 그녀를 쳐다보는 눈동자들이 두려워, 한때 꼭꼭 숨어 살기로 마음먹은 적도 있다고 한다.

B도 기억에 깊이 남은 환자다. 20대 초반 남자인 그는, 주로 여성에게 나타나는 코끼리다리 증상이 갑자기 생겨 유난히 난감해했다. B가 열네 살 되던 해, 왼쪽 다리가 붓기 시작하더니 결국 코끼리다리처럼 변해 학업까지 중단해야 했다.

10대 소년, 농구에 강하게 집착할 나이가 아닌가! 하지만 그는 점점 공과 친구들에게서 멀어지게 되었다. 운동복을 입으면 흉측해진 다리가 드러나기 때문이었다.

이곳은 화롄의 어느 바닷가 병원에 자리한 조용한 코끼리의 성이다. 코끼리다리 환자들은 여기서 매일 약을 바르고 붓기 상태를 기록한다. 소란을 부리지도 떠들지도 않고, 태평양과 마주 보며 조용히 희망을 기다릴 뿐이다.

불리고, 솔질하고, 긁어내고, 씻고, 바르고, 감는다.

대망 이식 수술을 성공했지만

부인이 예정일에 수술을 받을 수 있도록 우리는 그녀의 남편을 '청결 루틴'에 참여시키기로 하고, 솔질하는 방법을 가르쳐 드렸다.

그는 몸을 굽혀 아내의 커다란 다리를 솔질했다. 하지만 워낙 오래 묵은 증상이라, 아무리 닦아도 살가죽에 부스러기만 일어날 뿐이었다. 힘을 줘서 긁으면 피가 나기 때문에 과감하게 힘을 줄 수 없었고, 도구를 다룰 때도 최대한 조심해야 했다.

그렇게 몇 주가 지나자 노부인의 다리는 처음보다 훨씬 깨끗해졌고, 얼마 후 부인은 대망 이식 수술을 받았다. 꼬박 다섯 시간이 걸린 큰 수술이었다. 복강 내 대망의 위치를 틀어 왼쪽 허벅지에 이식하고, 인공 혈관을 삽입해 하지의 침출액을 흡수하여 부종을 개선했다.

수술 직전과 직후에 노부인은 중환자실에 입원했다가 상태가 안정되자 일반 병실로 옮겼다. 이후 우리는 매일 그녀의 다리 둘레 변화를 체크했다. 0.1센티미터, 0.05센티미터, 0.2센티미터…. 서서히, 아주 서서히 그다지 의미가 없을 정도로 미미하게 수치가 줄어들거나 현상을 유지했다.

하지만 우리가 가장 원하지 않는 상황이 발생하고 말았다. 상처가 잘 아물지 않았고, 감염이 일어나 열이 올랐다.

"상처가 감염돼 퇴원하실 수 없습니다. 항생제를 투여해 치료해야 합니다. 이 상태가 지속되면 삽입한 인공혈관이 제 역할을 하지 못할 겁니다." 주치의가 노신사에게 설명했다. 병실의 공기가 갑자기 희박해지는 것 같았다.

그날 밤 나는 병실에서 들려오는 부인의 목소리를 들었다. 말다툼 소리였다. 그날 이후 나는 노부부의 사이를 계속 주시했다.

두 분은 거의 대화를 나누지 않았고, 신사의 간병 일과는 신문 사 오기, 식사 돕기 정도인 것 같았다. 메뉴도 지극히 간단했다. 콩물과 사오빙(밀가루를 반죽해 원형 또는 사각의 평평한 모양으로 만들어 구운 중국식 빵), 어묵탕에 과일 정도였다.

때때로 그들은 에어컨이 시원찮다, 과일 맛이 시다, 죽이 짜다, 블라인드를 올리지 말아라, 붕대가 너무 느슨하다 같은 시시콜콜한 일들로 말다툼을 벌이기도 했다.

노부인이 예민해지고 괴팍하게 변하는 만큼 신사는 침묵했다.

"약 치워요! 발라 봤자 감염이나 되는데 뭐 하러? 나 윈린으로 돌아갈래요." 부인은 가끔 지나치게 흥분했다.

한 달 후, 미쉘과 B는 퇴원했다. 노부인은 여전히 열이 오르락내리락했고, 항생제를 몇 번 바꾸고 나서야 상태가 안정되었다.

하지만 이야기가 완전히 끝나진 않았다. 재활을 병행하는 가운데 코끼리 다리의 회복이 너무 느려 좀처럼 부기가 가라앉지 않았다. "얼마간 더 입원해서 지켜봅시다. 나도 옆에서 같이 기다릴 테니." 노신사가 말했다.

붕대를 풀고, 각질을 제거하고, 약을 바르고, 붕대를 감았다.

나는 무심코 그 어르신이 공손하고 조심스러운 몸짓으로 아내의 다리를 어루만지는 모습을 본 적이 있다. 하루하루, 천천히, 흐트러짐이 없었다.

대망이 침출액을 흡수하기를 기다리는 그 시간과 공간 속에는 대망보다 훨씬 크고 촘촘한 망이 존재하는 것 같았다.

노신사의 손에 들린 붕대를 통해 코끼리다리를 한 겹 한 겹 소리 없이 감쌌고, 그 표면과 생명의 저변을 가만히 덮어 줬다.

언젠가 희망이 나타나겠지! 적어도 어르신께서 깊이 믿어 주시니 말이다.

그래,
밥은 배불리 먹었니?

나는 극도로 편식한다. 여주, 가지, 내장류, 해산물은 거의 손도 대지 않는다. 색이 칙칙한 음식, 딱딱한 음식, 냉동실에 오래 보관한 음식, 재탕한 음식도 먹지 않는다.

예전에 할머니와 한집에 살 때는, 내가 밥상머리에서 고기반찬이나 좋아하는 반찬만 골라 먹을 때마다 할머니는 잔소리를 하셨다. "편식하면 못 쓴다." 그러면서도 식사가 끝나면 꼭 물으셨다. "배부르냐? 모자라진 않아? 찬장에서 과자랑 육포 꺼내 먹어라."

그 음식들이 어디서 왔는지는 모르겠지만, 할머니의 찬장에서는 언제나 사탕, 크래커, 웨하스 같은 간식거리를 찾아 낼 수 있었다.

할머니는 주방의 2인자로, 엄마에게 매일 "오늘 저녁은 뭐 해 먹냐?"라고 물으셨다. 할머니는 식사 행위를 굉장히 중시하셨다. 고구마 잎을 뜯고, 생선을 굽고, 꽃게를 삶고, 돼지 뼈로 국물을 우리고, 과일을 썰고, 간장, 식초, 기름, 소금으로 간을 해 식구들의 혀와 배를 장악하셨다.

러우쑹(돼지 살코기, 소고기, 닭고기 등을 잘게 다져 말린 육류 가공품)과 어포를 얹은 죽 한 사발에 공심채 한 접시, 새콤하게 무친 오이 몇 조각. 할머니가 주방장인 날의 밥상은 대부분 이랬다.

나는 할머니의 요리를 썩 좋아하지는 않았다. 음식에 풍미가 부족하고, 빛깔이 칙칙했으며, 고기며 채소에서 항일전쟁 시기의 냄새가 나는 것 같았다. 할머니 시절에 봉인된 음식 맛일 것이다.

"편식하면 입맛 버린다." 할머니는 내게 잔소리를 하셨다.

"그렇게 조금 먹고 배가 부르냐?" 또 말씀하셨다.

하지만 그건 아주 오래전의 일이다. 할머니가 아직 잘 걸어 다니시고, 가스레인지와 냄비를 능숙하게 사용하셨을 적의 이야기다.

맛있게 먹었냐는 말

2005년 여름께 쓰러지신 뒤로 할머니는 부엌과 소원해지셨지만, 여전히 자주 내 침대 옆으로 와서 물으셨다. "너희 엄마 지금 뭐 삶고 있든?" "배불리 먹었냐?" "배고프지 않아?"

그 무렵 할머니는 거동이 불편하셨기 때문에, 엄마는 항상 식사를 차려 할머니 방으로 들여보냈다. 나는 그 그릇들을 주의 깊게 관찰했다. 어떤 반찬에 어떤 구색으로 차려지든 꽉 찬 그릇이 항상 비워져 나왔고, 단 한 번도 음식이 남지 않았다. 내가 할머니께 "맛있게 잡수셨어요?"라고 여쭤 보면 "맛있어"라고 대답하셨다.

"할머니가 너보다 훨씬 입맛이 좋으신가 봐. 뭐든지 잘 드시고 편식하는 법이 없으시잖니."

그러나 나는 때때로 궁금했다. 할머니는 정말 뭐든 잘 드실까? 정말 특별히 좋아하는 맛도 없으신 걸까? 맛있는 음식에 대한 사적인 선호나 집착도 없으신 걸까?

타이난 고향 집에 내려갈 때마다 어른들이 할머니를 모시고 시내의 일본 요리 식당에 갔던 기억이 난다. 그 식당의 회, 마끼, 해초 샐러드가 할머니가 그리워하는 맛이라고 했다.

우리는 원탁에 둘러앉아 이것저것 다양하게 조금씩 주문했다. 할머니는 식사량이 적은 편이었고, 식탁에는 튀김, 달걀찜, 돈가스 같은 음식이 놓여 있었다. 할머니는 그것들을 내게 집어 주시며 다 먹으라고 거듭 당부하셨다.

"배불리 먹었냐?" 식사가 끝날 때면 할머니는 어김없이 내게 물으셨다.

부모님이 외출하셔서 내가 할머니의 세 끼를 챙겨 드린 적도 몇 번 있었다. 엄마는 식단표를 적어 주셨다. 어묵탕, 된장국, 해물죽, 고구마 줄기 볶음, 생선탕, 광둥식 죽 등이었다. 너무 뜨겁지 않고 따뜻할 정도로 식혀서 할머니께 드려야 했다.

한 번은 어묵탕 면을 사서 드리고는 "맛있으세요?"라고 물었다.

"맛있어." 예상에 빗나가지 않는 대답이 돌아왔다.

어쩐지 세상 모든 음식의 맛이 할머니에게는 한결같고, 그 맛은 '맛있어'로 정리되는 것 같았다. 특별하게 조리한 음식도 아닌 한 그릇의 담백한 죽, 간단한 계란국뿐이었는데도 말이다.

할머니께서 유일하게 맛에 이의를 제기하셨던 경험은, 2007년 병원에 입원하셨을 때였다. 중풍으로 음식물을 삼키기 어려워, 간호사가 알약을 갈아 따뜻한 물에 녹여 할머니께 드렸다.

그때 할머니는 조금 괴상한 표정을 지으셨다. 나는 그 약이 굉장히 쓰다는 걸 알았지만, 할머니는 다만 "물맛이 왜 이러냐?"라고 하셨을 뿐 맛이 없다고는 하지 않으셨다.

배부르게 먹었냐는 말

병상에 누우신 뒤로 할머니의 시간 감각이 점차 희미해졌다. 종종 시간 순서를 거꾸로 기억하셨고, 날짜 계산도 엉망이었다. 심지어 주변 사람을 부르는 호칭도 오락가락하셨다.

할머니는 자주 잠에서 깨어나 몽롱하게 "몇 시냐? 나는 아직 밥을 안 먹었다. 너는 먹었냐?" 하고 물으시거나, 가족의 이름을 몇 번 부르시다 다시 깊은 잠에 빠져들기 일쑤였다.

우리가 가져다 드린 음식을 담은 그릇은 더 이상 빈 그릇으로 되돌아오지 않았고, 갈수록 많은 양이 남아 있게 되었다. 할머니의 식욕은 떨어졌다. 우리는 할머니에게 완귀(쌀로 불려 걸쭉하게 만든 후 고기, 새우, 버섯, 달걀 등의 재료를 넣고 찜통에 넣어 요리한 타이난의 대표 서민 음식)를 작은 조각으로 잘라 조금씩 입에 넣어 드렸고, 할머니는 아주 오랜 시간을 들여 겨우 다 드셨다.

얼마 후 할머니는 그나마 드시지 못하게 되었다. 우리는 여러 음식을 시도해 봤는데, 그나마 바나나와 요구르트, 조각 케이크, 캔에 담긴 환자용 영양식을 조금 드셨다. 그때 우리는 마트에 가서 조각 케이크를 잔뜩 샀고, 떡처럼 쫄깃한 국수도 샀다.

"할머니, 배부르게 드셨어요?" 내가 물었다.

"배불러, 맛있네." 작은 케이크 한 개와 생과일주스 한 잔을 겨우 드시고, 할머니는 배부르다고 하셨다. 그리고 여지없이 내게 물으셨다. "너는 배불리 먹었냐? 여기 케이크 남았으니까 너 먹어라. 배불리 먹어야지." 할머니는 이내 피곤하다며 잠이 드셨다.

나는 테이블 위에 조용히 놓인, 다 먹지 못한 작은 케이크를 바라봤다. 초파리 몇 마리가 주변을 저공비행하며 음식을 노리고 있었다. 갑자기 눈가가 축축해졌다.

얼마 지나지 않아 할머니는 어떤 음식도 드실 수 없게 되었고, 오히려 드신 음식을 모두 토해 내셨다.

"할머니, 배부르세요?" 내가 물었다.

"배 안 고프다. 졸리구나." 할머니가 기운 없이 대답하셨다.

얼마 후 할머니 코에 비위관이 들어갔다. 이제 할머니가 섭취할 음식은 철저하게 튜브를 통해 공급되었다.

유동식이 코를 통해 바로 위로 도달하니, 할머니의 세월에 더 이상 쓰고 달고 매운 맛이 없다는 걸 나는 알고 있었다. 하지만 할머니는 문병 온 손님들을 만날 때마다 힘겹게 몸을 일으켜 안부 인사를 건넸다. "그래, 밥은 배불리 먹었냐?"

어느 날부터 할머니는 나에게 "배불리 먹었냐?" 하고 묻지 않으셨다. 대신 조용히 입을 닫으시고는, 영원히 식사를 멈추셨다.

시간이 흘러 이런 자질구레한 일들이 생각났을 때야 비로소 나는 할머니의 마음속에 줄곧 레시피가 있었다는 걸 깨달았다. 희끄무레한 빛깔, 언제나 심심한 맛.

할머니의 모든 조리엔 철학이 있었다. '배불리 먹일 것', 그리고 겸허하고 떠벌리지 않는 풍족함. 바로 위장의 행복이었다.

하지만 나는 생전의 할머니가 어떤 음식을 즐기시고, 어떤 음식을 싫어하셨는지, 그리고 할머니께서 정말 배부르게 잡수셨는지 알지 못했다.

습관적으로 숨고는
희미하게 나타난다

2008년 가을, 나는 외래 환자를 받을 수 있게 되었다. 처음 진료를 시작했을 때는 우왕좌왕했다. 복잡한 내과 증상이나 태도가 까칠한 환자를 만나면 리듬이 깨졌고, 시간을 장악하지 못해 효율적으로 진료하지 못했다.

가끔은 문진에만 꼬박 한 시간을 쓰기도 했다. 자질구레하고 지엽적인 모든 걸 기록해 차트를 빼곡하게 채웠지만, 정작 결정적인 부분은 놓치곤 했다. 명확한 결론이나 진단도 내리지 못했다. 몇 개월의 시행착오를 거친 후에야 궁색한 상황에서 조금씩 벗어날 수 있었다.

1년 후, 당뇨병을 앓는 노부인이 외래 환자로 찾아왔다. 딸과 함께 온 그녀는 혈당 조절이 엉망이었다. 망막, 말초신경 등에 당뇨 합병증으로 병변이 발생해 약을 복용하며 치료 중이었다.

'혈당이 이렇게 엉망인데 먹는 약으로 충분할까? 인슐린 치료로 바꿔야 하지 않을까?' 나는 생각했다. "주사를 맞으셔야 할 것 같습니다. 약물치료로는 한계가 있어요." 내가 말했다.

"중풍에 걸리신 아빠와 단 두 분이 시골에 사셔서 주사를 놔 줄 사람이 없어요. 직접 놓는 건 무섭다고 하시네요." 딸의 말을 듣고 나는 또 생각했다.

듣고 보니 극도로 불안한 상황이 맞다. 인슐린을 과다 투여해 저혈당 쇼크가 왔는데, 아무도 발견하지 못하면 어떡한담?

"그럼 일단 약을 계속 먹죠." 나는 그렇게 말하고도 한참을 망설이다가 결국 말을 번복했다. "역시 안 되겠어요. 인슐린을 꼭 맞으셔야 합니다. 이제 먹는 약으로는 조절할 수 없고 신장 기능도 썩 좋지 않아요."

그때의 나는 마음이 자주 동요해 입장도 오락가락했다. '어떡하지?' 나는 몹시 난처했다.

처방에 줄을 찍찍 그어 고친 후 노부인에게 인슐린 주사 놓는 법을 가르쳐 봤지만, 그녀는 날마다 스스로 주사를 놓는 일상을 받아들일 수 없다며 그럴 바에는 혈당이고 뭐고 이대로 저세상으로 가 버리는 편이 낫다는 확고한 입장을 드러냈다.

상황이 이렇다 보니 나는 타협안을 제시할 수밖에 없었다. 복용하는 약의 양을 조절하고, 엄격한 식단 제한을 권하며, 췌장이 인슐린을 만들 때 필요한 중간 산물인 'C 펩타이드' 성분의 농도를 검사했다. 이 수치로 인슐린 분비 능력을 평가할 수 있다. 수치가 너무 낮다면, 분비력은 이미 상당히 쇠퇴

했을 것이다.

일주일 후, 재진으로 온 노부인에게 비정상적으로 낮은 C 펩타이드 농도 수치를 알려야 했다.

"환자분의 췌장은 휴식을 취해야 해요. 우선 인슐린 주사부터 놓으려고 하는데 괜찮으시죠?" 나는 물었다.

"콩팥에요?" 노부인은 약간 의아해하며 신장에 문제가 생겼다는 뜻으로 받아들였다.

"콩팥 말고, 췌장이요." 내가 설명했다.

이 장기는 자처럼 복부에 가로누워 있다. 하지만 췌장이 자를 닮았다고 하기엔 조금 무리가 있다. 머리와 몸통 부위로 나뉘고 심지어 꼬리까지 지닌 기관이기 때문이다.

위장의 뒤에 숨어 사는 삶

췌장은 우측 복강에 머리를 두고 십이지장과 가까우며 위장의 뒤에 숨어 가로로 놓여 있다. 꼬리 부분은 왼쪽으로 휘어져 비장과 이어지고, 돌기는 머리 부분 아래쪽에 있다. 나는 이 독특한 모양의 장기가 도무지 자와 닮은 것 같지는 않고, 차라리 쉼표나 올챙이, 또는 물방울 같다고 생각했다.

이 장기는 여러 영역에 걸쳐 있으면서도 전문성이 뚜렷하다. 소화계에 속한 동시에 내분비계에 속하며, 췌액을 분비하고 음식을 분해하며, 다양한 호르몬을 만들어 혈당 균형을 조절한다.

'분비'의 사명을 타고난 췌장은 평생 뭔가를 짜내며 보낸다. 영어 이름은 pancreas. '온전하다'는 의미의 그리스어 'pan'과 '신선한 고기'라는 뜻인 'creas'에서 유래했다. 두 단어를 합치니 꽉 차고 찰진 육질이 느껴지는 것 같다.

영문명은 이렇지만, 나는 췌장이 안개가 낀 듯 가려지기 쉬운 장기라고 생각했다. 수시로 산속 운무에 모습을 감춰 버리는 관우산과 닮았다. 초음파 검사를 할 때 위와 장에 공기가 차면 췌장의 가시도는 떨어진다.

간, 담낭, 비장이나 신장과는 영 다른 점이다. 췌장은 습관적으로 몸을 깊이 숨기고 희미하게 모습을 나타내는, 은둔자의 성격을 가진 장기다.

혈당을 바로잡아야 산다

그 후 계속 외래 진료를 통해 노부인의 혈당을 추적했다. '인슐린 거부'라는 전제를 두고 치료해야 하므로, 나는 그녀의 식단을 아주 엄격하게 참견하거나 식욕을 통제할 수밖에 없었다. 내가 독재자처럼 느껴지기도 했다.

"양갱류는 많이 드시면 안 됩니다. 고기 드실 때는 껍질과 비계는 제거하세요. 만두, 고구마, 토란은 소량만 드시고 설탕이 들어간 음료, 과일은 자제하세요. 다진 고기도 안 되고 튀김은 절대 금기입니다."

"안 됩니다. 먹지 마세요. 자제 하세요. 산해진미는 독이고, 맛없고 심심한 음식이 최고입니다."

나는 그녀에게서 쌀, 기름, 소금을 야속하게 앗아가는 혀끝의 폭군 같았다.

어느 날 환자는 내가 몰랐던 이야기를 들려줬다.

전업주부인 그녀는 항상, 가족의 식사를 준비하고 남은 음식을 처리했다. 매번 밥상에 음식이 남으면 버리기 아까워, 혼자서 묵묵히 온 가족이 남긴 음식을 꾸역꾸역 집어넣었다. 그녀의 배 속은 수년간 음식물 쓰레기통 역할을 해 왔던 것이다.

그 음식들은 모두 한 김 식고, 곧 버려질 음식들이었고, 결코 먹음직스러운 요리가 될 수 없었다. 나는 그제야 식단 조절 처방이 지방, 나트륨, 고기를 줄이라는 말로 해결될 일이 아님을 깨달았다.

하지만 혈당이 높은 건 현실이고 습관은 고치기 어려우니, 인슐린이 유일한 길이었다.

나는 이제 엄포 작전을 쓰기 시작했다. 실명, 신장 투석, 사지 절단… 당뇨병 합병증이 초래할 수 있는 각종 무시무시한 예후를 들어 몇 차례 설득하자 환자는 마침내 인슐린 투여를 결심했다.

그 후로는 한동안 험난한 숫자의 일기가 이어졌다. 지속성, 속효성, 혼합형… 나는 환자의 체중, 식사 시간, 식습관 등을 부지런히 계산해 알맞은 인슐린의 종류와 투여량을 조정했다.

이 시기의 췌장은 생김새보다 기능 면에서 자를 닮았다. 도대체 어느 눈금에 맞춰야 그녀의 췌장에 딱 맞는 처방이 될까?

질병보다 우선하는 일

어느 날 환자의 혈당이 외래 진료를 시작한 이래 가장 좋은 수치를 기록했다. 하지만 뜻밖에도, 인슐린 주사를 다시 거부했을 뿐 아니라 약도 먹지 않겠다고 했다. 그녀는 모든 걸 포기하고 혈당도 어떻게 되든 내버려 두고 싶다고 말했다.

"갑자기 왜 그러세요?" 내가 물었다.

진료실에서 수십 초간 정적이 흘렀고, 부인이 울음을 터뜨렸다.

그녀는 더듬더듬 간신히 말을 이어갔다. 몇 주 전에 아들이 불의의 사고로 덤프트럭에 치여 아내와 초등학생 자식 둘을 남기고 죽었다. 처음에는 사고를 낸 사람이 변명만 하던 태도에 분노하다가, 나중에는 피범벅이 되어 숨진 아들의 모습을 떠올리며 목 놓아 운 것이다.

'어떡하지? 내가 어떻게 그녀를 위로할 수 있을까?' 나는 어찌할 바를 몰랐고, 뭐라고 위로의 말을 건네고 싶었지만 쭈뼛거리기만 했다.

그녀는 진료실에서 몇 분이나 울었지만 나는 멀뚱하니 휴지만 건넸고, 결국 "이미 벌어진 일을 되돌릴 수 없으니 하루빨리 빠져 나오시길 바랍니다, 그리고 힘드셔도 혈당은 잘 통제하셔야 합니다"라고 말하고 진료를 끝냈다.

그 일 이후 나는 조금씩 깨닫게 되었다. 어떤 일은 건강을 초월하고 질병보다 우선한다. 아들이 세상에서 사라졌는데 혈당 따위가 대수일까?

백발이 성성한 70대 초반의 그녀는, 새카만 머리카락을 지닌 이를 보내고 잠을 잘 수도 음식을 넘길 수도 없었다. 일상의 질서가 무너졌으니, 혈당 조절은 아득하고 허망해 보였다.

나는 노부인이 더 이상 진료를 받으러 오지 않으리라 생각했지만, 다행히도 그녀는 예약 날짜에 맞춰 돌아왔다. 그 몇 달 동안 그녀의 혈당은 이상적이었고, 나는 인슐린 투여량을 줄이기 시작했다.

수개월이 지난 후, 그녀는 아들을 먼저 보낸 그늘에서 조금씩 벗어났고 얼굴에 이따금 미소가 번지기도 했다. 식욕도 점점 돌아오는 것 같았다. 그래서인지 혈당이 또 높아졌다.

"요새 뭐 맛있는 거 드셨나 봐요?" 내가 물었다.

나는 환자의 상태를 대략 파악한 후, 석 달 후에는 새로운 의사 선생님이 계속 그녀를 관리해 줄 거라고 말했다. 나는 곧 그 병원을 떠날 예정이었다.

그녀가 약간 놀라면서 어디로 가는지 물었다.

"선생님께 진찰을 받은 지도 3년이 다 되어 가네요. 선생님, 처음보다 굉장히 침착해지셨어요."

듣기 좋은 말이었다. 나는 미소 지으며, 부족한 나를 포용해 준 환자에게 감사를 표했다. 다만, 현실은 현실. 그녀의 인슐린 투여량은 여전히 조절해야 했다. 나는 차트에 인슐린을 소폭 증량한다고 적었다. 그녀는 뭔가를 생각하고 있는 것 같기도 하고, 할 말이 있는 것 같기도 한 눈빛으로 조용히 나를 응시했다.

아마도 그녀 배 속의 췌장은 인슐린 투여량을 계산하는 동시에 더욱 섬세한 눈금들로 나의 서투름, 약간의 성장, 그리고 모든 과정에서 좌충우돌했던 모습을 가늠하는 것 같았다.

그 진귀한 채소와 고기들은
다 어디로 갔을까?

2013년 1월, 세계적으로 권위 있는 의학 저널 〈뉴 잉글랜드 저널 오브 메디슨〉이 '기증자의 대변 십이지장 이식을 통한 클로스트리듐 디피실리균의 재발 치료'라는 제목의 논문을 실었다.

C.디피실리균은 건강한 장에도 상재하는 균으로, 보통 아무 증상도 일으키지 않는다. 그러나 항생제를 장기간 투여하면 장내 정상 균이 파열되고, 균락 불균형이 일어난다. 묵묵히 자기 역할만 하던 C.디피실리균은 이때부터 통제력을 잃고 번식하며 영토를 개척하기 시작하고, 환자는 설사 등의 장염 증세를 보인다. 그런데 이 균을 정상으로 돌려놓기가 쉽지 않아서 더욱 강력한 항생제를 써야만 한다.

이 연구에서 학자들은 '정상적인' 박테리아를 함유한 건강한 사람의 대변을 환자의 장에 이식하는 방법으로 효과를 볼 수 있다고 주장한다. 정상적인 균락이 번식하면서, C.디피실리균의 성장을 간섭하고 억제해 숙주의 면역력을 증대하고 치료 효과를 높일 수 있다.

이 연구는 이치에 맞을 수 있으나 정서에 부합하진 않는다. 나는 '대변 이식'이라는 대목을 보고 기겁했다. 자세한 실험 방법을 보고는 머리카락이 쭈뼛 서는 것 같았다.

우선 환자에게 항생제를 투여한 후 설사약을 먹어 장을 깨끗이 비운다. 그리고 기증자의 대변을 희석해 용액 형태로 만들어 '비장관'을 통해 환자의 십이지장에 주입한다. 비장관은 흔히 알고 있는 비위관과 원리가 같다. 다만 여정이 긴 작업이기 때문에 튜브가 더욱 깊게 삽입되어 위를 지나 곧바로 십이지장에 이른다.

이런 '이식용 대변'의 공여자는 물론 엄격하게 선발되어야 한다. 규정에 따라 변을 채취하고, 채취한 대변의 신선도 유지에 특히 유의해야 하며, 평균 3.1시간 안에 배설부터 주입까지 모든 이식 과정이 이뤄져야 한다.

연구 보고서에 따르면, 총 열여섯 명의 연구 대상 환자 중 열세 명이 대변을 이식받은 후 10주 동안 C.디피실리균으로 인한 설사 증상이 없었다.

'배 속에 남의 대변을 기꺼이 집어넣으려는 사람이 있단 말인가?' 나는 이 연구를 읽고 나서 내내 이런 생각이 머릿속을 맴돌았다. 물론 나는 그럴 수 있는 사람이 아니다. 절대 아니다. 상상하는 것만으로도 토할 것 같았다.

다만 여러 해 겪은 장에 대한 모순을 다시 생각해 보게 되었다.

장은 묵묵히 음식물을 소화하고 영양분을 흡수한 뒤 찌꺼기를 모아 대변으로 만들어 낸다. 그러니 약간의 시차가 있을 뿐, 산해진미와 분변은 구강부터 항문까지 같은 길을 걷는다.

대변을 십이지장에 주입하게 하는 것도 썩 자연의 섭리를 위배한 처사 같지는 않다. 어차피 다 같은 통로다.

섬세하고 사려 깊은 장의 세계

생리학인지 조직학인지 기억나진 않지만, 수업 시간에 교수님이 질문을 던졌다. "사람의 소장 길이가 약 몇 미터죠?"

교수님이 어느 학생을 가리키자 그가 대답했다. "2~3미터입니다."

"틀렸습니다. 성인의 소장 길이는 약 5.5~6미터죠." 교수님이 그렇게 정정해 주시자 나는 얼굴에 식은땀이 흘렀다. 평생 배 속에 품고 사는 기관인데 제대로 아는 게 없었다.

이어지는 수업에서 우리는 소장의 세계를 여행했다. 빔 프로젝터가 띄운 소장의 횡단면을 보니, 장벽이 울퉁불퉁한 윤상주름으로 뒤덮여 있었다. 현미경으로 자세히 관찰하면 주름 위에 빽빽하게 돋은 점막 돌기를 볼 수 있다. 바로 융모다. 모든 융모에는 미세융모가 돋아 있다. 흡수 면을 최대한 넓혀 효율을 높이기 위한 섬세하고 사려 깊은 구조다.

"그럼 소장 벽의 모든 주름, 융모를 평평하게 펼친다고 가정하면 총면적이 얼마나 될까요?" 교수님이 또 질문하셨다.

학생들이 대답하는 숫자는 모두 보잘것없이 작았다. 답은 200제곱미터였다. 대형 강의실이나 축구장도 될 수 있는 넓이다.

'정말일까?' 나는 적잖이 놀랐다. 우리는 몸속에 기다란 튜브뿐 아니라 넓은 땅덩어리마저 품었단 말인가!

선생님이 소장을 해체하여 섬세하고 사려 깊은 세계로 안내하자, 나는 그제야 옛사람들이 말하는 '장고사갈(영감이 바닥 나 글을 쓸 수 없는 상태)'이 어떤 상태인지 조금 이해하게 되었다.

소장은 십이지장, 공장, 회장으로 나뉜다. 그중 가장 중요하고 바쁜 기관은 십이지장일 것이다. '십이지'. 이름만 들어도 기묘한 이치가 담겨 있음을 알 수 있다. 십이는 열두 간지, 열두 개의 별자리, 열두 사도 등 언제나 정교하고 역산과 관계가 깊은 지적인 숫자였다.

해부실과 수술방에서 본 십이지장은 외관이 알파벳 C처럼 둥근 모양이라 '십이지'라는 이름과 전혀 대응되지 않았다. 십이지장은 소장에서 가장 짧은 부위지만 간, 담, 췌 그리고 스스로 분비한 소화액이 합류하는 지점이다. 여기서 밀도 높은 소화 작업이 이뤄진다. 작지만 값어치가 큰 창자의 수도인 셈이다.

수술을 집도하는 외과 의사가 아닌 임상 의사는 공장과 회장을 좀처럼 볼 기회가 없다. 위내시경은 입에서 십이지장까지 닿고 대장 내시경은 항문에서 맹장까지 볼 수 있는데, 그 사이에 원시림 같은 부분이 공장과 회장이다. 구불구불하게 생긴 공장과 회장은 착실하게 소화 기능을 수행하고 있지만 좀처럼 모습을 드러내지 않고, 둘 사이의 경계도 분명하지 않다.

회장을 지나면 비로소 대장이 보인다. 소장에 비해 대장은 외적으로 보나 내적으로 보나 큼직하고 투박하다. 촘촘한 융모는 보이지 않고, '팽대'라고 부르는 마디 모양 주머니가 있다.

'자루 대' 자를 쓰는 '팽대'라는 단어가 어쩐지 사랑스럽게 들린다. 무릇 자루란 하나의 공간이 있음을 의미하고, 그 안에 은밀하게 감춰진 내용물은 보이지 않는다. 하지만 이 자루 안의 내용물은 결코 환심을 살 만한 모습이 아니다. 그건 소화된 음식물 찌꺼기의 만년이다. 여기까지 오면 장의 흡수 기능은 희미해지지만, 수분과 염분의 흡수에는 여전히 중요하다.

소화기는 뱀처럼 구불구불하게 뻗어 나간다. 진수성찬이 찌꺼기가 되고 분변이 될 때까지, 소화 세계의 쓴맛 단맛을 모두 겪고 음식물의 흥망사를 한 바퀴 돌게 된다.

곱창을 먹는다는 것

나와 장 사이에 존재하는 또 하나의 패러독스는, 바로 창자를 먹는 행위다. 장은 아마도 내가 먹는 극소수의 내장 부위일 것이다. 숯불에 구워 먹기, 탕으로 끓여 먹기, 바삭하게 튀겨 먹기…. 동물의 장은 무수한 풍미를 만들어 낸다. 주방에는 '장'을 소재로 한 레시피가 영원히 고갈되지 않는 것만 같다.

한 번은 내몽고와 가까운 북방 대륙에 사는 친구와 식사를 했다. 그녀의 고향인 내륙 지방에서는 고기 먹기를 매우 중요하게 여긴다고 했다.

심각한 식량난에 시달렸던 그녀의 선조들은 절대 식자재 낭비를 하지 않았고, 가축을 잡으면 살코기뿐 아니라 장기까지 다 먹었다.

양념장에 조려서 고추와 볶아 반찬처럼 먹었고, 곱창이 피부에 윤기를 더해 주고 허한 기운을 보충해 주며 지혈 효과도 있다고 했다.

그녀 덕분에 나는 일본의 바비큐 전문점에서 반찬으로 내 준 미지근한 곱창 한 접시가 떠올랐다. 특히 하코네의 바비큐 전문점이 인상 깊었다. 그땐 초겨울이었고, 하코네에는 눈발이 날렸다. 나는 따뜻한 음식을 먹고 싶었지만 점원과 도무지 소통할 수가 없었다.

그 식당은 들어서자마자 손님에게 식어 빠진 닭 창자에 파와 고추기름을 넣고 볶은 음식을 내 줬다. 나는 약간 실망했지만, 한 입 먹자 뜻밖에도 따뜻한 기운이 몰려왔다. 굉장히 특이한 경험이었다.

일본뿐 아니라 한국을 여행할 때도 곱창을 먹을 수 있었다. 서울의 동대문은 '매운 곱창볶음'으로 유명하다. 한국계 화교 지인은 그걸 먹으면 춥지도 않고 입술도 트지 않는다고 했다.

또 북쪽 대륙에서 즐겨 먹는 '고추 곱창볶음'은 센 불에 고추와 돼지 곱창을 볶다가 육즙이 뚝뚝 흐를 때 말린 고추와 파와 마늘을 듬뿍 넣는다. 이 요리를 한 입 먹으면 북방의 기개를 느낄 수 있다. 나는 베이징의 음식점에서 먹어 본 적이 있다.

그런데 모두 북쪽 나라의 일들이다. 특정 위도를 넘어가면 곱창과 매운맛은 생활의 일부가 되는 것 같다.

사실 나는 한동안 곱창을 먹지 못했다. 대학교 2학년, 해부학을 수강하던 학기의 일이다. 복강 해부를 배우던 어느 날이었다.

복강에서 창자를 끄집어 낼 때 묵직한 느낌과 밑으로 계속 미끄러지던 모양을 기억한다. 우리는 손을 뻗어 대장과 소장의 감촉을 확인하다가, 유난히 부풀어 오르고 딱딱한 부위를 만졌다.

그때 우리는 모두 창자 내부에 병변 같은 게 생긴 자리라고 생각했다. 교수님의 지시에 따라 장벽을 절개하고 나서야, 그게 시신을 기증한 분이 돌아가시기 전에 섭취했던 마지막 몇 번의 음식물임을 알게 되었다.

그 기억이 너무 생생해서, 그 후 몇 달 동안 곱창이 들어간 메뉴를 볼 때마다 그 장면이 자동으로 떠올랐다. 2, 3년이 지나서야 심리적 장애물을 극복하고 다시 곱창을 먹을 수 있게 되었지만, 가끔은 방금 삼킨 게 대장일까 소장일까 하는 생각에 잠기곤 한다.

때때로 나는 젓가락으로 곱창을 정갈하게 집어 들고 관찰한다.

'음, 주름지고 뒤집힌 흔적이 있는 걸 보아 소장이군.'

'오! 색이 검붉고 매끈한 이건 대장이군.'

'음? 이 창자는 원래 모습 그대로 접시 위에 옮겨졌는걸!'

눈으로 관찰하지 않아도 나는 대장과 소장의 맛을 대부분 구분할 수 있다. 소장은 식감이 쫄깃하고 대장은 흐물흐물하기 때문이다.

하지만 그런 분별 법은 그다지 중요하지 않다. 대장 소장을 막론하고 입 안에 넣고 찌걱찌걱 씹으면, 그 풍미에 취해 내가 지금 창자를 먹고 있다는 사실을 잊는다.

맛과 악취는 종이 한 장 차이다. 맛있는 음식들이 소화기의 길에서 어느 지점을 지나면, 완전히 다른 면모가 되어 썩은 냄새만 풍긴다. 그건 나와 창자 사이에 풀 수 없는 감정이며, 나와 창자 사이에 쌓인 정이다.

문득 지난주에 친구와 즐긴 값비싼 프랑스 요리가 떠올랐다. 그 진귀한 채소와 고기들은 다 어디로 갔을까? 벌써 분변이 되어 사라졌다고 생각하니 아깝게 느껴졌다.

이토록 간단하고
가벼울 따름이라니

고등학교 생물 시간에 '흔적 기관'을 배운 적이 있다. 흔적 기관은 진화 과정 중에 극히 드물게 사용되어 점점 퇴화하는 기관을 가리킨다. 충수나 사랑니를 예로 들 수 있다.

충수는 영어로 appendix, 즉 '부록'이다. 책의 맨 뒤에 조용히 누워 있는 몇 페이지 말이다. 그건 부가적이고, 보충적이며, 부수적이라 때에 따라 군더더기일 수 있다.

인체의 '부록'인 충수는 있든 없든 큰 의미가 없고, 정확한 역할도 찾을 수 없는, 그야말로 베어 내도 그만인 기관이다. 때에 따라 복강 수술 시 환자에게 '하는 김에' 충수를 제거하겠냐고 묻기도 한다.

충수는 인체의 중심부에 있지만, 변방의 숙명을 타고났다. 그건 오른쪽 하복부에 10센티미터가 채 되지 않는 장기로, 한쪽 끝은 맹장과 접하고 다른 한쪽 끝은 막혀 있다.

초식동물의 맹장은 소화 기능을 수행하지만, 사람은 그 기능이 미미하다. 우리가 먹는 음식이 정교해졌기 때문이라는 추측도 있다.

충수는 반역과 변절을 감춘 변방이다. 관이 막혀 염증이 생기면 충수염을 일으키고, 심각한 경우 천공으로 복막염이 생길 수 있다.

충수의 간교한 성향 때문에 증상도 모호하여 파악하기 어렵다. 《충수염》이라는 의학 서적은 한 권을 통틀어 충수염만 탐구한다. 충수염의 전형적인 증상은 통증의 이동이다. 배꼽 주변에서 시작해 오른쪽 아랫배 쪽으로 옮겨가는 성동격서형 통증이다.

모든 환자가 이런 통증의 이동을 겪는 건 아니고, 초기에는 다른 위장관 질환과 혼동하기 쉽다. 자기 몸 상태를 분명하게 표현하지 못하는 아이나 노인 그리고 자궁이 팽창하여 맹장이 이동한 임산부에게 충수염이 발병한다면, 증상을 더욱 종잡을 수 없게 된다.

해외 통계에 따르면, 외과 의사가 개복해 충수염을 확진하는 비율이 약 85퍼센트다. 그렇다 해도 충수 절제술은 외과 의사의 기본기다. 타이완의 경우, 레지던트 2년 차도 독립적으로 충수염 수술을 할 수 있다.

그런데 내가 목격한 가장 온전한 충수염 수술은 병원이 아닌 군대에서였다.

괴짜 리틀 저우 이야기

'리틀 저우'는 복통이 발생한 지 하루 만에 의무실로 실려 왔다. 이등병인 그는 헐렁한 청바지에 복고풍 헌팅캡을 썼고, 몸짓에 저우제룬 같은 반항기가 흘렀다. 그래서 모두 그를 '리틀 저우'라고 불렀다.

리틀 저우는 말수가 적고, 사람들과 눈을 잘 마주치지 않았고, 친하게 지내는 사람도 없었으며, 외모도 도도하고 거만해 보였다.

그는 다른 신병들과 달리 장교나 선임을 만나도 인사하지 않았다. 그의 괴짜 같은 면은 금세 모나고 교만한 성격으로 해석됐다.

어느 교대 근무를 맡은 휴일, 나는 남색 잠옷을 입고 침상에서 쿨쿨 자는 리틀 저우를 발견했다. 알아보니 그는 '영내 휴가' 중이었다.

'영휴' 기간에는 집합, 점호, 근무에서 자유롭고, 부대를 마음대로 나가 휴가를 보내거나 외박을 할 수 있다. 이런 휴가 방식은 집이 멀어 장거리 왕복이 어려운 병사들을 위해 만들어졌지만, 굳이 택하는 사람은 극히 드물었다.

리틀 저우는 영내 휴가를 몇 번 썼지만, 그가 휴가 때 밖에서 뭘 하는지 아무도 몰랐다. 친구를 만났을까? 외로웠을까? 세끼 밥은 챙겨 먹었을까? 하지만 아무도 그에게 묻지 않았다. 하등 중요하지 않기 때문이다. 의무적으로 복역하는 병사들에겐 무사히 제대하는 것만이 중요한 일이다.

그날, 그는 열이 나고 배가 싸하니 아팠다. 식욕도 떨어지고 오른쪽 아랫배에 심한 통증이 있었다. 나는 충수염을 의심하고 상부에 보고한 후 리틀 저우에게 금식을 당부한 뒤 그를 국군 병원으로 이송했다.

병원에 도착하자 응급실 의사가 와서 문진했다.

"평소에 변비 증세가 있었나?" 리틀 저우는 대답이 없었다.

"복통이 일어나기 전날 격렬한 운동을 했나?" 의사가 다시 물었다.

리틀 저우는 여전히 아무 말도 하지 않았다.

나는 그제야 그저께 오후 막사에서 그가 방독면을 쓴 채 등에 20킬로그램짜리 농약을 둘러매고 땀에 흠뻑 젖어 있던 모습이 생각났다.

날씨가 습하고 더워져 부대는 벌레들의 습격에 시달리는 중이었다. 많은 병사의 피부에 괴사한 듯한 반점이 나타나기 시작했는데, 자면서 벌레의 날개를 짓눌러 분비된 액체가 피부가 묻어 생긴 증상이었다.

거기에 모기와 벼룩까지 창궐했고, 진딧물처럼 생긴 붉은 날개의 곤충이 사방에 활개를 쳤다. 심지어 막사 근처의 두 아름드리나무에도 송충이 떼가 새카맣게 기어올라 푸른빛을 잡아먹었다.

"너, 농약 쳐!" 소대장이 리틀 저우에게 명령했다.

그는 아무 말도 하지 않았다. 뭐라고 대답해 봤자 번거로운 일만 더해질 뿐이다. 돌발적인 일이든 직무에 따라 분배한 임무든, 리틀 저우는 두말하지 않고 수행했다. 그는 모든 일을 당연하게 받아들이고 혼자서 조용히 소화하는 것에 익숙했다.

병사들은 대부분 고졸 이상이었지만 리틀 저우의 최종 학력은 중졸이었다. 각자의 특장점을 살려 보직을 받는 군대에서 이렇다 할 재주가 없는 그는 '원예병'이 되었다. 말이 좋아 원예병이지, 결코 분재나 조경을 가꾼 적은 없었다. 원예병의 본질은 설거지, 청소, 개숫물 버리기, 쓰레기 분리수거 등 온갖 궂은일을 도맡아 하는 심부름꾼이었다.

나중에는 주방 인력이 빠듯해 리틀 저우는 취사병으로 차출됐다. 이제 그는 흰색 조리복과 사각 조리모를 쓰고, 기름 솥과 칼날 사이에서 음식 냄새와 연기를 뒤집어쓰고 생활했다. 종일 주방에 박혀 있느라 뭇사람의 시선을 피할 수는 있었지만, 어떤 무리의 시선에서 벗어날 수는 없었다.

답답한 군 생활을 보내던 그 무리의 구성원들은 암묵적인 의리로 뭉쳐 있었고, 내내 리틀 저우를 손 봐줘야겠다고 생각한 모양이다. 무리는 리틀 저우가 만든 음식에 못된 장난을 쳤고, 성가신 일, 위험한 일, 힘든 일을 모두 그에게 떠맡겼다.

한 번은 생활관 안으로 독사가 들어온 적이 있었다. 독사는 우리가 뿌려둔 석회가루를 땀띠분쯤으로 여겼는지, 아랑곳하지 않고 쳐들어와 침대 밑에 매복하거나 대들보에 매달리거나 화장실에 숨어들어 생활관 구석구석에 공포감이 확산됐다.

어느 날, 영내에 우산뱀이 난입했다. 검은색과 흰색 구분이 선명하고 통통하게 살이 오른 놈이었다. 그날 밤 온 부대는 거의 공황 상태였다. 결국 놈이 포복 자세로 생활관에 들어오자 전 중대가 문을 박차고 나와 침상을 놈에게 양보해 버렸다.

"너! 뱀 잡아!" 선임은 리틀 저우를 가리키며 말했다. 그도 약간 겁을 먹었지만 반항하지는 않았고, 뱀잡이용 집게를 들고 와 생활관 캐비닛 뒤를 뒤적거리며 숨은 뱀을 찾았다.

뱀이 펄쩍 튀어 오르자 병사들은 비명을 지르며 호들갑을 떨면서도 그와

뱀이 쫓고 쫓기는 아슬아슬한 장면을 한껏 즐겼다.

얼마 후, 리틀 저우는 뱀의 머리 부분을 집어 재빨리 철장 속으로 던져 넣었다. 그리고 언제나처럼 아무 말 없이, 아무도 쳐다보지 않고 생활관으로 들어가 자기 침상에 누웠다.

"졸라 멋있네!" 어떤 병사는 그 상황을 그렇게 표현했다.

갑자기 찾아와 홀연히 떠나다

리틀 저우는 응급실에서 피검사, 복부 엑스레이, 초음파 검사를 연달아 받았다. 다시 만난 의사는 내게 수술 동의서를 내밀었다.

"충수염이라 당장 수술해야 한다. 흉터가 걱정되면 자비로 복강경 수술을 선택할 수 있고, 그렇지 않으면 전통적인 충수 절제술을 진행하며 약 5센티미터의 흉터가 남는다."

이 중대한 결정을 내가 경솔하게 내릴 수 없어 리틀 저우의 가족에게 연락하려 했다.

"하지 마십시오. 5센티미터가 뭐 대수라고…. 일반 수술로 받게 해 주십시오." 리틀 저우가 불쑥 말했다.

나중에 사정을 자세히 물어보고 그가 고아임을 알게 되었다. 물론 그에게도 집은 있었다. 아니, 집이라기보다 시설이었다. 양어머니가 계신 타이난의 그곳으로, 리틀 저우는 입대 후 한 번도 가지 않았다.

그래도 나는 그의 양어머니께 전화를 걸었다. 수화기 저편에서 그녀는 본인이 너무 늙었고, 리틀 저우도 이제 열아홉 살이니 어떤 결정을 하든 무슨 병에 걸리든 본인 책임이라고 했다.

결국 보호자란에 내 이름을 적었다. 리틀 저우는 곧 수술 방으로 들어갔고, 두 시간 후 회복실에서 병실로 옮겨졌다. 집도의는 발병 후 시간을 끌어 충수가 터졌으니 며칠 입원해서 관찰해야 한다고 했다.

다음 날, 군 고위층은 리틀 저우의 수술이 늦어진 일에 대해 관련 규정에 따라 조사를 진행했다. 담당 부사관들은 리틀 저우가 복통이 일어난 당일 알리지 않았고 특이사항도 발견하지 못했다고 입을 모았다.

나는 부사관들의 말을 믿었다. 리틀 저우는 말 한마디 없었을 사람이다, 그렇게 극심한 복통이 있었을지라도.

다행히 회복이 빨랐다. 그 며칠 동안 군 고위층은 반복해서 그에게 전화를 걸어 상태를 체크했지만, 그 외에 다른 인사를 받진 못했다.

며칠 후, 병영에 탈영 사건이 발생해 모든 고위층의 혼이 쏙 빠져 있어 리틀 저우가 퇴원한 사실을 아무도 알아차리지 못했다.

그는 부대에 복귀해 며칠 쉬고 난 후 다시 그 후덥지근한 주방으로 돌아가 조리복을 걸치고 음식을 굽고 튀겼다. 일주일 후에는 뜨거운 태양 아래서 20킬로그램짜리 농약을 들쳐 메고 소독 작업을 했다.

충수염은 그렇게 갑자기 찾아와 홀연히 떠났다. 매우 격렬하고도 평범한 이야기였다.

두 달 후, 리틀 저우는 일병으로 진급했지만 여전히 혼자 다니며 마주 오는 사람들을 쳐다도 보지 않았다. 그는 여전히 아무 말 없이 조용히 많은 일을 차근차근 해냈다. 여전히 휴가를 받아도 부대를 떠나지 않았고, 그의 휴가 생활에 대해 궁금해하는 사람은 없었다.

나는 제대한 지 여러 해가 되었지만, 오랫동안 고통을 참은 것 같은 충수염 환자를 만날 때마다 리틀 저우가 생각난다.

그는 어느 날 깨달을지도 모른다. 생명이란 그의 배 속에 드리워져 있던 충수처럼, 변방에서 조용히 나날을 보내다가 어느 날 염증이 생겨 부어올라 몸에 반항 의사를 표하고는 잘려 나가는 거라고.

이야기는 이토록 간단하고, 가벼울 따름이라고.

3부

내 몸이 원하는 걸
나도 모를 때

몸통과 사지 이야기

네 어깨에 뭐가 달렸는지만 중요할 거야 | 허리를 팔로 감쌌을 뿐인데 | 손목에 흔적을 남기는 것들 | 지저분한 손, 떨리는 손, 용기 있는 손 | 욕망의 분기점, 위계의 분기점, 인생의 분기점 | 음습하고 시끌벅적한 발의 생태계 | 화려하게 내딛는 걸음마다 아팠을 텐데

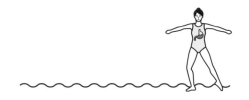

네 어깨에 뭐가 달렸는지만
중요할 거야

어깨는 우리 몸에서 가장 소설 같은 부위다. 그곳에는 부흥과 융성, 쇠퇴와 괴멸이 있다. 허구와 실화가 모두 여기서 시작된다.

어릴 적, 아버지의 근무지 연유로 온 가족이 쬐잉으로 이사를 했다. 쬐잉에선 국숫집, 만둣집, 찻집 그리고 오토바이에서 군복을 입고 번쩍이는 견장을 단 장교들을 심심찮게 볼 수 있었다.

특히 식사 시간에 장교들 여럿이 탁자에 빙 둘러앉아 있으면 유난히 눈길을 끌었다. 골목 어귀에는 작대기 하나, 작대기 두 개, 작대기 세 개, 매화, 별 등의 계급장들이 담장 위 빨랫줄에 널려 나부꼈다. 제각각의 구보와 구령을 거치고 세월과 마찰하여 얻은 영광이었다.

"장교님, 안녕하세요!" 식당 사장님은 견장을 보면 언제나 호의적으로 인사를 건넨다. 세탁소 점원은 군복을 바삐 다림질하며 칼 주름을 잡아 한 벌씩 옷걸이에 걸었다. 흰색, 검은색, 청색, 황토색…. 꼿꼿하고 군살 없는 골격들이 허공에서 펄럭이면 공기마저 위풍당당해졌다.

쮀잉. 얼마나 '어깨'다운 지역인가! 그곳은 일상 곳곳에 어깨의 문명이 퍼져 있다. 어린 시절, 어떤 암묵적인 제도가 나의 기억 속 깊은 곳에 파고 들어와 쮀잉의 계층을 나눴다. 다른 아이들은 아직 어깨에 붙은 기호의 의미를 모를 때, 나는 병사, 부사관, 위관 장교, 영관 장교, 장군을 구별할 줄 알았고 견장 뒤에 숨은 정연한 군신의 질서를 상상했다.

어깨 위에는 권력과 위세가 있다

견장 관찰하기는 내 어린 시절 취미이자 아충의 취미였다.

아충은 쮀안촌 출신이지만 표준어를 정확하게 구사해서 반을 대표해 낭독 대회에 자주 참가했다. 어느 해 여름, 엄마가 나를 퍼우허우가에 있는 어린이 작문 교실에 보내 줬을 때 그 아이를 알게 되었다.

아버지가 직업군인인 아충은 나보다 훨씬 일찍 견장에 눈을 떴다. 어릴 적 아버지를 따라 부대에 가면, 아버지 어깨 위 매화를 보고 군인들이 깍듯이 경례했는데 그 모습은 대단히 위풍당당했다.

작문 선생님이 '나의 꿈'이라는 글짓기 주제를 내줬을 때, 아충은 "어른이

내 몸 내 뼈

되면 어깨에 별이 다섯 개 있으면 좋겠다"라고 썼다. 어찌나 패기 넘치는 말투였던지!

어느 날 나는 아충의 초대를 받았다. 아충의 집은 정원이 있는 단층 단독 주택이었고, 덴드로븀과 양치식물을 가꾸며, 공격적이지 않은 래브라도를 한 마리 키우고 있었다.

속옷까지도 모조리 담벼락에 늘어놓고 말리는 빨래 건조 방식이 인상적이었다. 지나가는 사람들에게 "나는 요란하지 않아요. 안팎으로 단정하고 엄숙하게 입지요. 옷섶도 순백색의 순면 재질입니다. 간혹 일탈하는 날에는 섹시한 삼각팬티도 등장해요"라고 알리는 것 같았다.

나는 몇 개월 후 시내의 학교에 다니기 시작하면서 글짓기 교실을 그만두었고, 아충과 마주칠 일도 드물어졌다.

통학은 매일 해야만 하는 필수 일과였다. 출퇴근 시간이면 나는 가다 서다를 반복하는 버스 안에서, 쭹잉 대로에 늘어선 오토바이 운전자 무리의 들썩이는 어깨를 관망했다. 가끔 두 개의 견장이 차량 행렬 속에 뒤섞여 더러운 공기와 매연 사이로 보일 듯 말듯 사라지곤 했다.

고등학교 때 알게 된 교련 교사는 체육 시간에 반바지를 입고 달리거나 농구를 했고, 지치면 농구장에 앉아 군대 이야기나 사관학교 시절 에피소드를 들려줬다.

그가 사관학교에 다니던 어느 날, 이튿날 상급 기관에서 감찰을 나올 예정이라 밤을 새워 담벼락에 페인트를 칠하고 화단을 가꿨다.

다음 날 모두 대오를 갖추고 장교를 영접할 때, 온 병영이 환골탈태했다는 사실을 깨달았다. 인상적이게도 하룻밤 사이에 가로수 몇 그루가 생겨났지만, 장교가 떠나고 나니 신기루처럼 순식간에 증발했다.

"모든 게 가짜야. 모두 가식이라는 점만 진실이지. 앞으로 너희들도 군인이 되면 알게 될 거야. 군대에서는 네가 어떤 학교를 나왔는지 아무도 궁금해하지 않아. 네 어깨에 무엇이 달렸는지만 중요할 거야"라고 말하며 웃었다.

나는 어깨 위에 권력과 위세가 있다는 사실을 깨달았다. 그 위에 표시된 부호로 사람들을 함부로 부리며 득의양양하게 할 수 있고, 허리를 굽히고 땀을 뿌려 노동하게도 한다.

어깨 위의 권세가 사라졌을 때

병영을 떠나거나 나이가 들어 퇴역하면 어깨 위의 영광도 함께 옅어질 것이다. 어깨에는 두 개의 세계가 존재한다.

언젠가 버스에 탔을 때 청각 장애인 룽민(특정 복역 조건에 부합하는 중화민국의 퇴역 군인) 아저씨가 차를 가로막고 길을 물었다. 고향 사투리가 심해서인지, 버스 기사는 그가 무슨 말을 하는지 알아듣지도 못하고, 알고 싶지도 않았는지 차 문을 쾅 닫아 버리고 차를 몰았다. 길가에 우두커니 서서 흐리멍덩한 눈으로 아무 말도 하지 못하는 그를 나는 차창 너머로 바라봤다.

그가 어떤 전투에 참여했는지, 어떤 영예와 치욕을 경험했는지, 어떤 휘장을 달았었는지 나는 모른다. 안다 해도 이제 다 지난 일이다.

어깨 위의 유희는 현실감이 없고, 적당히 자아도취적이고, 조금 황량하며, 언제든 끝낼 준비를 한다.

"나 결심했어. 사관학교에 갈 거야." 아충이 말했다.

그리고 몇 년이 흐른 어느 겨울 저녁, 나는 쭤잉 대로의 맥도날드에서 아충과 그의 여자 친구를 우연히 마주쳤다.

아충은 고등학교를 졸업한 후 사립 대학교에서 이공계를 전공했다가, 곧 입대해 훈련을 받은 후 직업군인으로 전향할 계획이라고 했다.

그때 그의 빡빡 깎은 머리와 떡 벌어진 어깨와 깊게 빛나는 눈동자는 그를 한층 남자답게 했다. 하지만 이야기를 나눌수록 그가 잘 못 지내고 있는 것 같았다.

그는 군대의 관료 문화에 대해 말했다. 많은 예절이 제도에서 나왔고, 복종은 이익에서 비롯되며, 일상이 접대, 아첨, 암투로 가득 차 있다고 했다.

그는 노련해 보였지만, 여전히 모나고 고집스러운 구석이 있었다. 그는 품행이 더러운 장교에 복종하기가 끔찍이도 싫어, 그 폐쇄적인 체제에서 고독하고 힘없는 저항을 이어가고 있었다.

나중에 친구에게 건너들은 소식으로는, 몇 해 전 퇴역한 아충의 아버지가 작은 식당을 경영하며 고객들에게 노래방 딸린 연회석을 제공했고 도박장으로 내어 주기도 했다. 친구를 잘못 사귀고, 도박에 연루되어 빚도 지게 되었다고 한다.

보잘것없는 어깨 위의 인생

얼마 후 나는 입대했다. 학사 장교 시험을 치고 해순서(중화민국 해양위원회에 예속한 기관으로, 중화민국의 해안, 영해, 인접구역 및 경제수역 순찰을 담당한다)로 차출되어 나의 견장은 매우 특이한 모양을 하고 있었다. 별 네 개에 작대기 하나. 나의 계급은 사관장 또는 소위였다.

견장을 발급받을 때 나는, 양쪽 어깨에 달린 총 여덟 개의 별을 멍하니 바라보며 참모총장이 된 듯한 환상에 빠졌다. 황금빛으로 칠한 입체적인 여덟 개의 별이 한쪽 어깨에 네 개씩 번쩍번쩍 빛났다. 나는 제복을 반듯하게 다려 칼 주름을 잡고 구두에 반짝반짝 광을 냈다. 굉장히 멋져 보였다.

한 번은 병사들을 거느리고 외부로 진료하러 가기 위해 택시 앞을 지나다 무심코 운전기사들이 하는 말을 들었다. "저기 젊은 애가 '포 스타'야!" 나는 속으로 괜스레 기분이 좋았다.

그러나 임관한 지 얼마 되지 않아 나는 이 어깨 위의 게임에 흥미를 잃었다.

한 무리의 신병이 부대에 들어왔다. 어느 부사관이 그들을 길들이겠다는 악랄한 의도를 가지고 신병들을 집합시키고는, 제한시간 안에 군용 가방의 짐을 전부 쏟아 내고, 채워 넣고, 다시 꺼내고, 다시 집어넣게 했다.

이 과정을 세 번 반복하게 하자 한 신병이 한계에 다다랐는지 마침내 폭발해 "나는 쓸모없는 놈이야! 쓸모없는 놈이야!"라고 부르짖으며 스스로를 마구 때리기 시작했다. 장정 일곱이 달려들어서야 겨우 그를 제압해 의무실로 데려갈 수 있었다.

"군의관님! 부탁드립니다! 이놈을 맡아 주십시오!"

이것이 포 스타의 대가다. 그 신병은 진정제를 맞고 깊이 잠들었다. 깨어났을 때 뭐라고 우물거리며 명확하게 말하지 못하는 점 빼고는 모두 정상이었다. 그와 잠시 면담을 했다. 막 열아홉이 된 허툰이라는 이름의 아이였다. 한 부모 가정에서 자랐고 직업학교를 졸업했다.

다음 날 길에서 허툰을 만났을 때 그는 양손을 머리에 올리고 토끼 귀를 만들어 깡충깡충 뛰는 동작을 취하더니, 고개를 갸웃하며 미소 짓고는 정지 화면처럼 멈췄다. 일본 만화의 소녀 주인공이나 보여 줄 법한 애교였다.

'맙소사, 여기는 군대라고! 어떻게 이런 놈이 있을 수 있지?' 나는 생각했다.

허툰은 곧 정비병으로 배치될 예정이었다. 그전에 장난스러운 동작을 끊도록 해야 했다.

매일 저녁 휴식 시간이 되면 꼭 의무실에 와서 나와 노닥거리고 싶어 하는 녀석들이 있었는데, 언젠가 허툰도 그들과 함께 의무실에 왔다.

모두 수다를 떠느라 아무도 자기에게 관심이 없자, 허툰은 진료대 위에서 고양이 흉내를 냈다. 그 울음소리 하며 고양이 특유의 나른한 포즈 하며… 전생에 분명 고양이였을 것만 같은 모습이었다. 그리고는 고양이처럼 발톱을 세우더니 내 등을 긁었다.

나는 그의 행동을 도무지 이해할 수 없었다. 그 후로도 '자판기가 돈을 먹어서', '사관장이 폭언을 해서' 등의 이유로 허툰은 부대 내에서 몇 차례 감정을 통제하지 못했고, 결국 상관의 지시를 받아 내가 그를 군 병원에 데려가야 했다.

정신과 의사는 내게 허튼의 증상을 말해 달라고 했다. 설명하다 보니 나는 그를 "귀여운 척한다"라고 표현했고, 의사는 지능발달이 미성숙한 사람이 보이는 적응장애 증상이라고 말했다.

"왜 제가 귀여운 척했다고 하셨습니까?" 부대로 복귀하는 길에 허튼은 맑은 정신을 되찾은 사람처럼 진지하게 물었다.

나는 순간 멍해졌다. 그의 유치해 보이는 행동은 모두 가장한 것으로 보였는데, 녀석이 내 환심을 사거나 딱딱한 분위기를 풀어 보려는 방식이었던 것이다. 그때부터 나는 허튼이 단순하기는커녕 대단히 현실적이거나 목적이 있는 녀석이라고 생각하기 시작했다.

그는 계속해서 통제력을 잃고 또 잃었고, 상부에서는 그가 자살할까 봐 걱정돼 입원시키라고 지시했다. 그 후 몇 달 동안 허튼은 병원에서 군 생활을 했다.

"허튼은 툭 하면 입원하는데, 언제까지 입원해 있을 겁니까? 전역할 때까지 입원합니까? 군대가 쉬러 오는 곳입니까?" 어떤 병사들은 항의했다. 허튼이 퇴원해 부대에 돌아오자 나머지 병사들은 미움을 품곤 괴롭혔고, 허튼은 또 통제력을 잃는 뫼비우스의 띠 같은 악순환이 반복되었다.

덕분에 관심 밖의 대상인 군의관도 중심부로 떠오르게 되었고, 고위 간부들의 주목을 받게 되었다. 나는 매주 그들에게 허튼의 상태를 보고했다. 어깨 위의 별 여덟 개를 바라보고 있자니 너무도 지겨웠다. 내가 할 수 있는 건 아무것도 없었다.

인생의 무게를 견디게 될 어깨

드디어 나는 제대했다. 어깨 위의 이 별들을 내려놓고 인간 세상으로 내려오니 산뜻한 기분이었다. 어깨 위의 인생은 보잘것없었다. 11개월 동안의 안개 같고 이슬 같은 날들은 눈 깜짝할 사이에 흩어져 버렸다.

어느 날 나는 아충의 집 앞을 지나다가 대문 밖에서 널어놓은 군복의 견장에 새겨진 작대기 하나를 보고 깜짝 놀랐다. 아충이 소위로 진급한 것이다! 그 후로 나는 그의 집을 지나갈 때마다 햇볕에 보송보송 말라 가는 군복을 유심히 지켜봤다. 시간이 흐른 어느 날 그 집을 지나갈 때 작대기 두 개를 발견했다.

'중위가 되었구나!'

나는 그의 어깨에서 시간의 순서를 찾았고, 흘러가는 세월을 보았고, 인생이 흘러가는 속도를 읽었다.

그러던 어느 날 한 카페에서 아충을 만났다. 몇 년 사이 그의 피부는 거칠어지고, 이마에 주름이 잡히고, 머리카락은 듬성듬성 빠져 있었다. 그는 노화가 너무도 빠르게 진행되고 있었다.

아충은 말수도 줄었다. 아버지가 최근 뇌졸중 2기로 몸 왼쪽이 완전히 마비되어 손도 발도 움직일 수 없다는 소식을 간단히 전해 왔다. 오늘도 병원에 가서 아버지를 뵙고 저녁이 되기 전에 다시 부대로 돌아가야 한다고 했다.

나는 별안간 아충의 아버지가 어깨에 빛나는 매화를 달았던 분임을 기억해 냈다. 하지만 지금은 모두 무너졌다.

"걱정해 줘서 고마워." 아충은 그렇게 말하고 방금 다림질한 군복을 들고는, 오토바이에 올라 차들의 행렬 속으로 섞여 들어갔다.

나는 군복 위의 고요하게 놓인 그 두 작대기를 응시했다. 점점 작아지다 이내 흐릿해졌다.

아충이 텅 빈 날들을 어떻게 지낼지 나는 잘 모르겠다. 그는 늘 집안의 중요한 뭔가를 어깨로 떠받치거나 업고 싶어 하는 것 같았다. 허무한 견장 아래 지금, 아충은 가장 진실한 인생을 마주하고 있었다.

나는 아충을 축복한다. 세월은 모든 걸 아름답게 치장할 것이다. 진실과 허구가 얹어진 그의 어깨도, 언젠가 더 많은 인생의 무게를 견딜 수 있게 될 것이다.

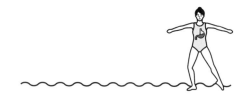

허리를 팔로
감쌌을 뿐인데

〈일주간〉이나 〈빈과일보〉 같은 매체에서 이런 사진들을 자주 본다.

선글라스를 쓴 남자 배우와 여자 모델이 모자를 푹 눌러 쓰고 트렌디한 옷차림으로 클럽이나 호텔을 출입한다. 카메라 렌즈는 단단히 깍지 낀 남녀의 손가락을 포착한다. 그다음은 서로 맞닿은 어깨, 허리를 끌어안은 옆모습, 마지막으로 키스를 포착한다.

2011년 야후 뉴스에서 이런 기사를 읽었다.

"영국의 보디랭귀지 전문가들은, 커플 혹은 부부가 사진을 찍을 때 여자가 남자의 허리를 팔로 휘감는 행위가 일종의 주권 선포라고 말한다. 다른 여자들에게 '이 사람은 내 남자니 아무도 손대지 마라'는 메시지를 전하는 것이다. 할리우드 스타 톰 크루즈의 아내 케이티, 축구 스타 베컴의 아내 빅토리아도 사진을 찍을 때면 남편의 허리를 끌어안곤 한다."

내 사전에 '허리를 끌어안는 행동'이란 어느 부분이 소속되어 버렸음을 의미한다. 어떤 관계가 허리춤에서 거센 기세로 덮쳐 와 나를 감시하고 속박하는 상태인 것이다.

"쟤들 사귄다." 몇 년 전 어느 회식 자리에서 스티븐이 말했다.

"어떻게 알았어?"

"어제 정류장에서 버스 기다리는데, 아무가 오토바이에 쟤를 태워 가더라고."

"진짜?"

아무는 고등학교 동창이다. 그 녀석은 만 18세가 되자마자 원동기 면허를 취득했고, 정말 많은 여자를 뒷좌석에 태웠다.

시간이 어느 정도 흐르면 반드시 새로운 상대가 나타났기 때문에, 우리는 언제나 그의 연애사가 헷갈렸다. 하지만 그토록 혼란스러운 아무의 사랑도 그가 스물다섯 되던 해에 한곳에 정착했고, 우리도 헷갈리지 않게 되었다. 그가 결혼했고 5개월 후에 아빠가 되었기 때문이다.

나는 허리를 감싸는 행위를 통해 오토바이에 함께 탄 남녀가 연인인지 선후배 사이인지, 혹은 원수지간인지를 점칠 수 있다. 저들의 관계가 뜨거운지, 냉각기인지, 혹시 아예 얼어붙었는지 연애의 온도도 판단한다.

허리 끌어안기는 그 애매한 본질 때문에 언제나 소문의 훌륭한 양분이 된다.

허리를 끌어안고 싶다

2006년의 일이었다.

안젤라는 타이완에 오기 전 내게 편지 한 통을 보냈다. 몇 년 전 그녀가 타이베이에 왔을 때 가장 인상 깊은 기억은 오토바이였다. 한 남자 대학생이 그녀를 오토바이 뒷좌석에 태우고 시내 중심가를 전광석화처럼 달렸다.

그녀는 스린 야시장, 둔난로의 청핀 서점, 시먼딩, 단수이 등 가고 싶은 관광지 목록을 작성하고, 편지 끝부분에 오토바이에 탄 채로 맞는 바람이 너무도 그립다며 타이완에 가면 꼭 태워 달라고 당부했다.

일전에 학술제 참석 차 홍콩에 갔을 때, 안젤라는 우리를 데리고 몽콕, 야우마테이부터 침사추이까지 구룡반도를 누볐고 충칭 빌딩도 구경했다. 어쩌면 나는 그때의 우정 때문에 군이 북쪽까지 올라가 안젤라의 부탁을 들어줬는지 모른다.

안젤라와 그녀의 지인들은 난징둥로에 위치한 호텔에 묵었다. 그날 밤 나는 양밍 대학교에 다니는 친구에게 중형 오토바이를 빌려 타고 그녀가 묵는 호텔로 향했다.

"어디로 갈까?" 내가 물었다.

"몰라. 네 마음대로 해!"

"그럼 중샤오둥로로 가자. 우리도 동력화차처럼 아홉 번 달리지 뭐." 나는 웃으며 말했다.

나는 타이베이가 낯설지는 않지만, 도심에서 오토바이를 보는 건 악봉만큼 무섭다. 다른 현이나 시보다 타이베이에서 오토바이를 몰 때는 특히 틈새를 잘 파고들어야 한다. 버스와 자동차 사이를 파고들어 치열하게 차선을 차지해도 가다 멈추기를 반복하기 일쑤다.

우리는 오직 오토바이를 즐기기 위해 달리고 또 달렸다.

국부기념관을 지날 때 나는 허리춤에 은근한 감촉을 느꼈다. 그녀의 팔이 천천히 내 반쪽 허리를 감쌌고, 곧 팔 할 정도를 점령한 후부터는 더 전진하지 않았다.

어떤 의미를 담은 포옹이었을까? 나는 염탐, 시험, 눈치 보기, 망설임의 기운 같은 게 느껴졌다. 나는 생각에 잠겼다.

그녀에게 남자 친구가 있는 걸 알고 있다. 인터넷 공간에 일기 쓰는 습관이 있는 그녀는, 생활의 자질구레한 일들을 에스엔에스(SNS)에 자주 올렸다. 나는 그녀가 타이완에 오기 일주일 전에 남자 친구와 코즈웨이베이에 다녀온 사진을 올려 애정을 과시한 사실도 알고 있다.

"홍콩 사람들은 다 이렇게 대범해?" 나는 완곡하게 돌려 물었다.

"뭐, 허벅지에 앉은 것도 아니잖아." 안젤라가 대답했다.

나는 질문한 걸 후회하면서도 조금 수상쩍다고 여겼다.

어쩌면 나라와 풍속이 허리가 갖는 의미를 모호하게 했고, 다른 문화가 허리춤에서 교차했는지도 모른다. 하지만 타이완에서 허리를 끌어안는 행동은 사람들의 상상력을 자극하기에 충분하다.

허리를 감싼다는 것

허리는 애정과 욕망의 잔가지가 가득 뻗은 민감한 지대다. 허리를 개방하면 한 단계 높아진 친분의 영역으로 진입한다. 허리는 나의 주권을 감정에 양보한 행복한 임대 구역이 되는 것이다.

그래서 허리는 언제나 다양한 화제를 연역해 낸다.

기억에 남을 만큼 대표적인 일은 2010년 나라를 떠들썩하게 했던 판결일 것이다. 내용은 대략 이렇다. 어느 회사 부사장이 회식 자리에서 여성 직원의 허리를 장장 10초 동안이나 강제로 끌어안았다. 여성 직원은 고소했고, 1심 판결에서 부사장은 징역 40일을 선고받았다.

그러나 고등법원은 "여성은 허리를 드러내는 의상을 자주 입기에, 단순하게 허리를 감싸는 행위가 '성희롱방지법'이 규정한 엉덩이, 가슴, 음부처럼 내밀한 신체 부위를 접촉했다고 볼 수 없다"라며 무죄를 판결했다.

이 판결은 여성 단체의 강력한 반발을 끌어냈다. 한 매체가 자체적으로 벌인 설문 조사에 따르면, 70퍼센트에 가까운 응답자가 허리를 감싸는 행동을 성희롱이라고 생각했다.

"그건 굉장히 친밀한 상대한테 하는 행동이죠!" 뉴스 인터뷰에서 행인이 말했다.

여성 단체도 성희롱의 범위를 엉덩이나 가슴 접촉에 국한하지 말고, 그 어떤 신체 접촉도 상대방이 성적 굴욕감을 느꼈다면 처벌 대상이 될 수 있도록 관련법을 개정하라고 촉구했다.

허리둘레로 가늠할 수 있는 것들

모든 허리가 끌어안고 싶은 욕망을 불러일으키진 않는다.

"선생님, 저 다이어트할래요."

어느 날 외래 환자가 자신의 허리께에 한 바퀴 빙 둘러 붙어 있는 지방을 꼬집으며 말했다.

대화를 하면서 나는 그녀가 좋고 싫음이 매우 분명한 여성이라는 생각이 들었다. 그녀는 이혼 후 혼자 오사카로 떠났다. 처음에는 음식이 목구멍으로 넘어가지도 않았지만, 시간이 흐르자 폭식과 폭음으로 불어나는 체중을 통제할 수 없는 지경이 되었다.

지금 그녀는 일본인 남자 친구와 동거 중이라고 했다.

"우선 허리둘레를 재 보겠습니다. 오늘부터는 매일 드시는 음식을 기록하셔야 해요." 나는 표가 그려진 종이를 건네줬다.

그녀가 다음 진료 날 섭식 상태를 자세하게 적어 가져오면, 나는 칼로리를 계산할 것이다.

"그냥 다이어트 약 처방해 주시면 안 돼요? 남자 친구가 이제 저를 안지도 않아요." 그녀가 농담 반 진담 반으로 말했다.

튜브, 똥배, 술배, 통짜 허리…. 현대 의학이 나날이 중시하는 대사 증후군을 판단하는 기준 중에서 '허리둘레'는 복부 지방 축적량을 보여 주는 핵심 지표다.

허리둘레와 당뇨병, 심혈관 질환의 높은 상관성을 증명하는 연구 결과는 몹시 많다. 새로 제정된 타이완의 성인 건강검진 필수 항목에도 허리둘레 측정이 포함되었다.

허리둘레를 측정하는 법칙이 있다. 줄자를 반드시 옆구리 쪽 골반 상단과 맨 아래 갈비뼈의 중간 부분에 두르고, 지면과 평행을 유지하며 숨을 뱉은 후 측정해야 한다.

타이완 남성의 표준 허리둘레는 90센티미터 미만, 여성은 80센티미터 미만이다. 신체 조건의 차이로 서구는 표준 수치가 약간 높다.

서른이 넘으면 허리둘레의 의미도 부풀어 오른다.

어느 날 나는 외래 진료에서 30대 초반인 엔지니어의 허리둘레를 측정하며, 내 허리둘레도 소리 없이 늘어나고 있다는 사실을 불현듯 깨달았다.

가죽 허리띠의 구멍이야말로 매우 솔직한 줄자다. 인턴 시절 장만한 허리띠의 조절 구멍은 벌써 두 칸이나 밖으로 밀려나 있었다. 더 정직한 줄자는 바지 쇼핑이다.

"허리둘레가 몇이세요?" 점원이 물었다.

"31인치요!" 나는 대학 시절의 허리둘레 치수에 기대 청바지를 몇 벌 입어 보고서야, 내 허리가 이미 33인치까지 늘어났다는 사실을 깨달았다.

한 번은 지하철역 근처의 헬스클럽을 지날 때 한 남자가 내게 전단지를 건넸다.

"롼징텐 같은 미끈한 허리를 원하십니까? 전문 트레이너의 지도로 속성 완성 보장!" 전단지에는 그렇게 쓰여 있었다.

나는 무심코 남자에게 물었다. "허리가 미끈하면 뭐가 좋은데요?"

남자는 잠시 생각하더니 웃으며 말했다. "정력이 좋아지죠."

7년 동안 의학을 공부했지만, 그런 기록은 접해 본 적이 없다. 그러나 모래시계처럼 미끈한 허리가 이상적인 건 맞다. 건강 측면만 봐도 지방이 잔뜩 낀 복부보다는 훨씬 나을 것이다.

어느덧 책임감을 짊어진 허리

얼마 전 가오슝에 돌아가 옛 친구들과 모여 식사를 했다. 아무도 그들 중 한 명이었다. 그날 그는 다섯 살 난 아들을 데리고 왔다.

어릴 적 오토바이를 몰며 뒷좌석에 그의 허리를 끌어안는 여자들을 태우던 아무는, 이제 베테랑 아빠가 되어 있었다. 몸매가 예전 같진 않았고, 배가 튀어 나온 모습이 고등학교 때의 날렵한 모습과 사뭇 달랐다.

친구들이 그의 몸매를 놀리자 그는 "아빠가 되고부터 운동량은 줄어들고 노동량은 많아지니 허리둘레가 계속 늘어났지 뭐"라고 체념한 듯 말했다.

식사가 끝나자 아무는 주차장에서 오토바이를 끌고 나왔고, 아이에게 안전모를 씌워 줬다. 조그만 머리에 커다란 안전모를 푹 씌운 모습이 익살스러웠다.

아빠가 운전석에 앉자 아이도 뒷좌석으로 기어 올라갔다. 아무는 이제 자신의 안전모를 쓰고는 바로 시동을 걸었다.

"꼭 잡고 있지?" 아무는 고개를 돌려 아이에게 물었다.

아이가 그의 허리를 꽉 껴안자, 안전모가 아무의 등에 자꾸만 콩콩 부닥쳤다. 아무는 진즉에 알아차렸을지 모른다. 그의 허리는 어느새 다른 한 토막의 인생에 소리 없이 자리를 임대하고 주권을 양도했음을 말이다.

그의 허리는 이제 아이의 것이며, 책임감의 것이다.

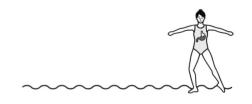

손목에 흔적을
남기는 것들

도시에 살면서 친구들과 어울리다 보면, '처음 만난 사람의 어디를 가장 먼저 보느냐?'를 주제로 이야기할 때가 있다.

도시는 외모의 것이다. 보통 얼굴을 가장 먼저 보고, 다음 몸매의 비율이나 패션 감각을 본다고 한다.

엉덩이, 가슴, 다리, 허리, 어깨 등은 우열을 가리기 어렵다. 이따금 취향에 따라 치아, 손톱, 머릿결, 목선 같은 의외의 답을 내놓는 사람들도 있다.

나는 사람을 볼 때 맨 처음 얼굴을 보고, 그다음 손목을 본다.

인체 해부도의 상지 챕터를 펴면, 손목 단면이 한 페이지를 차지하고 있다. 손목은 가뜩이나 좁은 공간이 작은 방들로 분리되어 있어 작은 영역도 큰 값어치가 있다. 10여 개의 중요한 힘줄이 이곳을 통과하며, 손의 복잡한 뼈들을 견인하고 정교한 손동작을 관장한다.

손목은 조밀하다. 홍콩의 주거 환경 같기도 하고, 빽빽한 노트 필기 같기도 하다. 의학에서는 손목을 터널에 비유하기도 한다.

손목 터널 증후군은 해부학 시간에 반드시 다루는 손목 질환으로, 손목을 관통하는 신경인 정중신경이 눌려 손이 저리는 증상을 일컫는다. 이 증상은 19세기 중반에 한 노뼈(손바닥을 앞으로 향한 자세에서 아래팔에 있는 두 개의 뼈 중 바깥쪽의 뼈) 골절 환자에게서 처음 발견되었다.

1939년, 한 문헌에서 '손목 터널'이라는 단어가 등장했고, 최근에는 키보드나 마우스 사용 인구가 늘어나면서 발병률이 증가하는 추세다.

'엄마 손'이라는 별칭을 가진 손목 건초염도, 해부학 시간에 필수적으로 다루는 또 다른 손목 질환이다. 이 질환은 엄지손가락 바깥쪽의 두 인대에 염증이 생겨 발병한다. 물론 이 병이 엄마의 전유물은 아니며, 남녀노소 모두에게 나타날 수 있다.

한 번은 외래 환자로 28세 남성이 업무상 재해 신청이 필요해 찾아왔다. 안전모를 제작하는 노동자인 그는, 매일 동료와 둘이서 안전모를 5백 개 정도 만든다고 했다. 엄지손가락으로 꾹 눌러 모든 안전모에 액세서리를 빠짐없이 부착하는 일이라, 급기야 엄지손가락이 바깥으로 구부러졌고 심한 통증을 호소했다.

직업과 일상은 손목에 흔적을 남긴다. 그래서 손목에는 이야기가 담겨 있다. 남자의 손목, 여자의 손목. 염주를 찬 손목, 옥팔찌가 걸려 있는 손목, 수

갑이 채워진 손목…. 고된 노동을 하거나, 귀티가 흐르거나, 능숙하거나, 서툴 것이다. 시련과 풍파를 얹은 손목은 일터와 삶의 현장에서 내밀어지고 거둬들여지기를 반복한다.

손목에도 마음이 있다

나는 손목을 보고 또 만진다.

엄지손가락을 따라 미끄러져 내려와 동맥의 박동을 느낀다. 나는 늘 손목을 지그시 누르고 초침을 보며 심박수를 잰다. 손목은 생명과 시간을 결합하는 인생의 타이머다.

서양 의학계는 진맥에 대해 그리 많은 연구를 하지 않았고, 기껏해야 맥박의 강약 정도만 평가한다. 그러나 타이완에서는 청각장애인의 수화에서 진맥 동작으로 의사라는 단어를 표현한다.

가끔 나는 어지러운 흉터가 남은 손목을 누른다. 하나의 칼자국은 외도, 이별, 실업, 책임과 같은 사건의 편년체 기록일 때도 있다.

"꿰매지 마세요. 죽게 내버려 두란 말이에요." 한 번은 술에 취해 손목을 그은 여성 환자를 응급실에서 진료했다. 그녀의 양쪽 손목에 남은 흉터를 세어 보니, 쌓이고 쌓인 한이 모두 열일곱 개였다.

그녀 덕분에 나는 군 복무 시절 알게 된 이등병 아차이를 떠올렸다. 길쭉하고 깡마른 체형 때문에 부사관이 성냥개비라고 부르던 것이 나중에는 아차이로 정착되었다.

어느 날 저녁, 나는 전화 한 통을 받았다. 수화기 저편은 너무 시끄러워서, 병사 하나가 손목에 피를 흘린 채 욕실에 쓰러져 있다는 정보만 간신히 들을 수 있었다.

"약을 먹진 않았고 손목만 그은 것 같다. 네가 잘 치료하고 상처를 감아줘라. 이 일이 밖으로 새어 나가서는 안 된다." 고참이 나에게 지시했다.

곧 의무실로 실려 온 아차이의 의식은 멀쩡했다. 손목을 칼로 그었지만 깊이가 얕아 꿰맬 정도는 아니었다. 나는 지혈과 소독을 해 주고 아차이를 하룻밤 동안 관찰했다.

면담을 해 보니 아차이는 최근 군용 무전기 한 대를 분실했고, 불침번을 설 때 졸았다는 이유로 고참에게 찍혀 스트레스가 큰 상태였다. 아차이의 부모님에게 연락하려 했으나, 아버지는 바람을 피워 이혼하셨고 보호자인 할아버지는 병원에 입원 중이셨다.

"이제 곧 스무 살 되는 놈이 그렇게 철없는 짓을 했소? 그놈 또 손목 그어도 집에 연락 마시오. 관심 받으려고 하는 짓이오." 아차이의 가족은 전화로 내게 그렇게 말했다.

아차이가 손목을 그은 사건 이후로, 나는 손목에도 마음이 있음을 알게되었다. 손목을 긋는 사람들은 거기에 슬픔과 상처를 새겨 핏방울이 흐르게 하고, 딱지가 앉아 떨어지게 하려는 것이다.

손목시계의 뒤판만 바라보는 인생

나는 손목을 본다. 실은 손목시계를 더 주의 깊게 본다. 그건 손목에서 일어나는 가장 흥미로운 일이다.

언젠가 친구 제인이 방콕에서 돌아오면서 명품 시계를 하나 사 왔는데, 모조품일까 봐 걱정된 그녀는 내게 감정할 만한 친구가 있느냐고 물었다. 나는 자연스럽게 샤오구이를 떠올렸다. 그도 아차이처럼 군 복무 시절 만난 인연이었다.

샤오구이는 나보다 몇 살 어리지만, 일을 원만하게 수습하거나 분쟁을 조정할 줄 알고 나설 때와 빠질 때를 일찌감치 익힌 덕분에 이웃집 형 같은 인상을 줬다.

입대 전 샤오구이는 몇 가지 일을 해 본 경험이 있다. 맥도날드에서 햄버거를 만들었고, 까르푸 푸드코트에서 스승과 함께 철판요리를 만들었다. 아침 열 시부터 밤 열 시까지 일하고 한 달에 고작 나흘 쉬면서도 월수입은 2만 5천 위안(약 100만원)을 겨우 유지하는 생활을 했다.

그러다 고향을 떠나 친구의 소개로 화롄역 부근에서 일했다. 일은 매우 단순했다. 역을 나서는 커플들의 길을 막고, 민박집이나 오토바이 대절 호객 행위를 하는 일이었다.

몇 달 후 한 친구가 그에게 카시오 G시리즈를 판매해 이문을 남긴 이야기를 들려줬다. 그 후 샤오구이는 하던 일을 그만두고 모조품 시계, 휴대전화 액세서리, 목걸이와 귀고리 등을 도매로 떼 와 타이베이 거리에서 노점상을 했다.

폭리를 취하고 싶은 샤오구이는 머지않아 '짝퉁 시계'를 팔기 시작했다. 그 무렵 주샤오텐이 즐겨 차는 메쉬밴드 소재의 가벼운 시계, 즉 'F4 시계'가 청소년들 사이에서 유행이었다. 샤오구이는 그 제품을 약간 들이고, 스와치와 디젤 시계도 떼 왔다.

그렇게 짝퉁 손목시계와 생활을 가죽 트렁크에 구겨 넣었다.

빛도 공기도 통하지 않는 인생, 손목시계의 뒤판만 바라보는 인생이었다. 그는 트렁크를 들고 야시장을 누볐다. 경찰차가 다가오고 사이렌이 울리면 부랴부랴 트렁크를 챙겨 골목으로 숨었다가, 사이렌이 들리지 않으면 다시 좌판을 펴고 장사를 계속했다.

얼마 후 샤오구이는 머리를 깎았다. 철모를 쓰고 국방색 제복을 입고 입대했다. 제대 후에도 손목시계를 팔아 먹고살았다.

참으로 성실한 짝퉁 시계 소매상

나는 샤오구이에게 전화를 걸어 제인과 셋이서 시내의 한 라운지 바에서 만나기로 했다.

그날 샤오구이는 트렁크를 들고 약속 장소에 나타났다. 그가 트렁크를 소파에 엎어 놓고 열자 반은 진짜 반은 가짜인 롤렉스, 샤넬, 론진, 파텍필립 등의 브랜드 시계로 가득했고, 스포츠 시계, 등산용 시계, 스쿠버다이빙용 시계와 같은 특수 기능을 결합한 시계도 있었다.

나와 제인은 이 시계들의 출신지가 궁금했지만, 샤오구이는 이리저리 잘도 둘러 대며 많은 질문을 넘겨 버리고 화제를 제인의 시계로 몰아갔다.

얼마 후 샤오구이는 테이블을 가로질러 손을 쭉 뻗어 제인의 손목시계를 가져와 감상했다. 몇 분 후, 치명적인 찰나에 엷은 미소를 지으며 말했다. "이거 가짜예요!"

제인은 잠시 멈칫했지만, 그다지 극적인 반응을 보이진 않았다. 그녀는 일찍부터 마음의 준비를 하고 있었다. 염가와 명품 시계는 양립할 수 없는 개념이다.

샤오구이는 시계의 촉감에서부터 분석을 시작했다. 그는 가짜 시계는 값싼 구리로 제조해 손바닥에 쥐면 중량에서부터 차이가 난다고 했다. 또 합금으로 도금하기 때문에, 색의 온도가 진품과 짝퉁을 꿰뚫는 결정적 단서가 된다고 했다. 이밖에도 귀금속의 낙인, 부품의 정교함, 상감 기술 등으로 진위를 판별할 수 있다고 말했다.

샤오구이는 반은 모조품이고 반은 진품인 롤렉스 하나를 꺼냈다. 가짜 시계를 개조하여 만들었지만 부품은 진짜다. 시계 표면에 일련번호는 새로 새겨 넣을 수 있고 보증서도 위조할 수 있다고 한다.

그는 정보를 염탐하는 간첩처럼 시계 뒤판에 엎드려, 그의 드러나지 않는 인생을 우리에게 폭로했다. 선하기도 하고 악하기도 한, 참으로 성실한 짝퉁 시계 소매상이었다.

이어지는 시간 동안 샤오구이는 손목시계를 하나씩 꺼내 들고, 우리에게 계속해서 한 수 한 수 짝퉁 시계 감별 비법을 폭로했다.

짝퉁 시계로 생계를 유지하는 샤오구이는 정직하지 않기에 진실에 예민하고, 속임수의 세계에서 진짜를 가려낼 수 있었다.

그는 어지간한 시계방 주인들보다 더 쉽고 정확하게 가품의 면모를 알아볼 수 있다. 그가 도저히 꿰뚫을 수 없고, 그의 생활과 거리가 먼 것들이야말로 진품일 것이다.

진짜배기 인생이 여기에 있다

얼마 후 샤오구이는 제인의 시계를 가지고 소설을 쓰기 시작했다. 시계로 사람을 알아볼 수 있다며, 제인의 성격까지 분석했다.

"이 시계를 고른 여자분은 보통 마르고 약간 우울한 정서가 있죠. 가벼운 거식증 증세도 있는데, 그쪽도 그런가요?" 샤오구이가 말했다.

그는 외모부터 내면까지 사람 보는 법부터 배워야 시계를 효과적으로 추천할 수 있다고 했다. 나에게 어울리는 시계를 추천해 달라고 했더니, 그는 즉시 하얀 디젤 전자시계를 떠올렸다.

"시계도 성격이 있어요. 이 모델은 일본 한정판 시리즈입니다. 기술과 이지적인 이미지를 결합한 제품으로 형한테 딱이죠." 그가 설명했다.

나는 반신반의했다. 그는 나 자신도 잘 모르는 나의 특징들을 풀어냈다.

나는 샤오구이에게 네가 좋아하는 시계는 뭐냐고 물었더니, 은백색의 벌

집무늬가 있는 디젤 스틸 시계를 꺼냈다. 호쾌한 개성이 돋보이고, 트렌디하면서도 차갑고, 어딘지 포근한 기운이 느껴졌다. 그야말로 믹스매치의 아름다움이 돋보이는 시계였다.

제인이 상자 속 시계에 흥미를 보이자, 샤오구이는 그녀에게 청산유수처럼 설명하기 시작했다. 숫자판, 무브먼트, 눈금, 용두, 시계 바늘, 스트랩, 날짜 창…. 나이 어린 사람답지 않게 서투름이나 경솔함 없이 매끄럽고 원숙하게 제품을 소개했다.

샤오구이는 우리에게 몇 가지 다른 시계를 차 보게 해 줬다. 디자인이 매우 다양했다. 60년대의 텔레비전 화면에서 영감을 받았거나, 변기 모양, 밀리터리 풍, 불규칙한 눈금, 포스트모던한 입체감….

그 시계들은 복고풍 신사, 도회적인 여피족, 자유분방한 쾌남 등 개성을 가진 주인과 어울릴 것이다. 그들은 인생의 여러 모습을 새겨 넣은 듯한 시계를 손목에 찰 것이다.

"형, 나 10만 위안(약 400만 원)만 빌려줄 수 있어?" 시계를 차 볼 수 있게 해 준 후에, 샤오구이가 갑자기 물어왔다.

나는 좀 당황했다. 10만 위안은 내게 꽤 큰돈이다. 나는 다른 사람에게 돈을 빌려주는 걸 좋아하지 않는데다, 신분이 불분명한 친구에게는 더더욱 빌려줄 수 없었다. 떠난 돈이 돌아오지 않을 수도 있을 것이다.

나는 샤오구이의 부탁을 완곡하게 거절했다. 대신 뭐라도 성의를 표현하고 싶어 시계를 하나 샀다. 우리와의 만남을 끝낸 샤오구이는, 트렁크를 챙기고 중요한 거래가 있어서 야시장으로 가 봐야 한다고 말했다.

집으로 가는 지하철 안에 앉아서 나는 손목시계를 자세히 뜯어봤다. 시간은 밤 열 시를 가리키고 있었다.

사람들은 오늘의 노고를 벗어 던질 준비를 하는 시간이지만, 샤오구이는 북적대는 야시장에서 하루를 시작할 것이다. 떠들썩한 시장에 시계를 펼쳐 놓고, 바쁘게 혀를 움직이며, 단속반이 나타나진 않을지 사방을 살피면서, 흥정과 방어로 가득 찬 일상을 시작할 것이다.

나는 시계의 초침을 응시했다. 째깍째깍. 이 순간 가짜 시계 위의 모든 바늘은 진짜 시계와 같은 주파수로 회전하며 시간을 움직이고 생명을 번다.

나는 손목 위의 이 진실 되지 못한 가짜 시계에 사실은 진짜배기 인생이 숨겨져 있다는 사실을 불현듯 깨달았다. 우리의 삶은 사치스러운 겉모습과 곤궁한 내면, 허세와 부유함과 모순적인 '믹스매치'를 이루고 있는 것이다.

시간은 너무 빨리 흘러간다

요즘은 외래 진찰실에서 생활한다. 나는 환자의 손목을 지그시 눌러 심박수를 체크한다. 가끔 분당 150번이나 뛰거나 서른 번밖에 뛰지 않는 심박을 만지기도 한다. 가끔은 손목에 남은 칼자국을 힐끔 쳐다보거나, 팔찌를 건드리기도 하고, 심지어는 수갑을 찬 채 진료를 받으러 온 죄수를 만나기도 한다.

하루는 〈CNN〉에서 1년에 한 번 열리는 '바젤월드 시계보석박람회'에 관한 기사를 읽었다. 이번 박람회는 스위스에서 열렸는데, 전 세계에서 3천 명의 기자와 2천 개가 넘는 제조사가 모였다고 한다.

기자는 샤넬 J12 다이아몬드 시리즈를 소개했다. 이 시계에는 총 700개의 사각형 다이아몬드가 박혀 있다고 한다. 나는 기자의 손에 누워 있는 시계를 물끄러미 바라봤다. 마치 영혼이 있는 것처럼 새침하고 거만해 보였다.

기자는 또 스포츠 이슈와 축구 스타를 접목해 스포츠 마니아를 소비층으로 잡은 에벨 시리즈도 소개했다.

그밖에도 드 그리소고노가 출시한 시가 37만 달러(약 4억 1천만 원)의 아날로그 시계도 선보였다. 전자시계의 외관을 한 이 시계는 제작 기간만 9개월이 걸렸고, 개막 이틀 만에 60퍼센트가 넘게 팔렸다.

보도를 마칠 무렵, 기자는 길가에 서서 이렇게 말했다. "time을 중심으로 돌아가는 산업은 변화하는 time을 필히 따라잡아야 한다."

나는 기자가 말한 'time'에 대해 생각했다. 시간으로 번역하든 시대로 번역하든, 나는 샤오구이가 생각났다. 그는 지금 트렁크를 들고 야시장의 한쪽 구석을 막 선점했을지 모른다. 그토록 고집스럽고 장사의 요령도 모르던 시간은 너무도 빨리 흘러갔고, 젊은 날의 시계에만 남았다.

그는 시간을 좇아야 했을 것이다. 또래 친구들보다 먼저 일을 시작하고, 대출을 받고, 법에 익숙해져야 했다. 일찍 철든 자의 리듬과 세상의 가락에 맞춰, 오직 그의 손목에만 속한 인생을 사는 법을 배웠을 것이다.

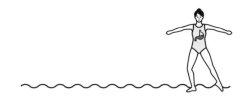

지저분한 손, 떨리는 손, 용기 있는 손

정오 무렵이었다. 막 진료를 끝내고 퇴근하려는데 누군가 문을 두드렸다. "진료 접수해 줘요!" 문을 열어 보니, 할머니 한 분이 큰소리로 외치고 계셨다. 키가 작고 뚱뚱한 할머니의 상반신이 앞으로 기울어져 있었고, 독수리 5형제가 그려진 배낭을 맨 채, 무채색 계열 우산을 지팡이처럼 짚고 절뚝거렸다. 서둘러 길을 재촉해 온 듯한 얼굴이었다.

할머니의 목에 신분증, 열쇠, 건강보험카드, 그리고 안경이 걸려 있었다. 안경테에는 작은 스티커가 붙어 있었고, 그 위에 한 줄로 적힌 숫자는 전화번호인 것 같았다.

혼자 온 할머니는 글도 모르시고 민난어만 하셨다. 진료 접수 절차에 대한 이해가 전혀 없으신 것 같았다.

할머니는 며칠 전 아침 여덟 시에 아침밥으로 드실 녹두죽을 푸다 쓰러지셨다고 한다. 깨어났을 때 벽에 걸린 시계를 보니 아홉 시 반이었고, 엎질러진 죽 위에 엎드려 있었다고 했다.

그 설명을 토대로 나는 사건의 자초지종을 추측하며, 할머니의 온몸을 자세히 살폈다.

그런데 조금 이상했다. 의식을 잃고 쓰러졌는데, 어떻게 몸에 찰과상이나 멍 자국이 하나도 없을까? 나는 내가 뭘 빠뜨렸는지, 혹시 사투리를 제대로 이해하지 못한 건지 걱정되었다.

나는 할머니가 쓰러진 이유를 설명했지만 아무 반응이 없었고, 이따금 전혀 상관없는 대답이 돌아왔다. 막연한 눈빛이 내 말을 전혀 알아듣지 못했다고 알려 주는 것 같았다.

"혈당 검사부터 하겠습니다." 내가 말했다.

"혈당 약을 먹는다고요?" 할머니는 아직도 알아듣지 못하신 것 같았다.

"혈당 검사요." 나는 손가락을 펴서 바늘로 찌르는 동작을 해 보였다. 할머니도 따라서 손가락을 펴고 고개를 연신 끄덕이며 말했다. "알아요! 예전에도 병원 가면 의사 선생님이 바늘 찔러서 혈당 쟀어요."

할머니가 손을 펼치던 순간을 똑똑히 기억하고 있다. 짧고 통통한 다섯 손가락 사이로 지저분하게 때가 끼었고, 손톱은 거북이 등껍질처럼 갈라져 있었다. 손금도 묵은 먼지와 때로 시커멨다.

"혈당이 너무 높아요, 약 제때 드세요?" 나는 혈당 수치를 확인하고 물었다.

한참 물은 끝에 환자가 약을 끊은 지 3년이나 되었다는 정보를 알아냈다. 할머니는 예전에 모 교수님께 외래 진료로 관리를 받다가 한의원으로 옮겼고, 그러다 또 식이요법으로 방향을 바꾸면서 혈당에 대해서는 깡그리 잊었다고 했다.

나는 검사 일정을 잡고 다음 진료일을 예약했다.

"나는 아침에 밖에 못 나오는데…." 할머니가 사는 난시에는 버스가 많지 않아, 타이난으로 가서 버스를 갈아타야만 병원에 올 수 있다고 했다. 오후 한 시 40분 버스를 놓치면 네 시 30분까지 기다려야 한다.

할머니의 지저분한 손

다음 진료일인 2주 후에 할머니가 다시 나타나셨다. 그날 할머니를 처음 본 나의 느낌은 '의외'였다. 할머니가 순조롭게 검사를 마치고 진료실에 올 수 있을 거라고 기대하지 않았기 때문이다.

"또 기절한 적 있으세요?" 내가 물었다.

"아니요."

할머니의 24시간 심전도 결과에 부정맥이 수차례 나타났고, 심지어 몇 초 동안 멎기도 했다. 나는 할머니를 심장내과로 이관해 부정맥 증상을 치료받게 했다.

"할머니, 오늘도 혈당 검사하셔야 해요."

그녀는 손을 쫙 펴 내밀었고, 역시 지난번처럼 손가락 사이사이가 지저분하고 손금은 시커멨다.

"심장 쪽 진찰을 받으셔야 해요. 혈당도 관리하셔야 하고요. 예전에 치료받으셨던 교수님 외래 예약 잡아드릴까요?"

"난 여기가 좋은데."

"왜요?" 내가 물었다.

"교수님은 접수하기가 어려워요. 너무 오래 기다려야 해서 분명히 버스를 놓칠 거예요."

잡담을 주고받다가, 할머니가 스타프루트(열대과일의 하나로, 밝은 연두색을 띤 참외 같은 모양이다)를 기르신다는 사실을 알게 되었다. 할머니는 직접 나무를 접붙이고, 비료를 주고, 과실에 봉지를 씌운다. 지금이 한창 수확 철이라 정신이 없어서, 지난주에 처방한 약도 며칠 동안 잊었다고 했다. 그날 이후 나는 마음속으로 그녀에게 '스타프루트 할머니'라는 별명을 붙였다.

금세 두 번째 진료 시간이 되었다. 할머니가 진료를 받으러 올지에 대해 나는 여전히 회의적이었다. 열두 시가 넘었는데도 할머니가 나타나지 않자 조금 속상했다.

당시 레지던트 1년 차였던 나는 진료 스타일을 찾는 중이었고, 나름의 포부가 있었지만 취약한 상태이기도 했다. 환자가 재진을 받으러 오지 않으면 지나치게 부정적인 예측을 많이 했고, '내가 너무 형편없었나? 실력이 없어 보였나? 어설퍼 보였나?' 하고 온갖 상상을 했다.

다음 날 정오에 나는 환자가 기다리고 있다는 콜을 받았다. 회의 중에 자리를 비우고 대기실로 가 보니 스타프루트 할머니가 계셨다. 어제 아침 버스를 놓쳐서 오늘 오셨다고 했다.

그 후 스타프루트 할머니는 계속 진료를 받으러 오셨고, 혈당 수치도 안정되어 갔다. 하지만 항상 점심시간을 얼마 남기지 않고 오셨고, 늘 기분 내키는 대로 하셨다.

진료 순서나 접수 번호 같은 건 무시하고 예약 확인증을 아무 직원에게 건네면, 누군가 내게 할머니가 왔다고 알려 진료하는 식이었다.

우리 사이에는 열두 시 반의 암묵적인 약속이 성립됐다. 버스 시간표에 맞춰 할머니가 열두 시에 도착하면 열두 시 반부터 진료가 이뤄지고, 한 시에 수납하고 약 처방을 받아 한 시 40분 차를 타고 집으로 돌아갔다.

청년의 떨리는 손

당뇨병 환자는 나의 외래 환자 중 상당 부분을 차지하고, 진료는 항상 혈당 체크로 시작한다. 진료실에서 나는, 방금 채혈을 마치고 알코올 솜으로 꾹 누른 손가락들을 바라본다. 표피가 벗겨진, 굳은살이 박인, 건조한, 푸른 힘줄이 불끈 솟은, 담배 냄새가 밴 손가락….

손가락에 맺힌 모든 핏방울은 데이터가 되어 혈당의 기복과 섭식 습관을 말해 준다. 설날에는 난롯가에 둘러앉아 배불리 먹으니 혈당이 올라가고, 아직 더운 추석 즈음에는 청량음료를 들이키며 망고와 룽옌을 실컷 먹으니 혈당이 또 최고점을 찍는다.

일종의 '혈당 명절'이 진단 기록부를 번갈아 가며 채우는 셈이다.

한 번은 26세 남성이 급격한 체중 감소와 심한 갈증을 호소했다. 혈당을 측정해 보니 500이 조금 넘었다. 나중에 그는 제1형 당뇨병 진단을 받았고, 나는 그에게 인슐린 주사의 필요성을 설명했다.

환자는 침착한 표정으로 경청했지만, 지혈용 알코올 솜을 만지작거리는 두 손이 조금 떨렸다. 그 떨림은 일종의 부인이며, 의혹이며, 마뜩잖은 마음이었을 것이다.

"인슐린을 평생 맞아야 하나요?" 남자가 물었다.

나는 그의 기분을 이해한다. 그는 나보다 두 살 어리고, 이 나이의 사람들은 대부분 자신과 만성 질병은 먼 이야기라고 생각한다.

신출내기를 믿어 준 용기 있는 손

얼마 전 스타프루트 할머니가 진료를 받으러 오셨다. 이번에는 혈당 수치가 좋지 않았고, 나는 늘 하던 대로 식생활이 어땠는지 물었다.

"담백하게 먹어요! 흰 쌀밥, 고기의 비계 부위나 단 음식은 안 먹어요."

"토란, 고구마, 음료수는요?"

"거의 안 먹었어요."

"생선 먹을 때 껍질도 벗겨 드셨고요?"

내 몸 내 뼈

"생선 껍질은 먹지도 않았어요." 그녀가 말했다.

이상하다, 이토록 담백한 식습관을 유지했는데 왜 혈당 조절이 안 됐을까? 나는 곤혹스러웠다.

"과일은요?" 나는 다시 물었다.

할머니는 처음에는 고개를 저었지만, 곧 요즘 스타프루트를 많이 먹었다는 사실을 떠올렸다.

요즘 스타프루트의 수확량은 늘었지만, 값이 전례 없이 떨어졌다고 했다. 할머니는 버리기 아까워서 남아도는 스타프루트를 매일 먹었다.

약한 불에 사탕수수를 넣고 끓여 달콤한 국물을 즐기거나, 정과, 잼, 말린 과일 등을 만들어 계절의 풍미를 가뒀다. 또 별 모양으로 썰어 소금을 뿌려 떫은맛을 제거하고 백설탕에 절여 냉장보관하면 새콤달콤하게 오래 먹을 수 있다.

할머니는 점점 신이 나서 말했고, 혈당 걱정은 이미 저만치 물러간 것처럼 보였다. 스타프루트 나무야말로 할머니의 자산이자 생명인 모양이다.

그녀는 내 앞에서 손을 펴 아까 채혈침이 들어갔던 자리에 계속 피가 나는지 살폈다. 한결같이 손가락 사이가 지저분하고, 손금이 시커먼 그대로였다. 그런데 손바닥에 검붉은 흉터가 하나 늘어 있었다. 할머니는 사흘 전에 스타프루트를 수확하다 베인 상처라고 했다.

"할머니, 며칠 쉬세요. 스타프루트 따지 마시고요." 내가 말했다.

할머니는 그럴 수 없다고 했다. 올해는 값이 좋지 않아 본전도 못 찾을 지경이라, 일용직을 뽑지 못해 직접 따야 한다고 했다.

나는 한 페이지 한 페이지 채워진 혈당 기록을 바라봤다.

하나의 데이터는 할머니의 손가락에 남은 바늘 자국이고, 병원으로 향하는 긴 버스 여정이며, 열두 시 반의 암묵적인 약속이다.

나는 그 지저분한 손을 생각했다.

한때 과일을 운반했던, 세 끼 식사를 요리했던, 옷을 빨고 이불을 널었던, 특히 신출내기 의사를 믿어 준 용기 있는 손이다.

병을 고치는 자의 긴장 가득한 날들 속에서, 새삼스레 무척 감사했다.

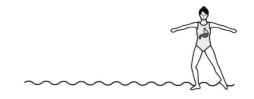

욕망의 분기점, 위계의 분기점,
인생의 분기점

나는 무릎이 인체에서 담당하는 중요한 기능이 무엇인지 깨닫게 되었다. 그건 분기점의 기능이다. 마치 궁관 버스 터미널과 같다. 타이베이에서 신덴이나 중융까지 가기 위해 버스를 타면 궁관에서 두 노선이 갈린다.

2010년의 어느 날, 〈타이베이시보〉에 한 편의 기사가 실렸다. 인도네시아 자바섬의 유적지인 보로부두르 사원이 최근 새로운 관람객 규정을 도입했다는 기사였다. 앞으로는 무릎을 드러낸 모든 관광객에게 의무적으로 사롱(미얀마·인도네시아·말레이반도 등지에서 남녀가 허리에 두르는 민속 의상)을 두르게 하여 사원의 엄숙한 분위기를 유지하겠다는 내용이었다.

기자는 'flashing their knees'라는 문장으로 짧은 치마나 바지를 입어 무릎을 드러낸 행동을 표현했다.

중국어에서 Flashing은 종종 섬광으로 해석된다. 명암이 일정치 않고 가물거리고 흐리멍덩한 의미를 내포하기도 한다. 기사에서는 보일 듯 말 듯한 신체를 암시하기 위해 이 단어를 썼을 것이다. 경박하고 생생한 묘사였다.

중학교 시절 여학생에게는 '무릎 밑'이라는 치마 길이 제한이 있었고, 지키지 않으면 경고를 받았다. 당시 선생님들은 '가정교육을 잘 받은 여학생은 치마를 입을 때 무릎을 드러내지 않는다'고 했다.

무릎은 도량의 척도이자 몸가짐의 법칙인 듯했고, 좋은 학생과 나쁜 학생을 구분하는 경계선인 것만 같았다. 하지만 무릎을 드러내지 않아야 하는 규정이 사찰의 것이든 학교의 것이든, 무릎이 육체적 욕망의 분기점이라는 메시지를 전하고 있다.

무릎 위로는 애매하고 축축한 상상이 늘어날 수 있지만, 무릎 아래로는 묵묵하고 성실하게 견뎌야 하는 노동의 무게만 늘어난다. 심지어 무좀 걸린 발도 그렇다.

무릎은 소중하다

무릎은 인생의 나이테처럼 마모되고 풍화한 기록을 담고 있다. 노인들이 가장 깊이 느끼고 있을 것이다. 환갑이 넘을 때까지 무릎을 사용했다면 한 번쯤 붓고, 아프고, 뻣뻣하게 굳어 봤을 것이고, 구부릴 때마다 '우두둑' 하고

금 가는 소리가 났을 것이다.

"퇴행성 관절염입니다." 의사가 설명했다. 체중을 줄이고 글루코사민 복용이나 히알루론산 주사, 인공관절 삽입이 대표적인 대처법이다.

"다시는 걷지 못하게 되나요?" 생각해 보니, 나의 할머니도 거동이 불편하셨던 시절 휠체어에 앉을 때마다 내게 비슷한 질문을 하셨다.

무릎은 노화한 신체의 최전방이다. 무릎을 사수하지 못하면 인생의 일부가 함락되기 시작한다. 그래서 무릎은 흰머리나 노안보다도 흐르는 세월에 육체가 무너졌음을 똑똑히 깨닫게 한다. 반대로 청춘을 유지하고 체력이 남아 있다는 상징이기도 하다.

그곳은 왕성한 혈기가 느껴지는 남자 고등학교의 농구장이었다. 체육 시간에 '원숭이'라는 별명을 가진 아이를 알게 되었다. 그는 186센티미터의 키에 농구팀에서 센터로 활약했고, 전국 고등학교 리그전에도 참가했다.

방과 후에 체육관을 지나면, 그가 코트에서 달리다 갑자기 멈춰서 땅을 세게 딛고 날 듯 점프하는 모습을 볼 수 있었다. 유연한 무릎 관절이야말로 젊음의 증거다. 하지만 고3 되던 해에 원숭이는 시합에서 십자인대가 끊어지는 사고를 당했다. 그 후 모든 농구 활동을 중지하고 오랫동안 요양했지만, 얼마 후 농구 인생을 접을 수밖에 없었다.

그때 무릎은 원숭이의 인생을 두 구간으로 나눴다. 빛나는 농구 인생, 그리고 회복 후에 찾아올 미지의 인생이었다. 무릎은 수많은 운동선수의 인생을 흥하게 했고 또 망가뜨렸다. 인대가 끊어지거나 반월판이 손상되는 순간, 이야기를 다시 써 내려가야 한다.

무릎의 소중함은 운동선수뿐 아니라 평범한 사람에게도 매한가지다.

"남자의 무릎 아래에는 황금이 있다"는 옛말처럼, 남자는 쉽게 무릎을 꿇고 남에게 구걸해서는 안 된다. 무릎은 기개와 절도, 존엄을 의미하고, 체중보다 무거운 생명의 무게를 진다.

무릎은 함부로 넘을 수 없는 위계이며, 장유유서를 구분하는 영역이다. 옛사람들은 자녀가 부모를 봉양한다는 의미로 '승환슬하'라는 말을 썼다. 자녀는 양친의 무릎에 기대고 의지하는 것으로 자녀의 도리를 다한다는 뜻이다.

후손들은 훗날 '슬하'를 어린 자녀를 가리키는 단어로 사용했다. 비록 두 무릎이 심하게 퇴화했을지라도, 서열만은 꿋꿋이 남는 것이다.

인생의 마지막 분기점

"다시는 걷지 못하게 될까?"

시간이 더 흐르자 할머니는 내게 그렇게 묻지도 않으셨다. 그때 할머니는 두 발에 힘이 없어 넘어지셨고, 몸져 누우셨다.

나는 할머니의 무릎이 그녀의 인생에서 마지막 분기점을 넘고 있다고 생각했다. 몇 년 후, 할머니는 우리 곁을 떠나셨다.

Flashing knees, 〈타이베이시보〉에서 읽었던 그 표현을 나는 때때로 생각한다. 드러내든, 숨기든, 무릎은 늘 도시의 한구석에서 생명을 가진 자의 구간을 나눈다.

어느 날 오후, 나는 시드니 조지 스트리트에서 무릎이 드러나는 청바지를 샀다. 나는 구멍 나고 찢어진, 거칠고 발칙해 보이는 복고풍 디자인을 무척 선호한다.

자유로이 걸어 다닐 수 있는 젊은 날에는, 역시 빨랫줄에 찢어진 청바지 몇 벌 즈음은 걸려 있어야 한다.

무릎뼈의 모양을 햇살 아래 과감히 드러내고, 생명이 다음 구간으로 넘어가기 전에 급정거도 하고, 두 발로 땅을 내디뎌 날듯 뛰어 봐야 할 것이다.

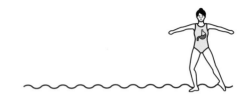

음습하고 시끌벅적한
발의 생태계

가렵다.

여름의 파도는 무좀을 몰고 온다.

해수욕장, 모래사장, 수영장, 사우나…. 땀방울이 뚝뚝 떨어지고 구두와 양말이 젖는 날의 발은 비옥한 토양 같다. 곰팡이가 한 알 한 알 내려앉고 균사가 가닥가닥 뻗어 나가면, 음습하고 시끌벅적한 발바닥의 생태가 꾸물꾸물 탄생하고 이내 나날이 번창해 끝없는 생명의 노래를 부른다.

해마다 여름이면, 나는 '신발 신은 채로 발바닥 긁기'에 열중한다. 나는 업무 관계로 반들반들 광을 낸 구두를 신고 병동, 진료실, 회의실을 발바닥에 땀나도록 다녀야 한다.

진료하고, 회진 돌고, 회의하는 동안은 사고의 흐름이 단순하고 당면한 일에만 집중하느라 종종 발의 소란을 잊지만, 자리에 앉아 컴퓨터를 켜면 생각이 느슨하게 풀어지고 가려움증이 발바닥에서부터 서서히 피어올라 거대해진다. 그때부터는 가려움의 존재감이 너무도 쉽게 느껴진다.

'가려운 곳을 긁을 수 없는' 고통을 이기지 못한 나는 아예 구두를 벗는다. 양말 신은 두 발을 사무용 책상 밑에서 비비고 밟고 짓이기고 전쟁하듯 꼬집어 뜯는다. 너무 긁어서 아픔이 느껴지면 가려운 느낌이 조금 잦아든다.

"이상하다, 누가 붓글씨를 쓰나?" 지나가던 동료가 말했다.

"아까 누가 여기서 마른오징어를 먹더라고." 이런 급박한 순간이 오면, 나는 작은 거짓말로 아무 일도 없다는 듯 이 상황을 모면하곤 한다.

퇴근길 시내의 '태국식 발 마사지'라고 쓰인 네온 간판을 지나며 아로마 오일의 꽃향기를 맡을 때마다, 발 마사지를 받는 사치스러운 꿈을 꾼다. 나를 무아지경으로 이끄는 그 압력을 한껏 즐기고 싶지만, 이 비루한 발을 생각하면서 발걸음을 돌리고 만다.

슬리퍼, 플립플랍, 샌들은 말할 것도 없고, 뒤꿈치가 드러나는 버켄스탁 뮬을 신을 때도 나는 신중해야 한다. 오늘 나가는 자리에서 어떤 사람을 만날지 생각해야 하고, 광이 나는 구두 안에 감춰진 나의 비밀을 들킬까 조마조마하다.

결국은 캔버스 재질의 단화나 러닝화를 골라 신고 바람도 불지 않는 뜨거운 여름 한가운데를 걷는다. 나는 그렇게 추한 발의 사연을 답답한 신발 속에 숨겨야만 비로소 안심하는 악순환을 되풀이하고 있다.

'홍콩풋'이라는 이름

연고형 습진 치료제와 곰팡이균 억제제를 따로 쓰거나 혼합해서도 사용해 봤지만, 매일 열 시간 넘도록 양말로 발을 감싸고 신발을 신은 채로 있으니 근본적인 문제는 치료하지 못했다.

그래서 나는 양말의 소재에 신경 쓰기 시작했다. 대나무 숯 성분을 함유한 양말, 나노 섬유 양말, 땀 배출 양말…. 진열대에 줄줄이 걸린 항균, 탈취, 통기성 양말, 쿨링 소재 양말, 음이온 양말, 죽순대 성분으로 만든 양말들이 각각의 그럴싸한 이유를 가지고 내 판단력을 흐렸다.

어느 날 나는 실습 나온 홍콩 출신 선생님과 식사를 하며 홍콩과 타이완 생활의 차이점에 대해 얘기를 나눴는데, 화제가 갑자기 무좀으로 흘러갔다.

"홍콩풋이라는 용어를 받아들일 수 있나요?" 내가 물었다.

"실은 제가 홍콩풋 환자인걸요." 그가 말했다.

우리는 껄껄 웃었다. 금박을 입힌 듯한 느낌을 주는 '홍콩'이라는 단어가 형용사로 쓰이면 보통 사치스러운, 명품, 유행을 추구하는, 물욕 등의 정서를 나타내지만, 발을 형용할 경우 가려움과 고달픔으로 변질되고 만다.

홍콩이 영국의 식민지일 때, 영국은 일정 기간 홍콩으로 군사를 파견했다. 어느 여름, 영국군은 진작 도착하였으나 기후가 열악해 바로 상륙하지 못하고 병사들이 부득이하게 선실에 갇혀 지냈다고 한다.

홍콩의 습한 날씨 때문에 배 안은 눅눅해졌고, 위도가 높은 지대의 기후에만 익숙한 영국 병사들의 발에 물집이 잡히고, 피부에 각질이 일어나기 시작했고, 발갛게 변하고, 가려웠다. 영국 병사들은 홍콩에 유행하는 전염병이라 여기고 무좀을 '홍콩풋'이라 칭했다고 한다.

'홍콩풋'은 영국인이 만든 말이지만, 유럽인 대부분에겐 생소하다. 학창시절 나는 오스트리아에서 온 교환학생과 어울린 적이 있었다. 그는 몰래 대마초를 피우고 술을 마시고 파티를 좋아하며 타이완 먹거리를 좋아하는 학생이었다. 그에게도 '홍콩풋'은 생소하다고 했는데, 알고 보니 그들은 무좀을 'Athlete's foot', 즉 '운동선수의 발'이라고 부르는 모양이었다.

별명이 뭐든 간에 그것들은 모두 무좀을 가리킨다. 무좀이 유라시아 대륙을 넘어 모든 땀 흘리는 발을 가진 자들의 공통어임을 그제야 알았다.

내 생애 최악의 무좀

나의 무좀 역사는 군대에서 시작됐다. 군대는 모든 무좀이 집대성한 곳이다. 양적으로도 방대하고 모든 표본이 다 갖춰져 있다. 교과서에서 배운 사진 자료의 실제 케이스를 군대에서 전부 찾아낼 수 있을 것이다.

무좀에 걸렸다고 반드시 가려운 건 아니다. 증세가 심각하거나 합병증으로 습진이 나타날 때만 가렵다. 군의관 시절 나는 무좀으로 인해 각질이 일어난 발, 붉어진 발, 고름이 생긴 발, 쩍쩍 갈라진 발, 썩기 시작한 발, 피부가 조각조각 벗겨진 발을 보았다.

발가락 사이에만 무좀균이 자라는 일도 있고, 발등까지 타고 올라갔거나 발바닥으로 퍼진 예도 있다. 심지어는 너무 긁어서 감염이 일어나 봉와직염으로 발전한 경우도 있었다.

그래서 나는 남의 신발을 신는 일을 경계하고 또 경계했다. 특히 디자인이 완전히 똑같은 '흰 표범'과 '청백 슬리퍼'를 주의해야 한다. 그 소박한 색채 아래 불안 요소가 가득 들어차 있다.

그토록 주의를 기울였건만, 내 생애 최악의 무좀은 군 복무 중에 발병했다. 병소는 발가락 사이에서 발바닥 안쪽으로 파고들어 발등까지 올라왔다.

나는 크림형, 겔형 연고, 스포이드 타입의 각종 약제를 써 봤고, 두껍고 딱딱한 표피층을 잘라 내 약 성분이 잘 스며들도록 노력도 해 봤지만, 발은 자꾸만 각질이 일어나 벗겨졌고, 벗겨지면 또 자라나기를 반복하는 동안 가려움증은 극에 달했다.

하루는 약 상자에서 유통기한이 9일 남은 무좀약을 찾아냈다. 나는 대야에 끓는 물 3리터를 붓고 무좀약을 풀어 잘 섞은 후 적당한 온도까지 식힌 뒤 족욕을 시작했다.

이 모든 과정에서 나는 내내 광고 한 편을 떠올렸다. 머릿속에서 맴도는 노래 한 구절이 있었다.

'간질간질 무좀, 근질근질 무좀. 주솽으로 씻으면 가려움이 싹!'

무좀으로 의무실을 찾는 병사들이 가장 많이 하는 말은 "주솽 있습니까?"였다. 아! 이런 집단적 향수라니. 국가보다 더 깊이 뇌리에 자리 잡은 그 중독성 짙은 합창. 어릴 적 티브이(TV) 광고가 기억에 심어 놓은 청각적 세대 공감이었다.

무좀을 뿌리 뽑긴 어려울 것 같다

수개월 동안 군의관으로 지내면서, 나는 군대 무좀에는 계급장도 빈부도 없다는 걸 깨달았다.

연병장에 잘 나가지도 않고 실내에 파묻혀 행정 업무만 보는 고참 행정병들도, 종종 내게 무좀균을 억제하는 연고를 구걸하곤 했다. 하지만 병사들에게는 없는 패기에 관료의식까지 두루 갖춘 어떤 고참은, 거만스럽게 무좀약 착취를 기도하기도 했다.

한 번은 보급받은 약품 한 상자를 의무실로 가져왔는데, 위관급 장교 한 명이 규율과 질서를 깡그리 무시하고 그가 필요한 약만 쓸어 간 적이 있었다. 그는 약을 챙기더니 말 한마디 없이 가 버렸고, 그 자리에는 어지럽게 흩어진 약품만 덩그러니 남았다.

또 한 번은 교관급 장교가 노발대발하는 어조로 나를 다그쳤다. "군의관! 내 무좀 스프레이 어디 있어? 언제 줄 거야? 내 발 썩어 문드러져서 절단하게 생겼잖아!"

나는 뒤통수에 벼락이라도 맞은 것 같았다. 그는 기존에 보급되는 연고 제형의 무좀약은 쓰지 않고, 당시 한창 인기가 좋던 스프레이형 무좀균 억제제를 쓰고 싶어 했다.

살짝 뿌리기만 하면 되는 그 제품은, 발에 닿는 느낌도 산뜻하고 끈적이지 않으며 살균력도 강력했지만 가격이 좀 비쌌다. 그래서 매월 의약품 보급비로 나오는 3천 위안(약 12만 원) 중 상당한 비율을 그가 원하는 스프레이형 무좀약 구매에 썼다.

나는 생각할수록 화가 치밀었고 갈취당하는 느낌을 받았으나, 감히 화를 내지는 못했다.

제대한 지 여러 해가 지난 지금, 그 스프레이형 무좀약의 인기도 식었다. 제약회사들은 '한 방에 치료하기'를 콘셉트로 특효약을 내놓았다.

듣기로는 발가락, 발바닥, 측면에 약을 고루 도포하면 투명막이 형성되고, 24시간 동안 물에 닿지 않으면 약물이 각질층까지 전달되어 13일간 지속해서 살균이 이뤄진다고 한다.

나는 이 혁명적인 제품에 대해 듣고 입이 쩍 벌어졌지만, 공기 중에 곰팡이균이 가득한 이 더운 섬에서 무좀을 뿌리 뽑긴 어려울 것이다.

가물가물한 기억이 가끔 우연한 계기로 튀어나와, 발작하듯 생활에 스며들고 발바닥의 세계에 숨었다가 어느 날 기승을 부리는 흥망성쇠를 반복한다. 발바닥에 완전히 자취를 감췄다가도 한 달 만에 다시 번성하기도 하고, 얽히고설킨 원수의 모습으로 또다시 나와 대립한다.

무좀은 때로는 질병이 아닌 감각으로 다가온다.

가려운 감각, 미운 감각…, 그리고 도저히 복수할 수 없을 거라는 감각이기도 하다. 이를테면 군 생활 같은 그런 감각 말이다.

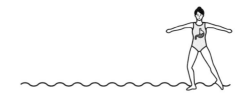

화려하게 내딛는 걸음마다
아팠을 텐데

초등학교 때 아버지가 고향 집을 정리하시다, 책장 맨 밑 칸에 꽂힌 오래된 사진첩 뒤에서 네모난 물건이 든 포대를 찾아내셨다. 네모난 물건은 신문지로 싸여 탁한 곰팡내를 풍기는 구석에 틀어박혀 굴욕을 견디고 있었다.

우리는 겹겹이 덮인 시간을 한 번에 벗겨 내듯 신문지를 아무렇게나 찢고는 멈칫했다. 신발 한 켤레가 나타났기 때문이다. 놀랍도록 앙증맞은 신발이지만 압도적인 세련미가 흐르는 신발. 전족한 여성의 신발, 삼촌금련(세 치가 채 되지 않는 전족한 여성의 작은 발을 연꽃에 비유해 칭송하는 말)이었다!

나는 신발을 집어 들었다. 신발에는 자수가 가득 놓여 있었다. 밑창의 나무 굽에는 보라색 연기를 내뿜는 녹색 거북이가 수놓아져 있었다. 신발 몸통은 긴 주황색 원통형 천이 이어져 있고, 위쪽과 앞쪽, 뒤쪽에 각각 청색, 녹색, 붉은색의 비단 끈으로 테두리가 둘러쳐 있으며, 왼쪽에는 용, 오른쪽에는 봉황이 수놓아져 있었다. 상서로운 구름, 소나무 가지, 라벤더, 새싹과 사슴 따위도 보였다.

자수의 올이 약간 풀리고 색이 바래기는 했지만, 100년 전에는 선명한 빛깔로 반짝반짝 빛나는 신발이었음을 충분히 알아볼 수 있었다.

하지만 잎사귀 모양의 신발 바닥은 진한 잿빛이었다. 색깔이나 마모된 정도로 보아, 이 신발은 장식품이 아니라 누군가의 발에 신겨 착실하게 제 역할을 해냈을 것이다.

초등학교 4학년이 되던 그해, 나는 '전족'이라는 옛 중국의 풍습에 대해 어렴풋이 알고 있었다. 옛날 여자들은 어려서부터 작은 발을 꽁꽁 싸매 발의 앞코를 뾰족하게 만들었고, 그 때문에 심한 아픔에 시달렸다.

나는 삼촌금련을 내 발바닥에 대고 비교해 봤다. 밑창이 내 발가락을 가까스로 감쌀 정도였다. 자로 재 보니 7센티미터였다.

열 살짜리 남자아이의 발가락만 한 신발을 마주하며 난 의심이 들었다. 정말로 발이 이렇게 작아지도록 천을 감았을까?

그때 나는 순진하게도 조상님들은 까치발을 들고 걸었다고 생각했다. 뒤뚱대며 한 뼘만큼의 보폭으로 종종걸음을 걷자면 종아리가 무척 시큰거리고 아팠을 것이다.

나는 누가 신었던 신발인지 알아보고 싶었다. 신발의 주인은 대체 누구였을까? 하지만 해답을 줄 수 있는 사람은 아무도 없었다.

할머니께 여쭤 봐도 모른다고 하셨고, 할아버지는 이미 돌아가셔서 여쭤 볼 수가 없었다. 그래서 우리는 이 신발이 아마도 할아버지가 조상님께 물려받은 유품일 거라고 추측했다.

우리 집안에는 골동품 수집벽을 가진 사람이 없고 옛날 문물에 조예가 깊은 사람도 없으니, 삼촌금련은 다시 비닐봉지에 씌워져 오래된 종이 상자 안에 방치되었고 곧 잊혔다.

행방이 묘연해진 삼촌금련

그러던 어느 날, 사회 시간에 선생님이 집에서 가장 특별한 물건을 친구들에게 소개하는 숙제를 내 주셨다. 나는 곰곰이 생각하다 삼촌금련이 떠올랐다. 그걸 구경해 본 사람은 아무도 없을 것 같아 선생님께 "세상에서 제일 작은 신발을 가져오겠습니다!"라고 말했다.

"네가 아기였을 때 신었던 신발은 아니겠지?" 하고 선생님이 물었다.

하지만 집에 돌아와 선반을 샅샅이 뒤지고 상자란 상자는 모조리 열어 보느라 바닥이 온통 먼지투성이가 됐지만 찾을 수 없었다. 삼촌금련이 사라진 것이다!

"지난번에 헌 옷 든 상자 처분할 때 같이 치워 버렸나?" 어머니도 난감해 하셨다.

우리는 삼촌금련의 행방이 묘연해지자 흉흉한 느낌이 들었고, 잘 간수하지 못한 걸 후회했다.

그 후 가끔 박물관이나 유물 전시회에서 삼촌금련을 볼 수 있었다. 그럴 때마다 나는 늘 걸음을 멈추고 전시창 앞에 서서 그 화려한 수공예를 유심히 살펴보고 탄식했다.

'우리 집에도 일찍이 이런 신발이 있었는데!' 다만 전시된 삼촌금련들 중 신발 밑창이 우리 집의 것보다 작은 건 없었다.

신발 길이가 15센티미터인데 삼촌금련이라 부를 수 있나? 이걸 삼촌금련이라 한다면, 우리 집에 있던 신발은 1.5촌 금련일 것이다.

감히 상상할 수 없는 고통

나이를 먹을수록 전족이 상식에 어긋난 악습임을 알게 되었다.

남당의 이후주가 궁궐에 6척 높이의 금빛 연꽃을 만들어 무희들이 그 위에서 춤을 추게 했다고 전해진다. 구슬과 보석으로 장식한 무희들의 발에서 달랑달랑 소리가 났고, 연꽃 위를 너울너울 누비는 모습이 무척 아름다웠다고 한다. 그 후 많은 후궁이 경쟁하듯 발을 작게 싸매던 습관이 후대에 전해져 내려왔다고 한다.

전족은 그 시대가 숭배하던 미학이라고 말하는 사람도 있다. 그때는 작은 발이 곧 아름다움의 상징이었다.

삼촌금련은 마치 훈장 같아서, 삼촌금련을 지닌 여성은 유난히 새침데기

내 몸 내 뼈

에 어리광을 잘 부렸다는 설도 있다. 또 전족이 멀리 나갈 수 없고 집을 지켜야만 하는 여성의 양보와 희생을 나타낸다고 말하는 이도 있다.

언젠가 중국의 시골 생활을 다루는 텔레비전 프로그램에서 산시성 바오지를 찾았다. 해설에 따르면 바오지에는 여덟 가지 괴이한 것이 있는데, 그중 하나가 바로 전족 문화였다.

기자는 바깥세상과 단절된 어느 마을에 방문했다. 어스름한 노을이 지는 하늘, 고추를 말리는 오래된 오두막집, 연극을 보는 노인이 있는 그 마을은 옛것의 정취가 가득했다.

어느 날 마을에 '작은 발 경연대회'가 열렸는데, '작고 건강한 발'이라는 조건에 가장 부합하는 사람이 우승하는 대회였다. 기자는 마을에서 발이 가장 작은 할머니를 인터뷰했다.

처음에 할머니는 촬영을 거부했지만, 제작진의 설득 끝에 마침내 카메라 앞에 작은 맨발을 드러내고 발을 동여매는 시범을 보여 줬다.

그녀는 미색 발싸개를 들고 족부 근육을 위로 끌어 올리듯 꽁꽁 감았다. 불룩 튀어나온 발등에 특수 제작된 양말을 씌운 뒤 무채색의 털신을 신고 뒤뚱거리는 걸음으로 방을 나섰다.

나는 그녀의 발을 바라봤다. 우리 집에서 발견된 삼촌금련보다 컸기 때문에 크기에는 썩 놀라지 않았지만, 그 짓이겨진 발의 모습이 내 뇌리에 박혀 버렸다.

엄지발가락이 아래쪽으로 꺾여 나머지 네 발가락과 함께 우그러져 발바닥에 붙어 있었다. 장기간 압력을 받아서인지 네 발가락은 뭔가로 갈아 낸

듯 평평해져 발바닥과 하나가 되었다. 멀리서 보면 아무렇게나 구겨 놓은 고깃덩어리 같았다.

할머니는 농사를 지으셨기 때문에 발을 싸매는 기준이 도시보다 느슨했다고 했다. 그녀는 다섯 살 무렵부터 전족을 시작했는데, 발을 싸맨 세월 내내 고통스러웠고 발에서 피와 고름이 흘렀다.

걸을 때 무게 중심이 구부러진 발가락에 쏠리는 바람에 걸핏하면 염증과 붓기에 시달렸고, 피부도 찢어졌다. 상처가 잘 낫지도 않아 사발 모양의 궤양도 생겼다.

나는 그 고통을 감히 상상할 수도 없었다. 여름날이면 발싸개 속에서 상처가 썩고 악취가 나지 않았을까? 하지만 아직 최악의 상황도 아니었다. 그 후 발허리뼈를 억지로 부러뜨려 발바닥을 오목하게 하고, 발가락뼈와 뒤꿈치를 가능한 한 가깝게 모아, 발을 아치 모양으로 짓눌렀다.

다시 찾은 삼촌금련

여러 해가 지나 나는 20대 초반의 남자가 되었다. 어느 겨울의 황혼 무렵 할머니의 방을 지나다가 그녀가 낡은 옷을 정리하고 있는 걸 보았다. 할머니는 철제 캐비닛에서 두꺼운 옷을 꺼내 창고에 있는 목재 장으로 옮겨 달라고 하셨다.

철제 캐비닛을 뒤적거리자 좀약 몇 개와 말라비틀어진 바퀴벌레 알이 바닥으로 굴러 떨어졌다. 그리고 묵직한 철 지난 옷더미에서 뜻밖에도 스웨터 두 벌 사이에 끼어 있는 삼촌금련을 발견했다.

이게 어떻게 여기서 나왔을까? 할머니도 영문을 모르겠다고 하셨지만, 아마도 할머니가 여기 숨겨 두고 잊어버리신 것 같았다.

할머니는 뭔가 숨겨 두기를 좋아하셨다. 나는 아직도 그 행동이 이해가 되지 않지만, 아무튼 그녀는 우표, 지폐, 일기장 등을 여기저기 나눠 숨겼다. 그 장소는 옷장, 외투 주머니, 베갯잇, 매트리스 밑 등 다양하다.

나는 삼촌금련을 들고 다시 한 번 유심히 살펴보았다. 신발 바닥이 더욱 작아진 것 같은 느낌이 들었다. 그때 내 키는 178센티미터였으니, 발도 더 커져 운동화는 사이즈 280을 신었다. 나는 그걸 다시 발바닥에 대 봤다. 신발 밑창이 내 엄지발가락보다 약간 넓고 길 뿐이었다.

맙소사! 그러면 엄지발가락으로 까치발을 들어 걸었다는 말인가? 물론 그건 불가능하다. 나는 그저 나의 조상이 발을 꽁꽁 싸매고 걸음걸음을 고달프게 걷는 모습을 상상할 뿐이었다. 아예 걸을 수 없었을지도 모른다.

내딛는 걸음마다 아팠을 텐데

걸음걸이의 자세를 형용하는 의학 용어인 '토 워킹'을 떠올렸다. 나는 이 용어를 재활의학과 선생님의 진료에서 처음 알았다. 뇌성마비 환아가 하지에 경련이 일어나 발바닥을 땅에 온전히 디디며 걸을 수 없는 상태였다. 아이는 보조 기구를 차고 재활전문의의 지도에 따라 발가락으로 한 걸음씩 내디뎌야 했다.

토 워킹은 일부 뇌성마비 환자뿐 아니라 선천적으로 아킬레스건이 짧거나 근육이나 신경에 병변이 있는 사람에게도 나타난다.

우리는 아주 어릴 때 까치발로 걷는 현상이 나타날 수 있으나, 크면서 대부분 사라진다고 배웠다. 그 원인은 밝혀지지 않았다. 그러나 저절로 고쳐지지 않고 까치발 보행이 계속된다면, 자폐증의 발현일 수 있으므로 신중하게 평가해야 한다.

나도 어린 시절 까치발로 걸었을까? 아마도 까치발을 들고 걸었을 것이다. 특히 사방이 고요한 밤 발소리가 유난히 크게 들릴까 봐, 혹은 점심시간 교무실에 들어갈 때 까치발을 들었을 것이다.

나는 그런 상황에서 종종 사람들을 놀라게 했던 기억이 있다. 그런 토 워킹은, 발각될까 봐 또는 사방에 고요한 사물을 방해해 소란을 피울까 봐 두려워 취하는 준비 태세다.

경련을 개선하기 위해 환아는, 진료실에 엎드려 사지를 제압당한 채 다리 근육에 보톡스 주사를 여덟 번이나 맞아야 했다. 남자아이를 제압하기는 별로 어렵지 않았다. 아이는 기운이 약하고 하체가 창백해 미약한 반격도 힘겨워 보였다.

주사를 맞은 후 환아는 다시 보조 기구를 짚고 치료실에서 걷기 훈련을 했다. 자세히 살펴보니 토 워킹도 아닌, 엄밀히 말하면 '팁 토 워킹'이었다. 아이의 걸음에서 지면과 맞닿는 부분은 오직 발가락 끝뿐이었다.

"평생 토 워킹을 한다면 어떤 문제가 생깁니까?" 나는 선생님께 물었다.

"요추 전만이 오겠지."

토 워킹은 고되고 힘들게 불가해한 운명을 위해 존재했다. 걷기 위해서, 아름다움을 위해서, 어느 터무니없는 왕조를 위해 걸었다. 내 조상의 삼촌금련 안에 감춰 뭉개진, 차마 눈 뜨고 볼 수 없는 몰골의 발과 걸음걸이는 또 무엇을 의미했을까?

전족한 발을 감쌌던 신발 안에서 일어나는 일은 까치발을 드는 것처럼 단순한 일이 아님을 뒤늦게 깨달았지만, 매번 집에 있는 삼촌금련을 볼 때마다 나는 이 발가락만 한 신발의 밑창이 짊어졌을 한 세대 여성의 일상을 생각한다. 그녀들은 걸음걸음을 화려하게 내디뎠고, 내딛는 걸음마다 상처가 나고 아팠을 것이다.

할머니가 돌아가신 지 4년이 흘렀다. 삼촌금련을 볼 때면, 나는 할머니가 뭔가를 잘 숨겼던 버릇이 떠오른다. 그건 시대가 남긴 발자취일지도 모른다. 전쟁이 그녀에게 반드시 비축하라고 가르쳤는지도 모른다.

그래서 부유한 시대를 살면서도 할머니는, 그리도 조심스럽고 불가사의하게 물건을 감추는 행동을 반복했을 것이다.

그건 시대의 전족이 아닐까? 할머니는 겁박과 약탈을 걱정하고, 봉화가 솟을까 불안했을 것이다. 끊임없이 이주하는 혼란했던 시대를 살면서, 그녀는 신경을 곤두세우고 까치발을 꼿꼿이 세운 채 살아야 했을 것이다.

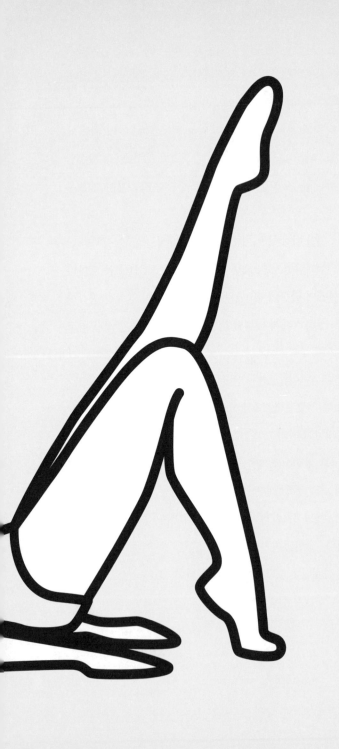

4부

몸은 거기 있다,
한 점 의심 없이

골반과 회음 이야기

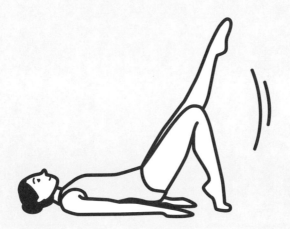

출산이 아니면 좋을 게 하나도 없어요 | 엉덩이로 전해지는 낯선 이의 기운 | 포경 수술은 꼭 해야 하는 거야? | 문을 걸어 잠그고 안쪽을 보이지 않는다 | 얇은 살가죽이 나를 지배하고 있다니! | 인체를 이루는 206개 뼈 사이에서

출산이 아니면
좋을 게 하나도 없어요

여기는 분만실이다. 태아의 심장 박동이 모니터에 톱니 모양을 그리며 전진한다. 간호사 스테이션에는 항상 케이크, 요우판(타이완인들이 잔칫날 즐겨 먹는 찹쌀밥) 같은 음식이 가득하다. 이곳은 병원의 다른 공간과는 사뭇 다르다.

두 생명 혹은 세 생명이 한 장의 건강보험카드와 하나의 침대를 함께 사용한다. 여기는 노쇠함도 붕괴도 없으며, 고통의 모습도 특이하다. 하복부의 진통은 희망을 품고, 자궁경부가 충분히 엉글고 확장돼 이 땅에 생명이 장엄하게 태어나기를 기다린다.

그러나 모든 분만실이 마냥 새 생명을 기다리지만은 않는다. 어떤 아기들은 엄마 배 속에서 20주 만에 불안정하게 움직이는데, 그러면 태아를 안정시키고 조산을 방지해야 한다. 어떤 아기들은 생일도 모른 채 엄마 배 속에서 죽는 날을 맞이한다.

이슬이 비치고 양수가 터지면, 자궁경부가 끝까지 열린다.

"긴장 푸시고 입으로 숨 쉬세요. 대변이 마려운 느낌이 드는 건 정상입니다."

"자, 자궁이 수축할 때 숨을 참으세요. 이제 아기 머리가 보입니다."

L은 산모에게 순산하는 법을 가르치고 있었다. 시원스러운 그녀의 목소리 덕분에, 분만실에서는 늘 그녀가 산모와 대화하는 소리가 들린다. 마흔 살쯤으로 보이는 그녀는, 간호학과를 졸업하고 임상 업무를 하면서도 석사까지 취득했다. 끊임없이 정진하고 유능한 간호 인재다.

L을 처음 봤을 때 무척 노련하다는 인상을 받았다. 그녀는 태위 촉진, 산후 자궁 마사지, 내진 등 출산에 관한 모든 일에 능숙했다. 초산모와 경산모를 대하는 각기 다른 법칙을 가지고 있고, 심지어 임신부의 특징을 보고 아들인지 딸인지도 맞췄다.

생화탕(출산 직후 오로 배출을 돕는 한약), 참기름에 볶은 돼지 간, 맥아즙, 붉은 비름나물, 율무밥, 농어탕, 땅콩을 곁들여 볶은 족발 등 산모에게 좋은 음식 레시피도 척척 알려 주고, 채식 버전까지 알고 있었다.

"3.25킬로그램의 건강한 딸입니다. 아빠를 똑 닮았네요!" L은 갓 태어난 아기를 가족들에게 보여 줄 때 꼭 몇 마디 인사말을 건넸다. 그녀에게선 늘 짙은 엄마 냄새가 났다.

나는 종종, L은 몇 명의 아이를 둔 어머니일까 생각해 봤다. 그녀는 분명 좋은 어머니일 것이다.

어느 날 당직 근무 시간에 짬이 나서 L과 사는 이야기를 나누게 되었다. 이런저런 이야기를 하다 종교 이야기를 했고, 그녀는 나를 교회 모임에 초대했다. 독실한 크리스천인 그녀는 의료봉사단에서 간사를 맡고 있었다. 나는 한 번도 가 본 적 없는 모임이었다.

자궁 그리고 난소의 비밀

산부인과에서 한 달 동안 수련하며 분만실뿐 아니라 초음파실에서도 자궁과 난소에 둘러싸여야 했다.

앞으로 기운 자궁, 뒤로 기운 자궁, 내막이 두툼한 자궁, 내막이 얇은 자궁. 모든 자궁은 철근과 벽돌로 이뤄진 궁전처럼 나름의 기법으로 지어졌다. 방광 뒤에 가려진 그 궁전은 각기 다른 시기의 자신에게 그곳을 임대하고, 각각의 이야기를 품는다. 궁전이 폐쇄되면 T자형 금속 막대가 방안에 가로놓이는데, 그건 피임 기구다.

두 개의 자궁이 있는 경우도 있다. 쌍자궁이라고 부른다. 배아의 발육에 드물게 문제가 생겨 두 개의 자궁이 발달하는 기형이지만, 대부분 무사히 임신할 수 있다.

문헌 자료에 따르면, 2006년에 쌍자궁을 가진 영국의 한 임신부가 두 자궁에 각각 아이를 한 명씩 잉태했다.

황체기, 난포기, 농양, 기형종, 초콜릿 낭종…. 이것들이 난소가 변장한 모습이다. 자궁과 비교하면 난소는 초음파로 식별률이 낮아 감춰진 이야기에도 곡절이 많다. 작디작은 두 난소는 생리 주기를 지배하는 강력한 중앙정부다.

초음파실에서 자궁과 난소를 검사해 보면, 크고 작은 결함이 흔하게 발견된다. 물론 흠잡을 데 없이 깨끗한 자궁과 난소도 있지만, 그런 자궁은 보통혼전 자궁 검진에서 나타난다.

혼전 검진은 비밀스러운 계약을 성사할 때 거치는 최종 확인 절차 같다. 불임 문제는, 설령 문제의 근원이 남성에게 있다 하더라도 여성이 불리한 위치에 처하게 되는 것 같다.

가장 황홀한 대목은 산전 검사다. 산전 검사에서는 오줌에 푹 잠긴 태아의 시간을 볼 수 있다.

두개골과 목덜미, 소뇌, 측뇌실, 두 눈 사이의 거리, 코, 입술, 심장, 위, 방광, 신장, 생식기, 사지…. 구역을 나눠 하나하나 검사하고 측정하면 아기는양수에 뜨고 잠수하기를 반복하며 헤엄친다.

양수는 온화하고 불가사의한 수수께끼다. 태아가 양수를 삼키고 오줌을싸면 그 오줌은 다시 양수가 된다. 그래서 자궁에는 시큼한 냄새가 나는 물이 끊임없이 순환한다. 그건 생명의 바다다.

태반조차도 생명의 수많은 비밀을 안고 있다.

어떤 태반은 발효한 것처럼 물집이 잡혀 있는데, 태아의 성장이 지체되거나 멈출 수 있음을 암시한다. 유난히 두껍고 무거운 태반은 영어로 벌키 플라센타라고 부르는데, 이 경우 지중해빈혈(유전적인 결함으로 적혈구 내 헤모글로빈 기능

내 몸 내 뼈

에 장애를 일으키는 질병)의 가능성을 예견한다.

산전 검사를 받는 임신부들은 대개 기대와 기쁨에 차 있으므로, 모니터에 자잘한 이상 소견이라도 나타나면 분위기가 유난히 서늘해진다.

이야기가 자리 잡길 바라며

그녀는 10주 차 임신부였다. 초음파상으로 태아의 뇌를 보지 못했다.

"무뇌아입니다." 의사가 말했다.

여자는 고개를 끄덕이며 배 위의 묻은 젤을 조용히 스스로 닦아 냈다. 슬픈 기색도 없었고, 놀라지도 않은 듯 담담한 표정이었다.

그러나 나는 초음파실에서 나온 그녀가 대기실 의자에 앉아 우는 모습을 보았다. 소리 없이 격렬하게 우는 그런 울음이었다. 그녀는 소리를 억눌렀지만, 콸콸 쏟아지는 눈물을 멈추게 하진 못했다.

또 한 번은 불임 여성이 시험관 시술로 세쌍둥이를 임신했다. 하지만 자궁이 부하를 감당할 수 없었고, 의사는 선택적 유산을 권했다. 태아 하나를 죽게 하자는 것이다. 생명을 위해 반드시 생명을 희생해야 하는 상황이었다.

주삿바늘은 산모의 배를 뚫고 태아의 심장에 고농도의 칼륨을 주사했다. 곧 태아의 심장 박동이 느려지다 멈췄고, 밖으로 흘러나왔다. 합당하고 버젓한 낙태였다.

이야기는 언제나 시계처럼, 세월처럼, 혹은 자궁처럼 조용하게 이뤄진다.

자궁은 인체에서 시간관념이 가장 투철한 기관이다. 순서를 지켜 발자취를 남기고, 주기에 따라 부풀어 오르고 붕괴하기를 반복한다.

그건 기다림을 내포하고 있다. 생명이 낙착하기를 기다리고, 하나의 이야기가 자리 잡길 기다리며, 심장이 뛰기를 기다린다. 6주. 6이라는 숫자를 맞이하면, 초음파로 태아의 심장이 뛰는 모습을 볼 수 있다.

"심장 뛰는 게 안 보이네요. 너무 속상해하지 마시고 조금 더 기다려 보죠. 아직 기회가 있을지도 모릅니다." 의사는 임신 7주 차에도 심장이 박동하는 걸 보지 못한 인공수정 산모에게 말했다.

자궁을 들어내고 싶어요

때로는 기다림이 실망을 낳는다. 이때 자궁은 인생의 희비를 잘못 직조하는, 여성의 성전이자 지옥이 된다. 자궁은 정서적인 기관으로, 한때 강인했고 또 한때 연약했으며 재질 자체도 능히 변화한다.

경험 많은 의사 선생님들은 종종, 임신 기간의 자궁이 가장 연해 두부 같다고 했다. 그래서 내막 제거술은 빨리 진행해야 한다. 늦으면 태아의 뼈가 자라 자궁에 상처를 입힐 수 있다. 그러나 대부분의 시간 동안, 자궁은 빈틈없고 단단하며 견고한 요새처럼 닫혀 있다.

한 번은 제왕절개 후 주치의 선생님과 나는 자궁과 피부를 한 땀 한 땀 봉합했다.

자궁은 모든 외과 수술 중에서 가장 촘촘하게 꿰매고 겹겹이 감싸야 하는 부위 중 하나다. 생명의 첫 처소에 어찌 부실공사를 할 수 있을까?

자궁에는 자기만의 날씨도 있다. "자궁에 안개가 꼈군!" 다년간 초음파 검사를 수행한 의사는 늘 이런 비유로 자궁근선증으로 뿌옇게 보이는 초음파 영상을 설명한다. 안개비 내린 자궁이라니, 아름답고 시적인 화면이지만 그 내부에선 피바람이 불고 있다.

그녀는 스물셋의 근선증 환자였다. 오랫동안 생리혈 과다와 극심한 생리통을 견디다, 자궁을 들어내고 싶어 했다. 우리는 수차례 의사를 확인하고 설득했지만, 그녀는 의연하게 말했다. "들어내서 원인을 없애 버릴래요. 어차피 저는 결혼도 출산도 안 할 거니까요."

그녀는 미래에도 자궁이 필요하지 않을 거라고 용기 있게 단언했다. 무엇이 그녀를 이토록 단호하게 했을까? 나의 직감으로는 사랑일 것 같았다.

때로 자궁이 짊어지는 존재는, 생명이 아니라 사랑의 기호다. 그토록 장렬하게, 그토록 몸을 돌보지 않고 불타올랐을 것이다.

자궁 내막이 어수선하고 끈적끈적한 그 미혼 여성의 병력을 살펴보고 나서야, 수차례 낙태수술을 했다는 걸 알게 되었다.

그녀의 이야기 속 남자는 여전히 그녀 곁에 있을까? 진즉에 연락이 두절됐을까?

어찌 됐든 욕망, 죄악, 충동 그리고 깊은 사랑은 갈래갈래 상처가 되어 자궁에 새겨졌고 기억으로 깨어날 것이다.

아가야, 네가 태어나면...

마침내 나는 L이 권한 교회 모임에 나갔다. 모임 장소가 공항 근처의 노천카페였기 때문에 호기심에 참석했다. 그 카페는 비행기가 이착륙하는 모습을 가까이서 볼 수 있는 특별한 뷰를 자랑했다.

"지난주 피검사에서 융모 수치가 높길래 임신한 줄 알았는데, 초음파를 해 보니 난포가 비어 있더라고요. 임신하려고 고생한 거 생각하니 너무 속상했어요. 사실 가끔 스스로한테 '그 정도면 됐다. 그만 포기해라!'라고 말할 때도 있어요." L이 말했다.

모임을 하는 동안 나는 주의 깊게 경청하며 그녀의 삶의 조각을 맞춰 봤다. 그제야 그녀는 임신 경험이 없고, 엄마였던 적이 없음을 알았다.

인턴은 언제나 잠시 머무는 나그네다. 분만실을 떠난 후로 나는 L을 거의 만나지 못하다가 그녀가 시험관 시술을 시도한다는 소식을 우연히 들었다.

전에도 그녀는 시험관을 몇 번 시도했지만 단 한 번도 성공하지 못했고, 배란 주사를 맞느라 복부가 흉터투성이에 시퍼렇게 멍들기만 했다.

의사는 그녀가 고령인 관계로 임신을 하더라도 기형아 출산 확률이 높다고 했지만, 그녀는 이미 마흔이 넘었으니 난소가 쇠약해져 생리가 멈추기 전에 꼭 출산하고 싶다고 말했다.

한 번은 엘리베이터에서 간호사 두 명이 L에 관해 얘기하는 내용을 우연히 들었다. "그분 뭐든지 잘하고 남보다 못한 게 없는데 출산에서만 지잖아."

그리고 몇 달 후, L에게 희소식이 전해졌다. 임신에 성공한 것이다. 이번에는 27세 여성의 난자를 기증받았다고 했다.

그녀는 모두에게 그동안 기도해 줘서 고맙다는 이메일을 보냈다. 음식을 푸짐하게 준비해 파티를 열었고, 임신한 일을 두고 여러 사람에게 감사했다. 내가 두 번째로 모임에 출석한 날이었다.

그날, 그녀는 기쁨과 행복이 넘치는 얼굴로 말하다가 울기를 반복했다.

"아가야, 네가 태어나면 엄마는 온 마음을 다해 너를 사랑하고 보호할 거야." 그녀는 배를 어루만지며 사람들 앞에서 그렇게 말했다.

배가 하루하루 불러올 때 즈음 L의 에스엔에스에는 임신부의 일상이 담긴 포스트가 올라왔다. 그녀는 곧 태어날 아기를 위해 방 하나를 비우고 꾸몄다. 아기 침대, 턱받이, 젖꼭지, 장난감도 전부 갖췄다. 한 장 한 장 사진 속에는 행복한 기다림이 가득 담겨 있었다.

그러나 임신 19주에 양수가 일찍 터졌고, 결국 인공 유산을 할 수밖에 없었다. 그 방은 계속 빈 채로 남아 있었고, 조용했다.

여성의 고달픈 인생을 직조하는 것들

얼마 후 나는 졸업했고, 여성 산부인과 전문의 한 분을 알게 되었다. 산부인과와 협진하는 환자가 있어서 우리는 종종 임상 사례를 토론했다.

한 번은 열한 명의 자녀를 낳은 88세 할머니 얘기를 했다. 할머니가 막내를 임신했을 때 그녀의 큰딸이 첫아이를 임신 중이라 모녀가 함께 산후조리를 받았다.

할머니는 근래에 반복적으로 신장에 염증이 생겨서 치료를 받고 있는데, 내진 결과 할머니의 자궁, 방광, 직장의 위치가 4도 가량 이탈해 있었다. 이런 경우 반드시 수술을 통해 자궁을 적출해야 한다.

또 24세 여성이 남자 친구와 아기를 가졌다. 남자 친구는 책임지겠다고 하더니 결혼 당일 드라마처럼 잠적했고, 임신 6개월인 그녀 혼자 남았다. 중절 수술을 할 수 없어 임신 상태를 유지할 수밖에 없었다.

"자궁은 화근이에요. 출산 기능을 제외하면 좋을 게 하나도 없거든요." 산부인과 선생님은 탄식하며 말했다. 물론 매일 헐고 망가진 자궁을 마주하는 그녀의 직업과 관계된 말이기도 하다.

선생님은 또 다른 이야기 한 토막을 들려줬다.

결혼 2년 차 35세 여성이 아기를 낳고 싶어 불임 검사를 했는데, 뜻밖에도 자궁 내막이 비정상적으로 증식하고 있었다.

암으로 발전할 가능성이 커서 자궁 적출을 권고했지만, 그녀는 죽는 한이 있어도, 고용량의 프로게스테론을 투여하더라고, 살이 찌고 갱년기 증후군에 시달릴 지라도 자궁을 지키겠다고 했다.

1년 후, 자궁 내막은 결국 암세포가 되었고 그녀는 자궁을 전부 들어내야 할 뿐 아니라 난소까지 잘라 내야 했다. 그녀에 관한 소문이 떠다녔다.

많은 사람이 이 이야기의 결말은 결국 이혼 합의서가 될 거라고 억측했고, 심지어 그녀의 아버지조차도 그렇게 생각했다.

나는 알 것 같다. 그녀가 지키고 싶은 건 자궁과 난소뿐 아니라 혼인 관계와 삶의 안식처였을 것이다.

환자는 결국 자궁과 난소를 적출했다. 자궁과 난소가 없어지자 인생에서 생리와 피흘림이 사라졌지만, 여전히 고달프게 여성으로 살아가야 했다.

나는 문득 L이 생각났다. 그녀는 바라던 대로 엄마가 되었을까?

지금 갓난아이를 안고 볼을 비비며 단잠에 빠지려는 참인지도 모른다. 통통하게 부른 큰 배를 내밀고 다시 한 번 요동치고 꼬물거리는 태동을 기다리고 있을지도 모른다.

여전히 배란주사와 시험관의 나날 속에서 한 번 또 한 번의 기다림을 경험하며, 자궁과 난소를 씨줄과 날줄 삼아 여자의 일생을 직조하고 있는지도 모른다.

엉덩이로 전해지는
낯선 이의 기운

매일 아침 일어나 도시와 처음 맞닿는 신체 부위는 엉덩이다.

통근 버스의 빈자리에 앉을 때 뜨끈한 기운을 느낀 적이 여러 번 있다. 무척 선명한 그 감촉은 피부로 퍼져 나간다. 그럴 때면 나는 벌떡 일어서거나 다른 빈자리를 찾아 앉는다.

가오슝에서는 지하철에 빈자리가 많아도 꼭 서 있기를 택하는 승객들이 눈에 띈다. 이곳의 승객들에게는 탑승 준칙이 있는 것 같다.

이 도시에만 속하는 예의 바르고도 친절한, 대다수 도시의 지하철과는 사뭇 다른 뭔가가 있다.

몇 정거장만 더 가면 내릴 텐데, 한두 정거장 편히 간다고 인생이 달라지진 않으니 탐내지 않고 서서 가기를 택했을 수도 있다.

불어난 엉덩이둘레와 청바지의 사이가 좋지 않아 덜 앉고 오래 서고 싶을 수도 있고, 맞은편에 앉은 사람과 서로 힐끔거리고 싶지 않아서, 이상해 보이는 아저씨와 나란히 앉기 싫어서인지도 모른다.

이 도시 특유의 느긋함과 여유로움이, 사람들을 시간과 공간을 두고 경쟁하기 싫어하는 품성으로 길러 냈는지도 모른다.

나도 좌석을 포기하고 서서 가기를 택하는 승객 중 하나다. 하지만 내가 앉지 않는 이유는 의자 위에 남은 엉덩이의 온도 때문이다.

엉덩이의 온도는, 몸 아래 짓눌린 열정이다. 남몰래 타오르고 있지만 깨달을 뿐 말을 할 수 없다.

엉덩이의 온도는, 좌석에 생명력을 불어넣는다. 이 정체불명의 에너지는 의자에 눌어붙어 직전 승객의 엉덩이둘레, 체질, 대사율이나 지방의 두께 등의 정보로 환원된다. 옅은 습기와 가상의 방귀 냄새가 섞여 있기도 하다.

엉덩이의 온도는, 일상의 습관 속에 불쑥 나타는 공백이다. 나는 무심코 뜨끈한 의자에 앉을 때마다 청명한 아침부터 사람들과 가장 밀접한 체온을 교환했음을 깨닫는다.

이 가볍고 활동적이며 잡스러운 기운은 나를 편치 않게 한다. 내게 속하지 않은 어떤 게 몸 안으로 은밀하게 스며들어 내 일부가 되는 것 같다. 낯선 사람이 남긴 그 기운은 나를 일어서게 한다.

혈기왕성하고 익누를 수 없었던 이 기운은 누구의 엉덩이에서 왔을까? 성마르지 않고 밋밋한 이 기운은 또 누구의 엉덩이에서 왔을까? 가쁜 숨을 고르고 평정 상태로 돌아간 이 기운은 또 누구의 엉덩이에서 왔을까?

냉각된, 부드러운, 폭발할 듯 뜨거운….

버스, 지하철, 트램에서 다양한 엉덩이와 간접 접촉하며, 제각각의 매력을 지녔을 엉덩이들을 상상해 본다.

꿈틀거리는 육체의 도시

어느 날 나는 포르노 사이트에서 보낸 게 분명하다고 생각되는 이메일을 받았다. 제목은 '와우! 리우데자네이루의 아름다운 엉덩이!'였다. 하지만 자세히 보니 샤오구가 보낸 단체 메일이었다.

샤오구는 나와 동갑내기인 중국인으로, 샌프란시스코에서 태어나 열여덟 살에 타이완으로 와서 지금은 카페 점장으로 일하고 있다.

샤오구를 알게 된 건 순전히 우연이었다. 나는 신문에 쭤잉을 주제로 칼럼을 기고한 적이 있는데, 그 글을 읽은 어느 여성 기자가 2년 후 방송국 카메라와 함께 남부 지역에 내려와 다큐멘터리를 찍었다. 그때 그녀는 내게 글에 등장하는 장소 안내를 부탁했다.

촬영을 마치고 기자는 어느 카페에서 나를 인터뷰했는데, 그 카페의 점장이 바로 샤오구였다. 샤오구의 첫인상은 오른팔에 아폴론을 문신하고 왼쪽 귀에 보라색의 둥근 귀걸이를 찬 구릿빛 피부의 소유자였다.

여행을 즐기고, 바를 즐겨 찾으며, 늘 서핑을 하러 다니는 사람. 샤오구는 천생 컨딩 사람이었다. 그 무렵 그는 DSLR 카메라에 빠져 급기야 샌프란시스코에서 사귄 오랜 친구들과 함께 브라질 해변으로 촬영 여행을 떠났다.

내가 리우데자네이루에 대해 가진 인상은 영화 〈중앙역〉의 모습이 전부였다. 인구가 6백만이 넘는 이 도시는 영화에서도 화면을 꽉 채울 만큼 붐볐다. 약자가 강자에게 먹히는 세상이었고, 사리사욕이 가득하고 경비가 삼엄한 도시였다.

하지만 샤오구는 시내의 어느 쌈바 클럽에서 라이브 공연을 즐기며 내게 편지를 썼다고 했고, 그 대목에서 나는 리우데자네이루가 꼭 〈중앙역〉 같지만은 않고 오히려 아주 '샤오구스러운', 그가 기꺼이 여행하고 싶어 할 만한 도시임을 깨달았다.

샤오구가 보내 온 사진에는 꿈틀거리는 남녀의 육체가 가득했다. 해변에서, 거리에서, 클럽에서, 심지어 빈민가에서도 사람들은 견갑골, 팔뚝, 가슴팍, 가슴골을 드러내고 흔들고 실룩대며 밀착했다. 한결같이 고동색 피부였고, 당연히 엉덩이도 그랬다.

청바지를 입어 맨살 노출이 적다 해도, 몸에 꼭 맞는 자태가 보는 이를 매료시켰다. 샤오구는 청바지를 입은 엉덩이 사진 몇 장을 첨부했는데, 모두 매끈하고 풍만한 매혹적인 자태였다.

어떤 소신 같은 게 리우데자네이루를 규정하고 있는 것 같았다. 코파카바나 해변에 모인 사람들의 발바닥에는 모두 플립플롭이 꿰어 신었고, 여자들은 몸에 꼭 끼는 티셔츠와 짧은 바지를 벗고는 몸에 걸친 유일한 의상인 비키니 수영복으로 갈아입었다.

인체의 열기가 머무는 곳

비키니, 그건 브라질 해변의 제복이자 불문율이다.

여성의 엉덩이가 천으로 가려지는 걸 허용하지 않는 듯, 해변 전체가 광적으로 재단된 수영복에 잠겨 있었다. 끈과 옷감, 색채에 영원히 미완일 혁명이 일어나고, 열대 우림의 새가 날개를 펼치듯, 행여 제외될까 두려운 듯, 모두가 감각적인 아름다움을 좇는다.

그러고 나서는 햇볕에 엉덩이를 굽는다. 사진 속에는 선명한 색의 비키니들이 한 줄로 백사장에 엎드려 일광욕을 즐기고 있었다. 그 엉덩이들은 하나같이 균형 잡히고 풍만했으며 뜨겁고도 청량했다.

하루는 샤오구가 길거리 파티에서 만난 두 브라질 여성이 카이피린하스를 마시며 아무렇지도 않게 엉덩이 수술을 주제로 토론했다. 그녀들은 바짝 올라가고 탄력 있는, 꽉 차 보이는 엉덩이를 위해 수술을 받고 싶어 했다.

그곳은 관련 의술이 발달해, 보형물을 삽입하지 않고 근육을 엉덩이에 이식해 더 건강하고 자연스러운 모양을 만들어 준다고 강조했다.

이토록 엉덩이의 자태에 푹 빠진 도시라니! 시시각각 인간 본연의 욕망을 불러 일으켰다. 내 사전에 브라질은 '엉덩이 나라'가 되었다.

나는 그 장면을 똑똑히 기억한다. 2010년 남아공 월드컵에서 브라질이 네덜란드에 패했을 때 몇 명의 브라질 축구팬이 일렬로 서서는, 바지를 벗고 카메라 앞에 서서 세계를 향해 맨 엉덩이를 드러내며 패배에 항의했다.

그 화면을 멍하니 지켜보던 나는 도대체 왜 엉덩이를 드러내며 항의하는

지, 이 행동이 은유하는 메시지가 뭔지 궁금했다.

아마도 엉덩이가 인체의 열기가 머무는 곳이어서, 브라질 사람들이 엉덩이에 국기를 그려 넣고 엉덩이를 얼굴 삼아 함께 자랑스러워하고 비분강개했을 것이다. 엉덩이는 열기를 품고 절절 끓는 존재로, 약간의 충동과 비이성을 지니고 있다.

그렇다면 브라질 사람들의 엉덩이가 더 뜨거울까?

통근 버스에서 온기가 남은 의자에 앉을 때면 나는 샤오구가 경험한 브라질이 떠오른다. 리우데자네이루의 트램 의자에는 어떤 온기가 존재할까?

"리우데자네이루의 기차에서는 절대로 남의 엉덩이 온도를 느끼지 못해. 자리가 항상 꽉 차 있거든." 언젠가 샤오구는 카페에서 그렇게 말한 적이 있다.

중남미의 엉덩이와 직접 닿을 기회가 가장 많은 장소는 비행기일 것이다.

나는 샤오구가 들려준 비행기 일화를 기억하고 있다. 그는 타이베이에서 도쿄로, 도쿄에서 뉴욕으로 간 후 거기서 리우데자네이루 행 유나이티드 항공을 이용해야 했다.

스무 시간 넘게 좁은 의자에 앉아 지구의 상공을 떠다녔다. 나는 그 작은 의자가 수십 시간 동안 체온을 흡수하고 끊임없이 에너지를 축적해 맹렬한 불길 속에서 활활 타오르는 모습을 상상했다.

하지만 샤오구를 괴롭히는 건 거의 탈구할 지경에 놓인 팔뚝이었다. 그는 중앙복도 쪽 좌석에 앉았는데, 화장실에 드나들기는 편했지만 승객 승무원 할 것 없이 끊임없이 지나가는 사람들의 엉덩이에 부딪히고 밀리고 스쳐야 했다. 엉덩이와 밀착한 비행이었다.

"열 몇 시간 동안 앉아 있던 엉덩이가 내 얼굴에 와 부대끼면 어떤 기분일지 상상이 가?" 비행 내내 코를 골던 옆 좌석 거구의 중년 남자가 화장실에 갈 때, 샤오구의 얼굴은 그의 큰 엉덩이에 거의 뭉개졌다고 한다. 덕분에 안경도 비뚤어졌다.

리우데자네이루 여행길에 겪은 세상에서 가장 뜨겁고도 아픈 엉덩이였다며, 샤오구는 아직도 그 기억이 생생하다고 했다.

누구의 엉덩이가 남긴 기운일까

나는 여전히 일 때문에 자주 타이난과 가오슝을 오가고, 트램 좌석에서 엉덩이 온도와 끊임없이 접촉하고 있다.

어느 휴일, 한 아주머니가 생선이며 채소며 식자재를 잔뜩 들고 트램에 올라 빈자리를 향해 걸어갔다. 짧은 은회색의 곱슬머리에 가느다란 금귀고리를 찬 O자 다리의 그녀는, 한눈에 봐도 베테랑 주부 같았다.

아주머니는 자리에 앉자마자 승객들 눈치는 전혀 보지 않고 목청 좋게 외쳤다. "아이고 뜨거워!" 그리고는 냅다 일어나 의혹에 찬 눈빛으로 다른 빈자리로 이동했다.

그 후 내가 내릴 때까지 그 자리는 비어 있었다. 아주머니가 폭로한 그 자리의 엉덩이 온도를 접수했다는 듯, 승객들은 그 좌석과 거리를 뒀다. 누구의 엉덩이가 남긴 기운일까? 사람들은 침묵한 채 아무도 시인하지 않았다.

내 몸 내 뼈

올라간 엉덩이에 딱 붙는 짧은 치마를 입은 여자였을까?

몇 번의 출산으로 골반 둘레가 넉넉한 아주머니였을까?

군인 가방을 멘 엉덩이 근육이 단단했던 군인이었을까?

신문을 읽고 있는 엉덩이 살이 푹 꺼진 노인이었을까?

나는 차에 타고 내렸던 사람들을 회상해 봤지만 생각이 나지 않았다.

앞으로 계속 나아가는 트램 안에서, 나는 좁고 죄 없는 그 자리를 주시했다. 어쩐지 외로운 열정이 느껴지는 것 같았다. 도대체 누가 앉았던 자리일까? 회상하려 애쓰는 동안 엉덩이는 의자에서 깜빡거리고 달아오르고 식었다. 한 편의 모호하고도 험난한 사랑 이야기 같았다.

포경 수술은
꼭 해야 하는 거야?

배우 샤오징텅은 영화 〈킬러〉에서 살인청부업자를 연기했다. 영화에서 그가 살해해야 하는 목표물인 괴짜 의사 피터 포는, 포피를 수집하는 괴상한 취미를 가지고 있다. 그는 수술을 집도할 때 '하는 김에' 환자의 포피를 잘라 소장한다. 샤오징텅은 의사 피터 살해 임무를 수행하기 위해 진료를 접수하고 잠입 조사를 하다가 포경 수술을 받게 된다.

영화는 포피에게 기구한 팔자를 부여했다. 있어도 없어도 무방한 그 피부 조각은 희생됐지만, 덕분에 살해 계획을 이뤄 냈으니 말이다.

포피, 영어로는 foreskin, 직역하면 '앞쪽의 가죽'이다. 날렵하고 변화무쌍하며 수수께끼 같은 운명을 지녔다.

존재의 목적도 애매한 포피의 이야기는 귀두에서 시작된다. 음경까지 완전히 후퇴할 수도 있고, 귀두를 반쪽만 덮을 수도 있고 완전히 삼킬 수도 있는데, 이 상태를 '포경'이라고 부른다.

포피는 너무나도 가벼운 나머지 교재에서조차 그 질량을 잊고 다루지 않았다. 그건 언제든 날아가 버릴 수 있는 존재인 듯 대수롭지 않게 기록되어 있다. 포피를 위해 별도로 할애된 챕터는 없지만, 가끔 시험 문제로 출제된다. 고등학교 생물 시험에서 이런 선다형 문제가 나왔던 걸 기억하고 있다.

'다음 중 인체의 흔적 기관인 것은?' 적지 않은 학생들이 답으로 포피를 선택했다. 사실 포피는 충수나 사랑니와 달리 흔적 기관이 아니다.

배아 발육 과정에서 포피는 성기가 형성된 후에 귀두 뒤쪽에서부터 앞쪽으로 길게 자라 귀두를 감싸면서 붙는다. 따라서 포피의 기능은 귀두 보호와 습윤 유지라는 게 일반적인 인식이다.

기능이 뚜렷하지 않아 모호한 운명을 타고난 포피는 의대의 해부학 교재에서조차 저술이 빈약하다. 의과 대학교 2학년의 해부학 교수님은 이 가죽에 대해 특별히 언급하지 않으셨고, 7학년 때 소아과 실습에 들어가서야 보고서 작성을 위해 조금 다뤘다.

포피는 자주성을 간절히 열망한다. 종교, 관습, 질병으로 인해 신체에서 도려져 독립되곤 하기 때문이다. 이토록 전문적인 기능을 수행하는 외과 메스의 단골 영역을 두고, '포경 수술은 의학적인 근거가 있는가?'라는 쟁의가 오랫동안 끊이지 않고 있다.

"너 포경 수술 했어?"

〈킬러〉를 관람한 후 친구들과 포피에 대해 잡담하기 시작했다. 영화로 파생된 추가적인 성찰이었다.

"포경 수술 꼭 해야 해?" 직업 덕분에 나는 이런 질문을 심심찮게 받는다. 심지어 의과 대학에 막 입학해 의학 지식이 거의 없는 것이나 마찬가지인 때에도, 주변의 초보 엄마 아빠들이 내게 물었다.

그런 질문이 나를 궁지에 몰아넣은 적도 있다. 의대생 시절 소아과 실습을 나갔을 때 일이다.

전문의 선생님이 바빠서 나는 검사받으러 온 아기를 다른 진료실로 데려가 검사 준비를 하게 했다. 아이의 보호자는 부모였다. 그들은 아이를 진료대에 눕히고 옷을 끄른 후 기저귀를 열며 지나가듯 물었다. "선생님, 포경 수술 시켜야 하나요?"

"조금 지켜보세요! 더 크면 귀두가 저절로 노출될 수 있거든요. 그러면 굳이 칼을 댈 필요는 없습니다." 나는 가족에게 충분히 설명했지만 그들은 또 물었다. "선생님은 포경 수술 하셨나요? 참고하려고요."

세상에. 이건 지극히 사적인 질문 아닌가! 내 포피 상태를 공유하는 사람은 이 세상에서 극소수인데, 생판 모르는 사람이 이런 질문을 하니 조금 불편했다.

남고에 다니던 시절이 떠올랐다. 어느 날 음악 선생님이 잡담하듯 가볍게 설문조사를 했다. "포경 수술 한 사람 손 들어!" 45명의 학생 중 13명이 손을 들었다. 한 친구는 이 에피소드를 만화로 그려 교지에 싣기도 했다.

포경 수술은 어떻게 시작되었나

인류는 언제부터 포피를 제거하기 시작했을까?

할례라고 하는 의식에서 시작됐을 것이다. 고대 이집트인의 무덤에는 할례하는 모습이 담긴 벽화가 있다. 1만 5천 년 전부터 할례가 존재했다고 추측하는 학자도 있다.

우리가 알고 있는 할례 문화는 대부분 유대인의 할례를 가리킨다. 유대인에게 할례는 신과 맺은 일종의 계약이자 징표이다. 《창세기》에서 아브라함은 아들이 태어난 지 8일째 되는 날에 할례를 실시했다고 기록하고 있다.

유대인뿐만 아니라 이슬람 국가, 북아메리카, 아프리카 부족 사이에서도 포경 수술이 널리 퍼져 있다.

어떤 인류학자는 일부다처제를 실행하는 고대 부족의 수장이 동족 남성의 포피를 도려내는 행위로 권력을 선포했다고 본다. 포피 음모론이며 번식 욕구의 통제일 것이다. 마취하지 않은 상태에서 할례를 받아야 남자 됨의 고통을 겪고, 진짜 성년이 되었음을 선포할 수 있다고 말하는 사람도 있다.

종교와 관습적 요소를 배제하면, 미국은 아마도 '의학'에서 포경 수술의 근거를 찾았을 것이다. 그 근거는 성병 전염과 비뇨기 질환 감염 예방을 들수 있다. 동아시아 지역에서는 이슬람 국가를 제외하면 포경 수술이 성행하는 나라는 한국이다.

한 번은 타이완에 놀러 온 외국 친구들을 대접했는데, 그중 중국어를 조금 배운 친구가 골목 어귀의 비뇨기과 간판에 쓰인 '皮包'라는 두 글자를 알아보고 자랑스러운 표정을 짓던 모습을 기억한다. 물론 그는 임질이나 곤지름 같은 글자는 알아보지 못했다.

이 에피소드 덕분에 우리는 포피에 관해 얼마간 재밌는 토론을 했다. 민족마다 포피를 지칭하는 속어가 있었는데, 한 친구가 말하길 포경 수술이 성행하는 한국에서는 남자아이들이 '고래 잡으러 간다'고 말한다. 한국에서 '포경'은 포경 수술과 고래잡이를 동시에 의미하기 때문이다. 한국의 포경 수술 문화는 아마도 미군의 영향을 받아 한국전쟁 이후에 시작됐을 것이다.

엎치락뒤치락하는 포피의 운명

2012년, 지구의 양 끝이 각각의 분쟁에 휘말렸다. 한쪽은 댜오위타이 영유권을 두고 다퉜고, 다른 한쪽에서는 하나의 판결을 두고 논쟁을 벌였다.

같은 해 5월, 독일의 한 이슬람교도 부부가 네 살짜리 아들이 포경 수술을 받게 했는데 수술 후 출혈이 멈추지 않았다.

진료하는 과정에서 아이가 종교적인 이유로 할례를 받았다는 사실이 알려졌고, 검찰은 쾰른 지방법원에 의사를 고소했다. 후에 법원은 이 부부가 법을 어겼으며, 아동 인권을 침해했다고 인정했다.

판결이 나오자 그 지역의 유대인과 이슬람교도들은 독일 법률이 종교를 박해했다며 항의했다. 논란은 점점 거세져 중동까지 번졌고, 심지어 북아메리카까지 논쟁이 번졌다.

이렇게 유라시아 대륙의 한쪽에서는 댜오위타이를, 다른 한쪽에서는 포경 수술을 두고 옥신각신했다. 좁디좁은 땅과 아주 작은 신체 부위지만, 그들 민족 전체의 존엄성과 연결되어 있었다.

하지만 포경 수술을 해야 할지 말아야 할지는 종교적으로든 의학적으로든 승부가 난 적이 없기에, 포피의 운명은 늘 엎치락뒤치락한다. 그 운명은 신축성 좋은 포피의 본질처럼 굴하지 않는 속성을 품고 있는지도 모른다.

포피는 이 시대를 사는 남성의 영원히 퇴화하지 않고 멸절하지 않을 신체 일부이며, 결코 군더더기가 아니다. 귀두를 보호하는 역할을 착실히 수행하고, 피부 이식의 용도로도 쓰이며, 불시에 웃음을 주기도 한다.

얼마 전 친구와 식사하며 나눈 이야기다. 사람들이 식탁에 놓인 구운 오리를 향해 우르르 젓가락을 내밀었다. 구운 오리에 파를 얹고 양념장을 묻혀 고소한 밀전병에 싸서 먹으면 훌륭한 별미다.

그러나 밀전병의 개수에 비해 오리고기가 너무 많아 나중에는 밀전병이 부족하게 되었다. 한 친구가 고기만 집어 먹자 또 다른 친구가 시의적절하게 물었다. "너 포피('겉껍질을 씌우다'라는 뜻도 있다)는?"

우리는 깔깔 웃었고 화제는 포경 수술로 흘러갔다. 나는 의학을 공부했기 때문에 여지없이 그 질문을 또 받았다.

"근데 포경 수술 꼭 해야 하는 거야?"

일단 침착하시라, 포피는 자신만의 철학이 있다. 적시에 전진하고 후퇴해야 하는 심오한 운명을 타고났다. 인류에게 좀 유연해지라고, 늘어지기도 하고 수축하기도 하라는 메시지를 전달하고 있는 것 같지 않은가?

문을 걸어 잠그고
안쪽을 보이지 않는다

응급실 진료를 교대로 맡던 레지던트 2년 차의 어느 날, 한 미국인 환자가 왔다. 항문 주변에 농양으로 보이는 붉은 종기가 있어 타 병원에서 이관된 환자였다. 응급실의 일선 의사인 나는, 커튼을 치고 진료를 하기 위해 침대에 엎드려 달라고 환자에게 부탁했다.

"왜 검사를 받아야 하죠? 항문 외과 전문의를 불러 주세요. 난 수술받을 거예요." 그는 영어로 이와 비슷한 말을 했다. "You can't!"

나는 고개를 가로저으며 확고한 태도를 보였다. 응급실 진료 규칙상, 일선 의사가 반드시 선행 진료한 후 상태를 지켜보고 전문의에게 연락해야 한다. 만약 일선 의사들의 역할이 전문의에게 연락을 취하는 것일 뿐이라면,

응급실은 본과 실습생들이 지켜도 될 것이다.

환자의 얼굴이 잔뜩 굳었다. 질색하는 표정으로 침대 시트를 두드리더니 결국 침대에 누워 진찰을 받았다. 환자가 바지를 내리자, 왼쪽 엉덩이에 단단하고 열감이 있으며 경계선이 뚜렷한 붉은 종기가 보였다. 검사를 마친 후 나는 신속하게 진료기록부에 병소와 상태를 기록했다.

"Dirty!" 침대에서 내려온 그는 옷을 툭툭 털며 침대 시트가 불결하다느니, 전염병에 걸릴까 두렵다느니 하는 불평을 늘어놨고, 못마땅한 말투로 응급실 환경이 지저분하다고 불평했다.

응급실 진료는 업무 스트레스가 특히 높다. 나의 기분은 환자의 태도, 말투, 사용하는 어휘 같은 사소한 문제로 쉽게 분노 상태로 치닫곤 한다.

나는 그 환자의 행동을 일종의 오만으로 해석했다. 그의 까탈스럽고 질책하는 뉘앙스는 내가 가지고 있던 약간의 반미 감정을 부채질했다.

약간의 반미 감정이 싹튼 사연

그 환자 때문에 별로 유쾌하지 않은 옛일이 떠올랐다. 어느 여름, 한 무리의 미국 청년들이 우리 집에서 민박한 적이 있다.

당시 아버지가 은퇴하신 후 북미에서 학생들을 지도하셨는데, 여름 방학을 맞아 그 학생 중 몇이 컨딩에서 서핑을 즐길 계획이었고 하루 전날 밤 가오슝에 있는 우리 집에서 묵었다.

대체로 좋은 아이들이었지만, 그들이 데려온 친구들이 나를 시험에 들게 했다.

나는 외국인 친구 사귀는 걸 언제나 반겼지만, 그들은 우리 집을 난장판으로 만들었고, 우리가 베푼 호의를 당연하게 생각했으며, 떠나기 전에 고맙다는 인사 한마디 없어서 나를 좌절하게 했다.

게다가 외출할 때 에어컨도 끄지 않고 술에 잔뜩 취한 채 오밤중에 옥상에 올라가 동네방네 시끄럽게 굴었다. 손님 된 도리를 전혀 모르는 아이들이었다. 특히 그중 미국인 한 명의 태도가 응급실에서 만난 이 남자랑 빼다 박은 듯 닮았었다.

묵은 원한에 새로운 미움이 더해졌다. 하지만 나는 나를 달랬다. 화내지 말자. 일에 영향을 주어서는 안 된다. 참고 또 참자.

그렇게 생각하면서 나는 규칙대로 할 일을 했다. 채혈하고, 배양할 세균을 보내고, 주사해야 할 약물을 챙겼다.

그날 퇴근 후, 기분이 조금 가라앉자 차분히 나를 돌아볼 수 있었다.

업무가 쏟아져 나도 모르게 쌀쌀맞게 굴었거나, 독선적인 말투로 군대에서 명령하듯 침대에 엎드려 검사를 받으라고 윽박지른 건 아닐까? 혹시 환자가 모욕감을 느꼈을까?

결국, 나는 결론을 내렸다. 이 모든 건 항문 검사 때문이다.

민망하기 짝이 없는 항문 검사

항문 검사, 그건 굉장히 소름 끼치는 검사다.

검사 방법은 몇 가지로 분류할 수 있는데, 가장 껄끄러우면서도 기본적인 방법은 바로 수지검사다. 장갑을 끼고 바셀린을 바른 검지를 항문에 집어넣는 검사법이다.

손가락은 우선 항문의 장력을 점검한 후 직장으로 진입한다. 촉감으로 장벽에 별다른 이상이 감지되지 않았다면 더 전진한다. 남성의 경우 그 길을 따라가면 전립선 뒤쪽에 닿게 된다.

학창 시절 수업 시간에 이 검사에 대해 처음 들었을 때, 옆자리에 앉은 친구가 갑자기 고개를 돌리고 했던 말을 기억한다.

"엄청나게 야한데?"

나의 첫 반응은 "누가 이런 검사를 하고 싶겠냐?"였다.

하지만 나중에 임상에 들어가니 수지검사를 할 기회가 점점 많아졌다. 타이완의 40세 이상 공무원의 의무 건강검진 항목에 직장 수지검사가 포함되어 있기 때문이다.

그래서 나는 중학교 동창, 같은 병원의 전문의 선생님을 검사한 적이 있다. 아는 사이라 더 어색했지만 아무렇지 않은 척해야 했다.

"수지검사를 해 보시겠습니까?"

2주 동안 혈변을 봤다는 중년의 여성 외래 환자에게 나는 물었다. 한참 머뭇거리던 그녀는 내면 깊은 곳에서 우러나오는 전통과 긍지로 무장하고 나에게 맞서듯 대답했다.

"안 해도 될 것 같아요. 보나마나 치질일 텐데, 그냥 연고나 발라 주세요."

하지만 그녀는 체중이 6킬로그램이나 급감했고 심한 어지럼증 등의 제반 증상이 있었기에, 아무래도 다른 병이 말썽을 부리는 것 같아 걱정되었다.

부인은 마침내 내게 설득당해 몸을 웅크리고 침대에 옆으로 눕게 되었다. 장갑을 낀 나는 손가락을 뻗어 수지검사를 시행했고, 곧 결절 같은 덩어리가 만져졌다. 단단하고 두꺼웠다.

그 몇 초 남짓한 검사를 하는 동안 나는 무척 긴장했다. 오직 손끝에 느껴지는 감각으로 폴립인지 종양인지, 아니면 뒤쪽으로 쏠린 자궁인지를 판단해야 했다. 솔직히 나는 그 몇 가지 가능성 사이에서 끊임없이 방황했다.

20초 후 나는 손가락을 뽑아냈다. 장갑에 약간의 핏자국이 묻어 있었다. 나는 부인에게 병소가 만져졌지만, 무엇인지 확신할 수 없어서 대장 내시경 검사를 해야 한다고 설명했다.

내시경 검사 결과 지름 2센티미터의 폴립으로 나왔고, 조직검사 결과 다행히 양성 관상선종이었다.

임상에서 자주 촉진을 받는 또 다른 집단이 있는데, 바로 빈뇨를 호소하는 중년 남성들이다.

"아버님, 섭호선이 좀 큰 편이네요."

"뭔 선?"

나는 잠깐 생각하다 얼른 단어를 바꿔 말했다.

"전립선이요."

환자는 더 당혹스러워했다. '섭호선'이라는 말이 구어적으로 전립선보다 흔히 쓰이지만, 나는 어쩐지 '섭호선'이라는 말이 판타지적으로 들린다.

촉진 이외에도, 회음부를 예리하지 않은 물건으로 긁어 괄약근의 수축 상태를 관찰하는 '항문 반사'라는 검사도 있다. 이 검사는 수지검사보다도 민망한데, 아직 이 검사를 해 본 적은 없다.

문을 걸어 잠그고 숨어 버린다

가끔 나는 이런 의문이 든다. '항문'이라는 명칭은 어디에서 유래했을까? 어쩌다 그곳을 '문'이라고 부르게 된 걸까?

영어로 항문은 'anus'다. 고리 또는 둥글다는 뜻의 라틴어에서 유래했다. 항문은 하부 소화관의 개구부로 정의할 수 있다.

그러니 엄밀히 말하면 항문 자체는 평면이다. 항문에서 직장까지의 3~4센티미터 정도 되는 통로를 항문관이라고 하는데, 일반 사람들은 이 항문관과 항문을 통틀어 항문이라 부르는 것에 익숙하다.

물론 항'문'이 항'구멍'보다 우아하게 들린다. 할리우드 영화에서 'asshole'이라는 말을 자주 듣게 되는데, '개자식' 정도로 번역되는 걸 보면 항문은 아주 저속한 의미로 풀이되고 있는 것이다.

한자 문화권에서 항문은 '엉덩이의 눈'이라고 불리기도 하며, 심지어는 생김새 때문에 '작은 국화'라고 부르기도 한다. 바짓가랑이 깊은 곳에 숨겨져 있고 생리적으로는 계엄에 가까운 보호를 받지만, 생각보다 그 이름은 스웨그가 넘친다.

항문이라는 금지 구역은 종종 불결한 이미지를 가지고 있고, 거기에 얽힌 이야기는 대부분 단정하지 못한 정서를 은유한다.

하지만 해부도를 보면, 항문은 상당히 정교한 기관임을 알 수 있다. 안팎으로 둘러싸인 괄약근, 변형에 능한 상피 세포 그리고 한 줄의 치상선이 있는데, 이 톱니 모양의 선이 바리케이드처럼 직장과 항문관을 분리해 준다. 이 선을 넘어가면 전혀 다른 세상이 펼쳐진다.

항문이 문이라면, 반드시 여닫음이 있을 것이다.

닫힌 문. 나는 그 장면을 영원히 잊지 못한다. 인턴 시절 소아외과에서 폐쇄항문증 수술 후 외래를 찾은 남자아이를 만난 적이 있다. 아이는 매일 항문 확장 연습을 했고, 축소된 항문을 기계적으로 벌리려 노력했다. 그러다 보면 상처가 갈라져 피가 흘렀고, 상처가 아물면 다시 수축해 있었다.

문도 가끔 부서질 때가 있다.

문을 부수는 시나리오는 보통 수술실에서 연출된다. H는 직장암 환자로 종양이 항문 가까이에 생겨 수술 시 항문을 함께 떼어 냈다. 항문이 없어졌으니 장을 끌어내 복벽에 입구를 만들어 연결했고, 그곳으로 배설하게 되었다. 이제부터는 그 입구가 그의 인공 항문이 될 것이다.

얼마 전 뉴스에서 봤는데, 25세 남성이 마약을 항문에 넣어 멕시코에서 미국 텍사스로 밀반입을 시도했다가 마약 탐지견의 뛰어난 후각으로 5온스의 헤로인이 발각되었다고 한다.

항문을 이용해 마약을 운반하는 예는 비교적 흔하다. 나는 범인의 마약 운반 논리를 깊이 생각해 봤다. 항문은 지극히 내밀한 곳이기에, 내밀한 곳에 부여된 인권을 세관이 건드리지 못하리라 여기고 대담하게 마약을 운반했을 것이다.

아무튼 항문은 문이다. 문은 도망칠 곳과 숨을 곳을 제공하고, 차단, 방어, 사적인 영역의 권리를 은유하며, '여기부터는 우리 집이니 구경을 사절합니다'라는 의사를 드러낸다.

우리는 문 안의 세상이 어떻게 바뀌는지 영원히 알 수 없다. 항문 안쪽에서 일어나는 모든 일은 문을 기점으로 깊이 숨어 버린다.

병변도, 취향도, 냄새나는 무엇도 그리고 마약도…. 항문은 언제나 문을 굳게 걸어 잠그고, 집안의 추악한 모습을 밖으로 알리지 않는다.

얇은 살가죽이
나를 지배하고 있다니!

몇 달 전에 나는 산다칸에서 휴가를 보냈다. 현지 여행사의 투어 상품을 이용했기 때문에, 관광버스에서 홍콩·마카오 친구들을 사귈 수 있었다.

산다칸은 보르네오 섬 북쪽에 위치한 말레이시아 사바 주의 한 도시이다. 술루어에서 유래한 이 지명은, '전당 잡힌 땅'이라는 의미가 있다. 그런데 누가 이 땅을 전당 잡았다는 걸까? 해석이 분분한 탓에 산다칸의 이미지는 어쩐지 미스테리하다.

처음 산다칸에 갔을 때는 홍콩의 교외 지역에 있는 듯한 느낌이 어렴풋이 들었다. 시내의 거리 구획도 홍콩 분위기가 나고, 오며 가며 스치는 중국계 사람들이 대부분 광둥어를 구사한다.

나는 이 도시에 매료됐다. 시내의 경계선을 넘으면 황량하고 거친 모습이 홀연히 나타나는가 하면, 멀지 않은 곳에 우림이나 해역이 보이고, 심지어 유인원과 바다거북이 출몰한다.

휴가가 끝나기 이틀 전 오후에 나는 혼자 시내 거리를 거닐며 때때로 카메라를 꺼내, 건물, 간판, 노점이나 광고판을 찍다가 어느 모퉁이에서 이런 소리를 들었다.

"웰컴 투 산타칸! 웰컴 투 말레이시아!"

고개를 돌려 보니 20대쯤 되어 보이는 남자가 계단 입구에서 내게 미소를 짓고 있었다. 그의 피부색은 말레이계 사람처럼 황색을 띠진 않았지만 그렇다고 인도계처럼 검지도 않은, 그 중간쯤에서 약간 검은 편에 속했다.

나는 빙긋 미소 지었다. 산다칸에서는 낯선 이에게 우호적이고 쾌활한 사람을 만나는 일이 드물지 않다.

"Where are you from? KOREA?" 남자가 물었다.

나는 대답하지 않았지만 속으로 퍽 이상하다고 생각했다. 많고 많은 나라 중에 왜 하필 한국 사람이라고 짐작했을까?

"JAPAN?" 그는 다시 물었다.

나는 갈 길만 직시하고 건널목을 건넜다. 남자는 분명 한국인이나 일본인들은 무뚝뚝하다고 여겼을 것이다. 나는 걸어가면서도 궁금했다. 어째서 동북아 국가 출신이라고만 짐작했을까?

두 가지 가능성이 있다.

하나는 억양이다. 한국과 일본 사람들이 영어를 할 땐 억양이 강한 편이다. 나 혼자만의 느낌이 아니다. 언젠가 싱가포르의 한 레스토랑 점원과 이야기를 나눴는데, 그녀는 아시아 여행자 중 한국인과 일본인이 영어로 소통하기가 가장 까다롭다 했고, 그다음은 타이완과 중국 본토 사람이고, 홍콩 사람들과는 소통하는 데 거의 어려움이 없다고 했다.

또 다른 가능성은 피부색이다. 한국과 일본인의 피부색은 흰 편이고, 중국 본토, 홍콩, 타이완인은 더 노란 빛을 띤다. 나는 그 남자와 이야기를 나누지 않았기 때문에 그가 내 피부색으로 국적을 추측했다고 생각한다.

예민한 피부, 복잡한 피부 질환

나는 타이완 사람들이 말하는 '바이러우디(白肉底, 속살까지 하얗다)'로 태어났다. 햇볕을 쬐면 빨갛게 타지만 검게 그을리지는 않는다. 그뿐만 아니라 홍채와 머리카락 끝부분의 색이 다른 사람보다 옅다.

외할아버지는 우리에게 네덜란드인의 혈통이 섞였을 거라고 하셨다. 물론 실외보다 실내 활동이 훨씬 많은 이유도 있을 것이다.

어떤 사람들은 내 피부색을 부러워하지만, 정작 나는 건강해 보이는 구릿빛 피부를 동경한다. 증명사진을 찍을 때마다 작가님에게 "피부 톤을 좀 어둡게 해 주시고 머리칼도 검게 보정해 주세요"라고 부탁한다.

자외선을 차단하는 노력을 전혀 하지 않은 적도 있다. 열아홉, 스무 살 즈음의 나는 작열하는 태양을 머리에 이고 가오슝부터 컨딩까지 자전거로 주파했고, 티셔츠 소매를 어깨까지 말아 올려 팔을 드러냈다. 그러다 심한 화상을 입었지만, 몇 주 후에 각질이 벗겨지고 새살이 돋았을 때 친구 녀석은 내 얼굴을 보고 '갓 익은 사과' 같다며 놀렸다.

나중에 자외선과 피부암에 대해 여러 가지를 알고 나서야, 나는 비로소 추구하던 피부색을 포기할 수 있었다.

하얀 피부를 소유한 남자는 보통 허약하고 집에서 잘 나가지 않는 모습을 상상하게 하지만, 그런 이미지가 나를 크게 곤혹스럽게 한 적은 없다. 하지만 나의 내적 상태가 겉으로 분명하게 드러나는 점은 상당히 곤란했다.

긴장할 때 그렇다. 초조하거나 부끄럽거나, 두렵거나 거짓말을 했을 때, 여러 요인으로 불안이 선을 넘으면 나의 피부는 뜨겁게 달아오르고 붉어져서 얼굴에 드러나니 마음을 숨기려야 숨길 수가 없다.

겨울에 통풍이 잘되지 않는 교실에서도 마찬가지다. 친구들은 춥다고 창문을 꼭꼭 닫지만, 내 피부는 이산화탄소 농도가 올라간 환경에서도 여지없이 붉어진다.

이런 상황 말고도 어떤 피부 질환은 내 피부에서 유난히 선명하고 아름답게 번진다. 예를 들면 두드러기가 그렇다. 나는 목에 두드러기가 잘 나는 편이다. 낮잠을 자고 일어나면 목 언저리에 선명하고 붉은 반점이 가려움과 함께 돋아날 때가 종종 있다.

심지어 이 두드러기들은 잘 옮겨 다녀서 오늘 왼쪽에 나타났다면, 내일은 앞쪽에, 모레는 가슴팍까지 번지곤 한다.

"너 남몰래 딸기 재배하냐?"

나는 항상 이런 상태에 대해 해명해야 했다. 어린 시절 친구들이 손톱으로 내 손등을 긁으면 긁은 자리가 붉게 부어올랐다. 나는 순진하게도 내 피부가 마술을 부린다고 생각했다. 나중에 알고 보니, '심마진'이라는 증상이었다. 쐐기풀(심마)과 식물이 닿은 자리에 발진이 일어나 얻은 이름이라고 한다.

심마진은 해산물, 꽃가루, 집먼지진드기 등의 알레르기 때문에 생기기도 하지만, 긁는 등 외부 압력으로 일어나기도 한다. 알레르기로 인한 증상이든 아니든, 뭔가가 나와 대치하고 있는 모양이다. 그 뭔가는 우리의 인생에서 꼴 보기 싫은 사람이나 원수진 사람들처럼, 제거할 수 없는 불순물이다.

"체질 탓이에요! 피부가 많이 예민하니 절대 긁지 마세요." 어릴 때부터 의사에게 이런 당부를 귀에 딱지가 앉도록 들었다. '체질 때문이다.' 항상 그런 답이 돌아왔다.

내 피부는 사랑과 호불호가 뚜렷하고 희열과 분노 사이를 변덕스럽게 오가니, 몽니를 부리는 게 당연하다고 말하는 듯했다.

때때로 나는 긴 한숨을 쉬지 않을 수 없다. '얇은 살가죽이 나를 이렇게도 무겁게 지배하고 있다니!' 하지만 피부는 인체에서 가장 큰 '기관'이다. 피하지방까지 포함하면 피부의 무게는 성인 체중의 약 15~20퍼센트를 차지하고, 1제곱센티미터의 피부에 600만 개의 세포, 100개의 땀샘, 15개의 피지선이 있으며, 전신에서 매일 약 2~30억 개의 피부 세포가 떨어져 나간다.

피부는 엄연한 대군으로 보호, 조절, 감각 등의 기능을 충실히 수행한다. 특히 병균을 막고 수분 상실을 방지하는 등 보호 기능을 갖췄기 때문에, 의학 문헌에서는 종종 '피부 장벽'이라는 어휘로 피부를 형용한다.

피부 질환은 더욱 복잡하다. 의대생 시절에 외웠던 그 난삽하고 생경한 라틴어들을 떠올려 본다. 그 단어들이 항상 눈앞에 가득했지만, 암기 속도는 망각의 속도를 따라가지 못했다.

때때로 나는 이런 의문이 들기도 했다. 백인 체질에 나타나는 피부병에 관한 서술이 흑인에게도 적용될까? 흑인에게 나타나는 피부병도 백인과 외관이 똑같을까? 그들의 심마진도 붉은색일까? 그들에게도 '얼굴을 붉히다'라는 표현이 있을까?

몇 해가 지나 누군가가 답을 줬다. 그 주인공은 소바니 씨였다. 그는 아프리카 수단에서 태어나 여러 해 전 미국 캘리포니아로 이주했다고 한다.

소바니 씨는 타이완을 여행하는 김에 조카 집을 방문했다. 그는 피부색이 매우 검었고 짧은 머리카락은 정성 들여 파마한 듯 곱슬곱슬했다.

그가 진료실에 찾아와 호소한 증상은, 이틀 전부터 왼쪽 발이 부어오르고 오늘부터 열이 나기 시작했다는 것이었다.

의사가 발의 붓기를 진단할 때 붉은 기가 있는지 없는지를 확인하는 게 매우 중요하다. 그러나 고개를 쭉 내밀고 살펴봤지만 균일한 검은 색만 보였고, 이상 징후는 기껏해야 부어오른 모양뿐이었다. 붉은 기가 있는지는 알아채기 어려웠다.

손을 내밀어 촉진해 보니 확실히 왼발이 뜨거웠다. 피검사 결과 염증 지수가 높았고, 결국 붉은 기가 나타나는 질환들까지 모두 가능성을 열어 두고 처방을 내렸다.

외국에서 사기당한 사연

그날 오후, 나는 산다칸 시내를 돌아다녔다. 숙소로 돌아오는 길에 있는 기념품 가게 앞에서 우연히 며칠 전에 로컬 투어를 함께 즐겼던 홍콩·마카오 친구들과 마주쳤다. 그들은 피부색이 검은 한 남자와 이야기를 나누는 중이었다.

내가 다가가서 인사를 건네자, 그 검은 피부의 남자는 잠시 멈칫하다 이쪽을 돌아보며 내게 인사했다.

알고 보니 오늘 모퉁이에서 만난 그 남자였다. 그의 이름은 토니였다. 산다칸에 사는 토니는 자유 여행자들과 여기저기 유랑하길 좋아하고, 배낭여행자 숙소에서 함께 잠을 자고, 외국인과 술을 마시고, 탐험하고, 미친 듯이 노는 걸 좋아했다.

토니는 '위 아 더 월드' 스타일을 추구하는 친구였다. 그는 막 홍콩·마카오 친구에게 오늘 밤 아주 특별한 술집에서 한잔하고 싶다고 말한 참이었다.

"같이 갈래요?" 홍콩 친구가 물었다.

나는 좀 망설였다. 아무래도 뭔가 이상하다는 느낌이 들었다. 왜 길에서 관광객들에게 접근해 술집에 데려갈까? 술은 안전할까? 술에 취해 강도를 당하는 내 모습이 절로 상상됐다.

"고맙지만 내일 비행기로 돌아가야 해서, 오늘은 일찍 숙소로 돌아가 짐을 정리하는 편이 좋겠어요." 나는 에둘러 거절했다.

하지만 그들은 극구 나를 잡아 세웠고, 나는 그들에게 염려되는 바를 솔직히 말했지만, 그중 한 명은 그런 일은 혼자 온 여자에게만 일어날 수 있다며, 우린 여자 둘에 남자 둘 총 네 명이니 토니가 어떻게 하지 못할 거라고 말했다.

나는 토니를 자세히 뜯어 봤다. 그런대로 진실해 보였고, 말투나 태도도 그저 우리와 친구가 되고 싶어 하는 것 같았다.

만약 거짓말을 하고 있다면 눈빛, 말투, 심지어 피부색까지 조금은 달라지지 않았을까? 나는 나 자신을 설득했다.

결국 우리는 술집에 들어갔다. 누군가 바 자리에 앉자고 했지만, 토니는 별로라며 오른쪽 모퉁이를 돌면 룸이 있으니 거기서 더 편하게 이야기를 나눌 수 있다고 했다.

이 모든 과정에서 나는 토니에게 극도로 방어적인 태도를 취했다.

알레르기를 핑계 삼아 술은 완곡하게 거절하고, 캔에 든 탄산음료만 마셨다. 또 화장실에도 가지 않고, 모든 이의 배낭과 테이블 위의 술잔에서 눈을 떼지 않았다.

토니는 산다칸에 대한 이야기를 많이 들려줬지만 잘 알아들을 수 없었다. 영어 같기도 하고 말레이어 같기도 한 억양 때문에 이야기의 세세한 내용은 모호하게 들렸다.

얼마 후 토니는 자기가 술을 사겠다고 선언했다. 우리는 그럴 필요 없으니 각자 내는 게 좋겠다고 했지만, 그는 극구 한턱내겠다며 자신이 홍콩이나 타이완에 놀러 가면 그때 대접해 달라고 말하고는 계산서를 가지고 나갔다.

하지만 그렇게 떠난 토니는 돌아오지 않았다. 10여 분이 지나자 우리는 그를 찾기 시작했다. 카운터 직원에게 물어보니, 그는 계산을 하지도 않았고 계산서에는 비싼 술들이 추가되어 있었다.

우리는 아연실색하며 웨이터에게 이런 술을 주문한 적이 없다고 설명했지만, 웨이터는 "아까 일행분이 주문해서 포장해 갔다"라고 말했다.

우리는 웨이터와 오랫동안 말다툼을 했지만, 술은 이미 마셨고, 낯선 땅에 있는 몸이었으며, 계산서에 적힌 바는 이러하니 그냥 넷이서 똑같이 나눠 지불하기로 했다.

다음 날 귀국하는 비행기 안에서도 나는 그 일을 계속 생각했다. 토니는 혼자서 그 많은 술을 맨손으로 들고 갔을까? 혹시 처음부터 웨이터와 짜고 벌인 사기일 가능성도 있지 않을까?

나는 생각할수록 후회가 막심했다. 머릿속에는 어제 우리와 이야기를 나누던 토니의 태연한 표정이 몇 번이고 재생됐다. 나라면 분명 켕기는 마음에 온몸이 빨갛게 달아올랐을 것이다.

순간 나는 교과서에서 배운 '피부 장벽'이 생각났다.

자신을 토니라고 소개한 그 남자에게 피부색은, 거짓말할 때 드러나야 하는 붉은 기색을 모두 숨겨 준 보호 장벽이었을 것이다. 물론 피부색과 무관하게 겁 없이 거짓말을 잘하는 본질 때문일 수도 있겠지만 말이다.

인체를 이루는
206개 뼈 사이에서

나의 해부학은 뼈 줍기에서 시작됐다. 화장 후 남은 뼈를 주워 단지에 넣는 게 아니다.

대학교 2학년이 되던 해에 우리는 10여 명이 한 조가 되어 실험실에서 머리, 척추, 흉부, 골반, 사지 등 부위별로 분류된 뼈를 주워 담았다. 가져온 부위를 탐구하고 외운 후, 며칠 후 서로 바꿔 공부하는 방식으로 시험에 대비했다.

뼈들을 주우며 이것들은 한 사람에게서 나온 뼈가 아니라는 생각이 들었다. 굵고 단단한 정강이뼈에 비해 빗장뼈는 너무 섬세했다. 남자의 뼈와 여자의 뼈가 섞인 수많은 혼백이 흩어지고 남긴 유물이었다.

뼈에 대한 거의 모든 것

나는 생각했다. 이게 다 누구의 뼈일까? 이 뼈들은 정해진 거처도 없이 기백 넘치게 이 시대의 의대생 사이를 조용히 떠돌고 있었다.

뼈에 관한 시험이라면 기껏해야 206개인 인체의 뼈를 통째로 외우면 그만이니 어려운 일도 아니라고 생각했지만, 일이 그렇게 간단하지 않음을 나중에야 깨달았다. 명칭뿐 아니라 뼈 위에 남은 자국,·구멍, 융기까지도 모두 시험 범위였다.

갈비뼈로 예를 들자면, 절대로 이 뼈가 갈비뼈인지 아는가를 묻지 않는다. 뼈의 세밀한 배치를 이해했는지 시험하는 것이다. 예를 들어 1번에서 12번 갈비뼈까지, 모든 전형적·비정형적 특징을 서술해야 한다.

1번 갈비뼈는 가장 짧고 넓적하며 가장 많이 휘어져 있으며, 그 위로 난 두 갈래 공간으로 빗장뼈 아래의 동맥과 정맥이 지나간다. 1번 갈비뼈는 늑골두, 늑골경, 늑골체로 나뉜다. 얼굴만 있으면 신분 신분증을 발급할 수 있을 것 같다.

뼈는 긴 것, 짧은 것이 있고, 납작한 것과 두툼한 것이 있으며, 돌아가는 것, 돌아가지 않는 것이 있다. 뼈는 몸을 지탱해 세우고, 피를 만들고, 장기를 보호하고, 소리를 전달할 수도 있다.

그중 유난히 나를 사로잡는 뼈가 있었다. '종자골'이라는 뼈였다. 처음 종자골이라는 이름을 들었을 때는 이 뼈에서 싹이라도 돋는 줄 알았지만, 커서는 당연히 그럴 수 없다는 걸 알았다.

'종자'는 '매장'의 함의를 지니고 있다. 이런 뼈는 씨앗처럼 근육이나 인대에 매장되어 있으며, 지렛대 원리를 이용해 근육이 수축할 때의 팔 힘을 증가시키고, 무릎의 슬개골, 손목의 두상골의 기능을 높인다.

수많은 뼈 중에서 가장 어려운 뼈는 두개골이다. 이마뼈, 광대뼈, 턱뼈, 관자놀이뼈, 벌집뼈 등의 구성이 어려운 게 아니라, 그 위로 흩뿌려진 구멍, 균열, 함몰, 요철, 기이하고 들쭉날쭉한 모양 때문에 어렵다.

눈물샘뼈, 나비뼈, 붓돌기, 대후두공…. 큰 구멍, 작은 구멍이 이리저리 뚫린 굴들 곳곳에 현묘한 이치가 숨어 있다. 인체에서 가장 작은 뼈인 이소골이 바로 여기에 자리 잡고 있다.

시험이 어려운 이유는 교수님께서 어느 구멍에 끈을 묶어 표시한 후 우리에게 저게 무슨 구멍이냐고 묻기 때문이다.

그러니 나는 복잡한 머리뼈와 대조적인 큼직한 넓적다리뼈를 좋아한다. 허벅지를 지탱하는 이 뼈는 구조가 잘 드러나고 명확한, 인체에서 가장 큰 뼈다. 나는 아직도 넓적다리뼈를 받쳐 들었을 때 그 묵직한 질량을 기억한다. 속으로 이 뼈의 주인은 활동적이고 운동을 사랑했으리라고 생각했다.

그때 실험실 한구석에는 재조합과 접착을 거친 사람 뼈 표본이 투명한 상자 속에 들어 있었다. 처음 그 뼈를 봤을 때 시각적으로 가장 충격적인 부분은, 깊이 팬 텅 빈 눈두덩이가 아닌 갈비뼈였다.

한 가닥 한 가닥씩 붙어 흉강을 감싼 모습이 새장과 몹시 닮았다. 나는 갈비뼈에 '새장뼈'라고 별명을 붙여 줬다. 그 새장은 한때 인체의 모든 핵심과 정수를 붙들어 뒀다. 그 안에서 심장이 박동하고 폐가 숨을 쉬느라 내내 시끌벅적했을 것이다. 이제 육신은 시들어 없어지고 오장육부도 스러져 새장 안은 텅 비어 있다.

언젠가 당번을 맡은 날이었다. 동기들은 수업이 끝나 흩어졌고, 그날따라 나는 긴 통화를 하느라 널찍한 실험실에 혼자 남아 가방을 챙겼다.

무의식중에 나는 그 사람 뼈 표본을 힐끗 쳐다봤다. 앙상한 사지의 뼈 때문에 뼈 새장이 한층 거대해 보였다. 뼈들이 차갑고 갑갑한 구석에 조용히 멈춰 있는 모습을 보니, 어쩐지 몸이 부르르 떨렸다.

3번 경추가 없어졌다!

사람 뼈는 계속해서 조원들 사이에서 전달되고 있었다. 내가 머리뼈를 받을 차례가 되었고, 일주일 안에 꼼꼼히 보고 구조를 외운 뒤 차주에 동기에게 넘겨야 했다.

그때 나는 작은 항구 마을에서 수학 과외 선생 노릇을 하느라 공부할 시간을 최대한 쪼개야 했다. 나는 머리뼈를 쇼핑백에 넣어 과외 학생 집에 가져갔고, 학생이 문제를 푸는 동안 뼈를 꺼내 복습했다.

"선생님, 그게 뭐예요?" 학생이 궁금해했다.

"머리뼈야."

"사람 거예요?"

"응."

"진짜 사람이요?"

"음…, 모형이야." 아무래도 학생이 이성을 잃고 비명을 지를 것 같아서 나는 작은 거짓말을 했다.

그날 과외가 끝난 후 버스를 타고 집에 가는데, 앞에서 교통사고가 나 차가 중산로에 꽉 막혀 있었다. 무료한 나머지 나는 두개골을 꺼내 복습하는데, 뒷좌석에서 날카로운 비명이 들렸다.

이윽고 버스에 탄 사람 모두가 순간적으로 내 쪽을 돌아봤다. 나는 온몸이 빨개지며 두개골을 얼른 쇼핑백에 도로 넣고 시선을 창밖으로 돌렸다.

몇 분 후 버스 안이 다시 조용해지자, 뒷좌석 승객은 호기심 가득한 눈으로 내게 두개골에 대해 물었다. 짧은 반바지를 입은 여성 둘이었는데, 버스를 타고 가오슝역 근처를 구경하러 간다고 했다.

잠시 한담을 나누다 그녀들은 내게서 두개골을 잠깐 빌려 가더니, 요리조리 뜯어보며 연신 무섭다고 말했지만 어쩐지 즐거워 보였다.

공부하느라 무척 힘들었던 그 시절, 나는 침대에 올라가 뼈들을 일자로 늘어놓고는 나방이 고치를 파고들 듯 이불 속에 들어가 해부학 교과서와 대조하고 외우고 적다가 스르르 잠이 들곤 했다.

지금 생각하면 등골이 서늘하다. 그런 불경스러운 버릇은 곧 좋지 않은 결과를 낳았다.

"3번 경추가 없어!" 뼈를 다음 사람에게 넘길 시간이 되어 나는 척추뼈 개수를 맞춰 보고 온 방을 뒤졌지만, 찾을 수 없었다.

"미안해. 3번 경추를 잃어버렸어. 찾는 대로 바로 갖다 줄게." 나는 동기에게 설명했고 그는 고개를 끄덕이며 이해해 줬다. 하지만 시험이 끝나도록 뼈는 돌아오지 않았다. 곧 조교가 뼈를 일일이 체크할 것이다.

그때 내 머릿속을 지배하는 생각은 '어떻게 배상하나'였다. 어딜 가야 사람 뼈를 살 수 있을까? 무덤을 도굴할 수는 없는 노릇인데!

나는 영 찝찝한 기분으로 다시 한 번 카펫을 젖히고 구석구석 뒤졌지만 수확은 없었다.

버팀목처럼 보이지만 한계를 긋는다

머지않아 뼈 파트의 시험을 치르고 해부학은 본격적으로 '살' 영역으로 진입했다. 수업 순서를 이렇게 배치한 것도 납득이 갔다. 뼈는 살 속에 있고 뼈가 살을 지탱하니, 인간 생의 대들보라고 할 수 있겠다.

대다수의 의학도는 사람 뼈뿐 아니라 개구리 뼈를 다뤄 봤을 것이다. 우리는 개구리를 삶아 껍질을 벗기고 살을 발라낸 후 뼈를 하나하나 배열하고 접착해 온전한 모양을 만들어 제출해 성적을 받았다.

이 작업은 미적 감각이 필요하다. 곡선을 보존하면서 개구리 모양을 맞추려면 시간과 공을 들여야 한다.

그때 내가 맞춘 개구리는 다리 찢는 포즈를 취하고 있었는데, 이 정도는 예삿일이다. 같은 팀 여자 동기의 개구리 뼈는 실로 경이롭고 흠모할 가치가 있었다. 무려 폴 댄스를 추고 있었다.

그 후 임상에 들어가 뼈와 해후한 곳은 정형외과였고, 재활의학과, 통증의학과, 류머티즘 내과에서도 심심찮게 만났다.

나는 진료실에서 의사와 환자 간의 대화를 듣고 예전에 외워둔 뼈의 이름이 중국어로 번역된 버전을 들었다. 장골, 좌골, 치골, 관골 등의 뼈를 환자들은 종종 구분하지 못했고, 또 굳이 구분할 의향도 없어 보였다.

그때 민난어는 그 특유의 신화적이고 명랑하며 친근한 아름다움을 뽐냈다.

예를 들면 반저골은 견갑골을 말하는데, 사람의 등 좌우에 하나씩 위치한 납작하고 움푹 들어간 역삼각형 뼈다. 모양이 밥주걱과 같다고 해서 붙여진 이름이다.

'용골'은 척추를 가리킨다. 목부터 겹겹이 내려와 가슴과 복부를 관통해 꼬리뼈까지 이어진 척추뼈는 한 조각 한 조각, 한 마디 한 마디 호선을 그리며 앞으로 기울다가 또 뒤로 굽어 있다. 그 모습이 정말로 용과 닮았다.

재활의학과에서 수련하던 시절, 외래 환자 중 강직성 척추염 여성 환자가 있었다. 강직성 척추염은 만성 관절염인데 증세가 심각하면 등의 척추뼈가 서로 붙어 마치 대나무 마디와 같은 모습을 띤다. 주로 남성에게 발병하기 때문에 그녀는 예외적인 경우에 속했다.

환자는 매번 진찰을 받으러 올 때마다 증상을 설명했다. 그녀는 목뼈가 엉겨 붙은 것 같다거나, 목이 뻣뻣해서 고개를 숙일 수도 젖힐 수도 돌릴 수도 없다고 했다.

고개를 들어 벽걸이 선풍기에 달린 끈을 조작할 수도 없었다. 간신히 손을 뻗어 줄을 당겨도 강풍인지 약풍인지 확인할 수도, 더 조절할 수도 없다고 했다.

운전할 때도 몹시 위험했다. 전방에 오가는 차만 볼 수 있고, 사방을 둘러보려면 몸 전체를 돌리거나 아예 일어나서 방향을 틀어야 했다.

나는 그녀와의 대화를 기억한다. 추석 즈음이어서 나는 그녀에게 어디로 달구경을 갈 생각이냐고 물었다.

"아무 데도 안 가요. 고개를 들어 달을 볼 수 없게 된 지 오래인데요. 뭐." 그녀가 웃으며 말했다. 그녀는 항상 뻣뻣한 채로 와서 뻣뻣한 채로 돌아갔다. 그녀를 봉쇄하고 짓누르는 투명한 아크릴 병 안에서만 살아야 하는 것 같았다. 나는 자주 생각했다. 그녀에게 골격은 대들보이기는커녕 제한과 범주만 주는 새장이 아닐까?

물론 보통 사람에게도 뼈는 '제한'의 은유가 있다.

머리는 여기까지만 돌릴 수 있고, 허리는 여기까지만 굽혀야 하고, 키는 딱 여기까지만 크고, 동작은 이만큼까지만 움직일 수 있고, 손바닥의 범위는 딱 이 정도라서 농구공을 쥘 수 없고 피아노의 음계를 넘나들 수 없다.

무릎 관절이 퇴화하면 다시는 먼 곳으로 걸어갈 수 없고, 가벼운 걸음으로 언덕을 오르내릴 수 없다.

때때로 나는 다리 찢는 사람들이 마룻바닥에서 몸을 꼿꼿하게 펴고 신체를 극한지점까지 뻗는 모습이 부럽기도 하고, 자기 몸을 접어 상자 속에 집어넣을 수 있는 유연한 사람들을 보고 놀라기도 한다.

하지만 그들이 아무리 관절이 수용할 수 있는 극한에 도전할지라도, 결국은 한계를 마주하게 될 것이다.

내 몸 내 뼈

그해 실험실에서 본 사람 뼈 표본처럼, 새장 같은 갈비뼈처럼, 폐의 용량이 기껏해야 그만큼이고, 일생의 들숨 날숨은 그 작은 공간에서 이뤄지며, 더 탐할 방도가 없다. 우리 목숨과 처지가 비슷하다.

그래서 뼈는 인간의 생을 지탱하고 동작을 지배하는 버팀목처럼 보이지만, 진짜 기능은 외적으로 한계를 긋는 것이다.

뼈의 본질은 인체의 지지대인 동시에 인체의 새장인 것이다.

덧. 어느 날 밤, 베개 속에서 뭔가 튀어나와 따끔거리는 통증이 느껴졌다. 베갯잇에 달린 지퍼인 줄 알고 손을 뻗어 만지작거렸는데, 뜻밖에도 잃어버린 3번 경추였다.

난생처음 들여다보는 내 몸의 사생활

내 몸 내 뼈

인쇄일 2021년 2월 18일
발행일 2021년 2월 25일

지은이 황신언
옮긴이 진실희
펴낸이 유경민 노종한
기획마케팅 1팀 우현권 **2팀** 정세림 금슬기 최지원 현나래
기획편집 1팀 이현정 임지연 **2팀** 김형욱 박익비 **라이프팀** 박지혜
책임편집 김형욱
디자인 남다희 홍진기
펴낸곳 유노북스
등록번호 제2015-000010호
주소 서울시 마포구 월드컵로20길 5, 4층
전화 02-323-7763 **팩스** 02-323-7764 **이메일** uknowbooks@naver.com

ISBN 979-11-90826-41-9 (03820)